BÊNÇÃOS

CHUKWUEBUKA IBEH

BÊNÇÃOS

Tradução:
Petê Rissatti

TUSQUETS EDITORES

Título original: *Blessings*

Preparação: Ligia Alves
Revisão: Caroline Silva e Thiago Bio
Projeto gráfico: Jussara Fino
Diagramação: Márcia Matos
Capa da edição Tusquets: adaptada do projeto gráfico original de Compañía
Imagem de capa: Olusegun Tosin Kalejaye, *Summer Vibe in Takwa Bay I* (2021)

Dados Internacionais de Catalogação na Publicação (CIP)
Angélica Ilacqua CRB-8/7057

Chukwuebuka, Ibeh
Bênçãos / Chukwuebuka Ibeh ; tradução de Petê Rissatti. - São Paulo : Planeta do Brasil, 2025.
256 p.

ISBN 978-85-422-3849-5
Título original: Blessings

1. Ficção nigeriana I. Título II. Rissatti, Petê

25-3916 CDD 828.9969

Índices para catálogo sistemático:
1. Ficção nigeriana

2025
Todos os direitos desta edição reservados à
EDITORA PLANETA DO BRASIL LTDA.
Rua Bela Cintra, 986 – 4º andar
Consolação – 01415-002 – São Paulo-SP
www.planetadelivros.com.br
faleconosco@editoraplaneta.com.br

Sumário

PARTE UM

1.

Porto Harcourt, 2006

Ele veio em outubro. Sua chegada aconteceu sem aviso prévio, sem cerimônia. Uma batida leve na porta naquela noite amena, no momento em que o sol encerrava sua aparição raios antes de se recolher, e lá estava ele, usando chinelos de borracha, carregando uma bolsa GHANA MUST GO nos ombros, ao lado do pai de Obiefuna, Anozie, os dois parecendo exaustos da longa viagem. Quando Anozie falou de contratar um ajudante extra para dar uma força na loja, Obiefuna não sabia o que esperar, mas, de alguma forma, não era a figura alta que agora estava abraçado à bolsa contra o peito, com os lábios levemente curvados para baixo enquanto encarava os pés empoeirados. Era uns trinta centímetros mais alto que o pai de Obiefuna, que já era bastante alto, mas foi a escuridão uniforme da pele do garoto que fez os olhos de Obiefuna se fixarem nele por mais tempo quando abriu a porta para deixá-los entrar. O rapaz parecia indeciso entre seguir Anozie para dentro da casa ou dar meia-volta e retornar pelo mesmo caminho por onde tinha vindo. Ele entrou após um momento de hesitação, ignorando com tato a tentativa de Obiefuna de ajudá-lo com sua bagagem.

— Bem-vindo, pai — disse Obiefuna, ainda sem tirar os olhos do rapaz.

Anozie resmungou uma resposta:

— Cadê sua mãe? — perguntou ele, jogando-se no sofá com um movimento exagerado. A viagem de sua cidade natal, Igbo Ukwu, durava em média no mínimo seis horas e podia deixar uma pessoa se sentindo incapacitada por completo.

Como se aquela fosse sua deixa, a mãe de Obiefuna, Uzoamaka, saiu da cozinha, parou na sala de jantar e olhou diretamente para o rapazinho, sentado com a cabeça ligeiramente baixa em um banquinho na frente de Anozie. Ela observou a bagagem dele e aquela situação com um olhar avaliador.

— Seja bem-vindo — disse a Anozie, e assentiu em resposta aos cumprimentos do rapaz.

— Me traz um copo d'água — disse Anozie a Obiefuna. Ele evitou o olhar de Uzoamaka. Exatamente uma semana antes, ele havia viajado a Igbo Ukwu para participar da reunião de desenvolvimento sindical da cidade na condição de secretário assistente, e esperavam que ele chegasse em casa apenas no dia seguinte - e, sem dúvida, não com um ajudante. Ele aguardou até que Obiefuna retornasse com a água e tomou-a, deixando o copo sobre a mesa, antes de se virar para encarar Uzoamaka. — Este é Aboy. Lembra dele? Terceiro filho do finado Okezie. Acabou de terminar o ensino médio e quer aprender uma profissão. O tio dele me seguiu até em casa depois da reunião e implorou para trazê-lo. Todo mundo acha que ele vai aprender rápido.

Uzoamaka olhou através da sala para avaliar Aboy de novo. Ele estava sentado com as pernas ligeiramente abertas, cruzadas na altura dos tornozelos à sua frente, abraçando a bolsa como se a protegesse. Ele a puxou para mais perto de si enquanto Uzoamaka o examinava. Os estalidos da bolsa preencheram o silêncio da sala de estar.

— Obiefuna, mostra pro Aboy onde guardar as coisas dele — pediu Uzoamaka, por fim, em inglês.

Aboy pareceu surpreso ao ouvir seu nome, mas se levantou do banco e caminhou pelo curto comprimento da sala de estar, seguindo Obiefuna pelo corredor até entrar no quartinho que ele dividia com seu irmão, Ekene. Então, Aboy finalmente largou a bolsa, observando Obiefuna colocá-la dentro do guarda-roupa. Obiefuna virou-se para Aboy porque ele havia dito algo.

— O quê?

— Onde fica a latrina? — repetiu ele em igbo.

— Latrina?

Ele assentiu com a cabeça e, percebendo a confusão de Obiefuna, agachou-se um pouco para mostrar a posição. Obiefuna levou um momento para entender.

— Ah, você está falando do banheiro? — perguntou.

Aboy hesitou e, em seguida, assentiu de novo com a cabeça.

— Vem comigo — disse Obiefuna. Ele levou Aboy para fora do quarto, de volta para o corredor, e apontou a porta do banheiro na outra ponta. Aboy avançou com movimentos incertos até a porta e a abriu com um empurrão cauteloso. Obiefuna imaginou havia quanto tempo ele estava segurando. Será que tinha aguentado aquela longa viagem desde a aldeia apertado para ir ao banheiro? Aboy inspecionou o cômodo com uma expressão perplexa que levou Obiefuna a entrar no banheiro e apontar para o vaso, continuando em igbo hesitante: — Aqui você vai sentar para fazer suas coisas. E depois você joga um balde de água por cima. Entendeu?

Aboy pareceu pensar naquilo por um momento e, então, fez que sim com a cabeça. Ele se virou para encarar Obiefuna com o que este consideraria em retrospecto o primeiro sorriso completo desde sua chegada.

Naquela noite, Obiefuna ficou do lado de fora do quarto dos pais, com o ouvido colado na porta, escutando a conversa deles antes de dormir.

— *Anam asi,*[1] você podia pelo menos ter me avisado que chegaria com ele hoje. Você traz alguém do nada para nossa casa e espera que eu fique feliz? — protestou Uzoamaka.

— Mas eu nem sabia que ia voltar com ele — respondeu Anozie. — Te falei que Shedrach me seguiu até em casa depois da reunião. Na verdade ele fez o pedido ali mesmo, na frente da *umunna*[2] toda. O que eu podia fazer? Dar um passa-fora nele?

Uzoamaka sibilou:

---

1. Em igbo (uma das principais línguas nativas da Nigéria), significa "Estou dizendo". (N.T.)

2. "Filhos do mesmo pai", referindo-se a uma comunidade do mesmo clã ou da mesma linhagem familiar. (N.E.)

— Por que eu não me surpreendo? Aquelas cobras conspiradoras sabem exatamente como conseguir o que querem.

Anozie soltou uma risadinha.

— Não tem sido fácil para a família depois que Okezie morreu, Uzoamaka.

— Para nós as coisas também não andam tão bem — retrucou ela.

Anozie exagerou num bocejo cansado.

— Ele não vai ficar por muito tempo. — Sua voz assumiu um tom sonolento e arrastado. — Você vai ficar surpresa com a rapidez com que os anos vão passar. E minha intenção é, nesse meio-tempo, dar uma utilidade pro garoto.

Ekene se divertia com ele.

— Que nome é esse? Aboy! — perguntou ele. Estavam a caminho do Campo Ojukwu para o treino de futebol depois da escola. Era um dia quente, o calor do piche de alcatrão penetrava nas solas finas dos pés de Obiefuna e os queimava, mas não tinha nenhum efeito em Ekene, com suas chuteiras de sola grossa e seu ar ansioso.

— Não tem nada de errado com o nome dele — retrucou Obiefuna. Ele estava decepcionado. Era difícil descobrir o que Ekene tinha em mente naqueles dias: não conseguia dizer se, além de achar graça, Ekene sentia algum afeto por Aboy. Ele queria que Ekene gostasse de Aboy. Embora Obiefuna fosse treze meses mais velho que Ekene, já havia se resignado à necessidade de aprovação por parte dele, deleitando-se com os prazeres simples que a validação do irmão trazia.

Ekene encolheu os ombros e continuou batendo a bola. Com apenas catorze anos, tinha a enormidade de um adulto e o cansaço do mundo que a acompanhava. As pessoas comentavam que ele era a cara do pai, com aquele rosto estreito e sério e os olhos calculistas. Também herdara o temperamento de Anozie, só que o de Ekene era mais espontâneo, e as consequências, mais chocantes. Aos dez anos, enterrara a ponta de uma caneta esferográfica na lombar de um colega de classe depois que o garoto puxou a cadeira debaixo dele enquanto se sentava, fazendo-o despencar no chão; chamara a professora da quarta série de prostituta por repreendê-lo publicamente depois que foi reprovado em uma avaliação e, por isso, recebera as pancadas de seu pai com uma resistência insuportável. No ano anterior, quase havia despejado uma panela de óleo quente em Obiefuna por ter batido nele em uma brincadeira de lutinha. Ao longo dos anos, Obiefuna havia aprendido a se relacionar com ele com uma cautela não declarada. O relacionamento dos dois se baseava na compreensão mútua de que a autoridade de Obiefuna tinha limites.

Havia apenas alguns garotos por perto quando chegaram ao campo, perambulando por ali e correndo com bolas de futebol de tamanhos diferentes; alguns dos garotos usavam camisas de time desbotadas e botas gastas, mas a maioria estava sem camisa e descalça. Tobe avistou-os de longe e correu até lá.

— Olha os caras! — Ele apertou a mão dos dois, a de Ekene por um tempo maior. Tirou a bola de Ekene e a fez quicar. — E aí?

— Tudo certo. — Ekene olhou ao redor do campo. — Cadê todo mundo?

— Atrasados de novo — respondeu Tobe. — E nem sinal do treinador.

— Quase cinco — disse Ekene, olhando para seu pulso nu.

— Ele lá se importa? — Tobe deu de ombros. — Nosso time não é grande coisa, mesmo. — Ekene fez que não com a cabeça, com um sorriso decepcionado. — Mas ainda podemos treinar sozinhos, né? — perguntou Tobe de repente. — Ninguém precisa assistir à gente para alguma seleção de "academia".

— Ele pronunciou a última palavra em tom de autodepreciação.

— Claro. — Ekene riu.

Tobe gritou:

— Quem tá pronto pra jogar? Eu tô!

— Eu também! — gritou alguém, a distância, enquanto os garotos ao redor corriam para onde Tobe estava com a bola.

— Eu escolho Ekene — disse Tobe, cruzando a mão sobre o ombro de Ekene.

— Eu escolho Paul — falou um garoto magro com cabelo castanho de aparência enfermiça que havia gritado antes. Paul aproximou-se para ficar ao lado dele.

— Eu queria escolher o Paul! — grunhiu Tobe. — Sempre ficamos no mesmo time.

— Não é problema meu. — O garoto magro deu de ombros. — E, também, você já tem o Ekene. O time já tá completo.

Tobe virou-se para Paul.

— Com quem você preferiria ficar, Paul? — desafiou.

Paul deu de ombros e caminhou até Tobe, e o outro garoto gritou, atordoado:

— Paul! Aonde você vai? Eu já escolhi você! *Abeg,*[3] volte aqui!

Paul ficou no meio do semicírculo e ergueu as duas mãos, como se estivesse exasperado, embora estivesse claramente se deliciando com a situação. Era gratificante quando um time queria a pessoa, mas era inebriante quando dois times estavam prestes a concorrer por ela.

— Mas por que estamos arrastando Paul se temos uma galera talentosa aqui? — interveio Chikezie na hora certa. — Olha o Obiefuna, por exemplo.

As risadas eram esperadas; o negar com a cabeça, o bater dos pés e o cantarolar baixinho de "Não, não, não" já haviam virado rotina. Ainda assim, a dor parecia tão recente quanto da primeira vez.

— Prefiro ser um time de um homem só a escolher um saco vazio desses — disse alguém do meio da multidão, provocando mais risadas. Até mesmo Ekene sorriu.

E assim Obiefuna se sentou na grama e ficou segurando as camisetas, os chinelos e as garrafas d'água. Até mesmo Chikezie fez várias tentativas de provocação para deixar seus pertences com Obiefuna, desistindo apenas quando Abdul, o maior garoto do grupo, que também atuava como árbitro, interveio e o mandou deixar Obiefuna em paz. A partida terminou em três a dois, com vitória para o time de Paul, mas Ekene marcou os dois gols para o dele, e todos concordaram que ele foi o melhor em campo. Os oponentes apertaram sua mão e, fazendo uma análise posterior, elogiaram as mesmas habilidades que haviam censurado durante a partida, concluindo que seu time podia ter se saído muito melhor com dois dele ao seu lado.

No caminho para casa, Obiefuna perguntou a Ekene com quem ele achava que Paul realmente queria ir, e Ekene riu, parecendo leve e feliz como costumava ficar depois de uma boa partida de futebol, e disse:

— Por favor, não começa com isso.

---

3. Gíria que significa "por favor", "com licença". (N.T.)

2.

De todas as coisas que causam preocupação durante a gravidez, o nome da criança era o que mais afligia Uzoamaka. Ela achou as sugestões de suas amigas Chidera, Tochukwu e Ngozi comuns demais, simplistas demais, as sugestões de Anozie práticas demais ou, como tudo nele, com uma sonoridade curiosa e arcaica – quem iria chamar o filho de *Nnanna*?[4] Ela queria um nome que expressasse sua gratidão pela decisão dele de vingar depois do segundo mês, por permitir que ela testemunhasse seu primeiro chute no quinto mês, uma prova simples e maravilhosa da capacidade de seu corpo de sustentar a vida, depois de muitos abortos espontâneos que a levaram a acreditar ser impossível. E, embora tenha gostado bastante da sugestão da mãe de Anozie, Obiajulu, "A mente agora está em paz", ela achou que era o tipo de nome que uma avó daria ao neto, um nome carinhoso, carregado de sentimentalismo, não um nome para constar de uma certidão de nascimento, para ser usado fora de contexto, pelo público em geral e indiferente.

No fim, contentou-se com um pouco dos dois: a decisão final, que ela garatujou com convicção na certidão de nascimento dele, foi direta e prática, mas também manteve um toque de sentimentalismo. Acima de tudo, parecia adequado. "Que meu coração não se perca." Pois sua chegada havia solidificado, de alguma forma estranha, a noção de lugar de Uzoamaka, restaurando nela a capacidade perdida de acreditar no conceito de milagres.

---

4. Em igbo, *Nnanna* significa "pai do pai", ou seja, avô. (N.T.)

O nascimento dele, numa tranquila meia-noite de sexta-feira, em agosto de 1991, a pegara de surpresa. Ele chegou duas semanas antes do previsto, por isso ela confundiu suas primeiras contrações com uma perturbação incomum da parte dele. Estava em pé na cozinha, guardando os pratos do jantar, que ela comera sozinha porque Anozie estava fora, e a princípio pensou que poderia se sentar um pouco para descansar as costas; em seguida, depois de uma hora inteira tentando sem sucesso encontrar uma posição confortável e fazê-lo relaxar, ela se levantou da cadeira e desceu as escadas até a porta dos vizinhos e pediu que a levassem até a clínica para ter seu bebê. Por ironia, foi o homem, o sr. Adebayo, que entrou em pânico, correndo pela sala de estar em busca de roupas adequadas e voltando ainda com pouca roupa. No carro, lançava olhares preocupados para ela com tanta frequência que Uzoamaka temia que eles saíssem da estrada e caíssem em uma vala. Ela ignorou a tentativa dele de ajudá-la a sair do carro quando chegaram à clínica, caminhando sozinha até a sala de parto, e em poucas horas estava segurando o bebê choroso nos braços, observando de olhos marejados enquanto ele anunciava com fúria sua presença no mundo e o fim da ansiedade dela.

As parteiras ficaram apaixonadas por ele, comentando com aprovação sobre seu peso saudável ao nascer, a ausência de icterícia, que era endêmica na época, e o parto tranquilo. A própria Uzoamaka havia sido maravilhosa na enfermaria e se deleitava com a atenção de outros pacientes que tentavam ver o bebê, zonza de contentamento e já cansada quando Anozie, alegre a ponto de explodir, chegou. Ele lhe disse que o carro estava na frente da clínica, pronto para levá-los para casa, e juntos olharam para o bebê no colo dela, mamando no peito. Um filho, depois de todos aqueles anos.

Uzoamaka gostava de recontar, a qualquer um que se interessasse, as circunstâncias que cercaram o nascimento de Obiefuna. A chegada dele não fora apenas uma resposta às noites de orações e lágrimas intermináveis que duraram anos, mas também uma reversão no curso da vida e na sorte deles. Três meses após o início da gravidez, Anozie conseguiu por acaso um grande contrato de fornecimento, estando no lugar certo na hora certa, com renda suficiente para tirá-los por fim das habitações públicas e levá-los para uma residência melhor no centro da cidade, onde tinham uma cozinha e um banheiro só para eles. O negócio de trancista de Uzoamaka prosperou de repente, com muitas clientes insistindo para serem atendidas, mesmo estando com a gravidez avançada e havendo outras barracas por perto que não cobravam nada. Algumas semanas após o oitavo mês, Anozie, seguindo o exemplo de seu amigo Udoka, comprou bilhetes de uma rifa, investindo nisso uma porção considerável de seus ganhos. Ela quase ficou louca quando descobriu, passando dias sem falar com ele, e, quando ele contou para ela, uma semana depois, que havia sido informado de que receberia o grande prêmio em Benin, sendo um dos dois sortudos ganhadores entre mais de duzentas pessoas, ela ignorou aquilo como sendo mentira, uma tentativa maliciosa de fazê-la voltar a falar com ele. E quando ele chegou do trabalho no dia seguinte, rindo e chorando nos braços dela enquanto lhe dizia que o prêmio era um carro, o novo modelo da Mercedes-Benz, ela berrou e pulou pela casa até sentir um chute de protesto, um alerta para ficar tranquila e, ainda assim, um lembrete pequeno e permanente do maior milagre que agora era sua vida.

— Sabe, ele trouxe todas essas bênçãos para nós — Anozie costumava dizer nos primeiros dias após o nascimento de Obiefuna. Era típico dele afirmar o óbvio com a autossatisfação de quem detém um conhecimento esotérico. Claro que ela sabia. Ela observava o bebê com certa gratidão; ele era impecável, sem o comportamento ansioso característico dos recém-nascidos. Fazia sucesso no mercado pelo sorriso fácil, pelas covinhas e pelo cabelo cheio, que era macio ao toque e fazia as pessoas acharem, no início, que era uma menina. Outras mães diziam que ela tivera sorte porque o bebê se acomodava e até dormia nos braços de estranhos, o que lhe dava espaço e tempo para trabalhar, porque ele comia tudo o que lhe davam, poupando-lhes a energia e o custo de procurar refeições especiais, dobrando de peso com uma pele saudável e radiante, além de ser raro ele ficar doente. Era amável e brincalhão com todos, conquistando a afeição das pessoas sem esforço. As clientes dela começaram a dar gorjetas especificamente pelo bebê e, quando ele começou a balbuciar o "Obrigado" que ela lhe ensinou, elas riam e o encaravam espantadas, sem palavras. Ele não tinha nem um ano de idade quando começou a cambalear com pernas instáveis e a pronunciar variações infantis dos nomes quando via rostos conhecidos.

A provocação geral era que ele era um velhinho num corpo de criança, e a crença geral era que era uma criança especial.

Mas, quando Uzoamaka acordou com aqueles enjoos matinais familiares de novo e confirmou a próxima gravidez, ela ficou, por razões que não conseguiu identificar, um tanto preocupada. Achou difícil compartilhar a alegria de Anozie, por mais contagiante que fosse, e, quando a mãe dele chegou da vila com um carregamento imenso de comida e um ainda maior de boa vontade, ela teve vontade de pedir à mulher que fosse embora naquele mesmo instante. A simples ideia de encenar uma alegria que ela mal sentia, de representar uma felicidade fingida, a deixava esgotada, e ela vomitou durante todo o sexto mês, perdendo peso e apetite a cada momento e precisando tirar uma licença antecipada do trabalho, por recomendação médica, para descansar. E, mesmo quando o bebê nasceu (de cesárea porque não ficava na posição correta), pequeno e estridente na maioria das vezes, ela tentou, sem sucesso, sentir algo concreto. Para ele, Obinna, Chidera ou até mesmo Ozoemena serviriam. Mas Anozie o chamou de Ekenedilichukwu, "Graças a Deus", e, em seus momentos misantrópicos sombrios e fugazes, ela se perguntava o que havia para agradecer sendo que aquela criança quase tirara sua vida.

As diferenças consideráveis entre as duas crianças ficaram aparentes à medida que cresciam. Era surpreendente e, às vezes, de partir o coração ver Obiefuna perder todo o seu charme infantil, transformando-se em uma criança reservada e discreta, relegando inconscientemente a autoridade ao impetuoso e franco Ekene. Obiefuna transformou-se diante de seus olhos no exato oposto de sua versão infantil, e Uzoamaka observava com crescente desespero enquanto ele tentava, sem sucesso, ser aceito pelos colegas e ficava suscetível aos valentões; e, o que era mais angustiante, agora era fonte de preocupação e irritação para Anozie.

— Aquele garoto — comentava ele com frequência, sem nada daquela admiração agradecida que caracterizava as primeiras reflexões sobre Obiefuna —, ele é anormal.

Na primeira vez, ela exigiu uma explicação para a declaração dele, elevando a voz para acompanhar o tom do marido quando ele a repreendeu, sabendo no fundo e ainda mais irritada pela certeza de que não estava preparada para admitir que havia algo incomum no garoto. Ele não era de falar muito, tinha poucos amigos e tendia a chegar em casa com hematomas de uma briga perdida ou chorando por causa de algum comentário maldoso de uma das crianças da vizinhança; e, enquanto Ekene lembrava Uzoamaka dos garotos de seus tempos de criança, alguns dos quais tinham sido objeto de suas paixões infantis, Obiefuna trazia à mente as amigas divertidas e leais com quem ela crescera. Às vezes ficava angustiada com a sensação incômoda de que um erro terrível havia sido cometido, mas às vezes, como quando Obiefuna ia para a pista de dança, ela se convencia de que não havia nada remotamente mais próximo da perfeição. Ele a surpreendia com seus movimentos, sua habilidade de manipular os membros em ângulos impossíveis. Era conhecido no bairro pelo talento, e ela assistia com alegria nas festas enquanto ele dançava melhor que as outras crianças, ignorando o riso debochado e irritado dos pais. Essa era uma das muitas áreas da criação dele nas quais ela e Anozie discordavam. Uma vez, eles compareceram à consagração do bebê[5] de uma amiga antiga de Anozie, e Obiefuna, como sempre, ganhou todos os prêmios de dança que havia. Anozie, segurando uma garrafa de cerveja gelada, observou a cena com um olhar de soslaio absolutamente desinteressado. Seu humor ali era jocoso, trocando gentilezas com amigos e dando presentes aos pais da criança, e, no caminho de volta para casa, cantarolou alegremente os Oriental Brothers.[6] No entanto, quando chegaram, ela ainda estava desabotoando as sandálias na porta de entrada quando Anozie se virou para dar um tapa no rosto de Obiefuna. Uzoamaka levantou-se e viu o filho ser jogado contra a parede com a força do golpe, e imediatamente apareceram vergões no rosto dele que atestavam o impacto.

— Qual é o seu problema? *Anumanu*![7] — xingou Anozie, sua voz ficando entalada na garganta, como acontecia quando estava tendo um

---

5. Cerimônia cristã que acontece em geral três meses depois do nascimento da criança para apresentá-la à comunidade da igreja (católica ou evangélica). Depois dela, acontece uma festa. (N.T.)

6. Banda nigeriana. (N.T.)

7. "Seu animal!" (N.T.)

ataque de raiva. — Você é uma mulher na pele de homem? *Asim, i bu nwoke ko i bu nwanyi*?[8] — questionou ele, abrindo o fecho do cinto para uma surra adequada.

Foi então que Uzoamaka se pôs entre os dois e o desafiou a encostar um dedo em seu filho mais uma vez, dizendo para ele esperar para ver se ela não lhe daria o próprio pênis para comer. Ficaram se encarando por um longo tempo, ele surpreso com a audácia dela, ela fervilhando em sua raiva crescente e recém-descoberta, o silêncio carregado de expectativa, até que Anozie abaixou o cinto e irrompeu quarto adentro.

O menino chorou até o jantar ficar pronto, durante todo o jantar e até tarde da noite. Ela se sentou ao lado dele na cama, embalando-o com suavidade e sussurrando:

— *Ozugo nu*, me desculpe. — E fez um monte de promessas. Ela segurou a cabeça dele contra o peito, a temperatura dele estava subindo, e sentiu o sangue subir à cabeça de raiva. Que ridículo, insensível e absurdo esperar perfeição de uma criança. Ele estava com oito anos e não tinha noção do que era um comportamento "adequado". Mas, quando apagou a luz do quarto, tendo conseguido conter as lágrimas dele e fazê-lo dormir, ela desejou que Obiefuna fosse um pouco mais convencional.

8. "Você é homem ou mulher?" (N.T.)

3.

Era difícil para Obiefuna imaginar como tinha sido sua vida, a vida deles, antes da chegada de Aboy. Parecia que, com Aboy, a vida de Obiefuna finalmente havia começado, a vida que ele aguardava para viver. Aboy parecia encaixar-se sem esforço nas margens da existência da família, como se um espaço já tivesse sido recortado para ele, esperasse por ele. Ele se encaixou nesse novo papel na casa sem a sensação de perplexidade que Obiefuna esperava, assumindo as tarefas que lhe eram atribuídas com uma graça encantadora. Pela manhã, Obiefuna acordava com o som dos passos pesados de Aboy na escada enquanto ele levava água da torneira comunitária do andar de baixo para encher os tambores na cozinha. Enquanto Obiefuna varria o chão e Ekene lavava os pratos da noite anterior, Aboy tomava banho e se preparava para ir ao mercado e abrir a loja antes da chegada de Anozie. Às vezes, quando conseguiam se arrumar ao mesmo tempo, Aboy se oferecia para levar Obiefuna e Ekene para a escola, sofrendo a consequência de precisar tomar o caminho mais longo até o mercado. Apenas aos sábados ele ficava em casa até o meio-dia, lavando as roupas da semana de Anozie no quintal do andar térreo. Obiefuna gostava de observá-lo do gradil. Estava sempre de bom humor, assobiando baixinho o tempo todo uma melodia alegre. Às vezes, sentindo a presença de Obiefuna, ele olhava para cima e dava uma piscadela, fazendo-o sorrir e delirar de felicidade. Aboy estava à vontade com sua vida nova e ansioso para se integrar. Seu inglês havia melhorado nos dez meses em que estivera com a família, e ele não precisava mais repetir as instruções de Uzoamaka várias vezes quando tinha que realizar tarefas nem parar um momento para pensar em uma resposta quando Obiefuna ou Ekene falavam com ele. E era uma maravilha na loja. Obiefuna às vezes ouvia o pai elogiar a agilidade de Aboy para a mãe, destacando sua iniciativa, que eventualmente trazia lucros extras; Aboy, ao observar uma prática semelhante em outras lojas, sugeriu que Anozie oferecesse o serviço de entrega em domicílio dos sacos de cimento para aumentar o custo da compra e obter mais lucro após separar a parte do entregador. Anozie ficou impressionado com a facilidade com que Aboy se relacionava com os clientes, a ponto de mesmo os mais antigos agora quererem ser atendidos apenas por ele. Anozie se gabava do futuro de sucesso garantido de Aboy. Sem dúvida ele faria um nome mesmo enquanto ainda estivesse servindo, o que seria inestimável quando estivesse livre para começar um negócio próprio.

— O garoto não tem um osso desonesto no corpo — declarou Anozie, e continuou contando a história da vez em que, durante uma parte do teste habitual dos novos aprendizes, Anozie havia combinado com um colega comerciante que se passara por cliente e pagara a mais para Aboy depois de fazer uma compra. O homem ficou sem palavras quando o menino, ao descobrir o erro, correu mais de um quilômetro e meio para devolver o dinheiro dado a mais.

Anozie também havia deixado dinheiro de forma deliberada nos bolsos das roupas a serem lavadas, apenas para que o dinheiro fosse devidamente devolvido a ele, sem nenhuma nota faltando.

— Aquele garoto? Uma maravilha, eu lhe digo — concluiu ele, em tom de aprovação, para Uzoamaka.

Ela soltava sons vagos e sonolentos de atenção, sem compartilhar suas histórias, se é que tinha alguma. Obiefuna não conseguia compreender o que sua mãe sentia por Aboy. Ela era educada com ele sem ser amigável, por fim considerando sua presença um inconveniente passageiro. Apenas uma vez ela levantou a voz para ele, ameaçando lhe dar um tapa quando ele demorou demais em uma tarefa na rua e voltou com o item errado. Às vezes ela também reclamava quando ele pulava os banhos noturnos: ele passava o dia todo suado, carregando sacos de cimento em caminhões, e voltava para casa coberto por uma película de poeira branca e exalando um cheiro metálico de calcário. Até mesmo seu padrão alimentar era curioso: ele acabava com os grãos de arroz branco do prato antes de lamber o ensopado, e seus moldes de *fufu*[9] eram do tamanho do punho de uma criança. Obiefuna e Ekene tinham ataques de riso ao vê-lo engoli-los de uma só vez. Às vezes ele exagerava nos gestos para entretê-los, lisonjeado pelo grande interesse deles. Ria com frequência, um som que vinha sem aviso, como o estrondo suave e quase relutante de um trovão após uma chuva leve, fazendo algo vibrar dentro de Obiefuna. Outras vezes, andava pela casa em um silêncio pensativo e passava minutos olhando para o nada. Obiefuna ansiava por saber o que ele estava pensando naqueles momentos, mas nunca perguntou. Eles não duravam muito. Logo Aboy emergia deles com uma animação intrigante, contando suas aventuras na aldeia, histórias nas quais Obiefuna não sabia se acreditava, por exemplo, que ele subia em árvores com um braço amarrado nas costas e que andava quilômetros vindo do rio com dois galões de água pendurados nos ombros e um terceiro na cabeça sem desperdiçar uma única gota.

Com frequência, ele falava de seus planos para o futuro.

— Quando o *oga*[10] me liberar, vou abrir uma grande loja em Porto Harcourt, e será a maior loja do mundo inteiro. — Embora tivesse rido ao dizê-lo, havia uma força de convicção na voz que dizia a Obiefuna que ele acreditava nisso ou acreditava em sua capacidade de tentar. Imaginava se ele tinha uma namorada na aldeia, se pensava nela com frequência. Embora um canto do quarto tivesse sido designado para o uso de Aboy, com um colchão velho trazido do quarto de seus pais, Obiefuna às vezes acordava bem cedo e encontrava Aboy na cama com ele e Ekene, a sensação da ereção de Aboy apertada na coxa de Obiefuna por baixo do short que usava para dormir, os olhos fechados, o ronco suave dos lábios indicando que ele estava realmente dormindo, completamente alheio ao estado de seu corpo. Certa vez, Obiefuna acordou com a visão da testa de Aboy próxima à sua, sua respiração quente no

9. Massa espessa feita geralmente de inhame, mandioca ou banana-da-terra, muito consumida em países da África Ocidental. É moldada com as mãos em pequenas porções redondas. (N.E.)

10. Chefe, patrão ou superior hierárquico. (N.E.)

rosto do rapaz. De perto, Obiefuna conseguia ver a grande dilatação de suas narinas e seu bigode que florescia. Estendeu a mão para tocar a bochecha de Aboy, passando os dedos levemente por toda a extensão do seu rosto. Seus dedos ficaram durante um bom tempo nos lábios, traçando a textura dura, tentando, sem sucesso, calar as vozes em sua cabeça. Ele se aproximou, incapaz de resistir à força que o atraía. Os lábios de Aboy eram duros e firmes. Aboy se mexeu, com os olhos ainda fechados, mas na leve curva de seus lábios Obiefuna detectou um sorriso.

Pela manhã, Aboy não tocou no assunto, sem demonstrar nenhuma tendência a se lembrar do que havia acontecido na noite anterior. Obiefuna observava-o enquanto ele cumpria suas tarefas, evitando o olhar dele e saindo do cômodo no momento em que Obiefuna entrava. Nos olhos de Aboy havia algo esmaecido, algo entre eles havia se rompido, e, quando ele olhou para cima no sábado seguinte e viu que Obiefuna o observava, simplesmente desviou o olhar.

Aboy o odiava agora? Será que tinha imaginado o sorriso? Aboy parecia desconfiado ao se aproximar dele, mas também havia algo em seu comportamento que dizia a Obiefuna que não era exatamente repulsa que Aboy sentia. Havia em sua postura uma indiferença, como se Aboy sentisse a mesma faísca que Obiefuna sentira, e seu medo viesse do pensamento das consequências. Obiefuna imaginou o futuro de Aboy. Seria o dono de uma grande loja no mercado e acumularia riqueza suficiente para buscar Obiefuna, e os dois fugiriam até um lugar escondido para ficarem juntos para sempre. Ele parou de lavar pratos numa manhã de sábado e viu Aboy olhando para ele.

— Você está segurando esse prato faz uma hora — comentou Aboy.

— Você tem namorada? — perguntou Obiefuna sem pensar.

Aboy ergueu uma sobrancelha, mas não pareceu surpreso ou confuso com a pergunta. Ele se afastou da parede e parou ao lado de Obiefuna.

— Está com ciúme? — perguntou. Ele estava sorrindo.

— Eu? Não. Eu só...

— Xiu! — Aboy levou um dedo aos lábios. Virou Obiefuna para o lado para que ficasse de frente para Aboy, com um prato e uma esponja ensaboada nas mãos, suspensos no ar. Ele fitou Aboy nos olhos, as pupilas escuras e minúsculas no meio da vasta brancura de seus globos oculares. A princípio não enxergou nada, apenas um contraste hipnotizante de preto e branco, e em seguida viu seu reflexo nos olhos de Aboy e testemunhou seu sorriso. Houve uma parada no tempo, um instante em que Obiefuna se convenceu de que eram apenas ele e Aboy no mundo. Um momento que ele queria viver para sempre. Foram interrompidos naquele momento por um barulho de passos arrastados, e, quando Obiefuna se virou, sentiu o coração estacar ao ver seu pai parado na porta com as mãos atrás do corpo. Sem dúvida ele já estava ali fazia algum tempo e já tinha visto o suficiente. O momento se prolongou, o silêncio ficou quebradiço.

— Terminou de lavar a roupa? — perguntou Anozie, falando com Aboy, mas seus olhos pousaram em Obiefuna e nunca saíram de cima dele, mesmo quando Aboy atravessou toda a extensão da cozinha de cabeça baixa, passando por Anozie na porta, mesmo quando Anozie estendeu a mão para trás dele para fechar a porta com um clique firme, mesmo quando estendeu a mão para a coisa mais próxima que conseguiu encontrar: um fio jogado e sem utilidade sobre a bancada da cozinha.

PARTE DOIS

4.
Owerri, 2007

As paredes ao redor do edifício eram altas e sem pintura, com garrafas quebradas e afiadas projetando-se sem regularidade sobre elas. Em uma placa ao lado do portão vermelho havia as palavras SEMINÁRIO REOBOTE em letras vermelhas impossíveis de ignorar.

— Chegamos — disse Anozie, virando-se para Obiefuna e falando pela primeira vez desde que haviam deixado Porto Harcourt. Obiefuna permaneceu quieto, olhando pela janela para as paredes destruídas da escola enquanto Anozie entrava na fila de carros que passavam pelos portões abertos e estacionavam embaixo de um coqueiro fino do complexo. Anozie saiu do carro primeiro e se virou para pegar a caixa de Obiefuna no porta-malas. Obiefuna saiu atrás dele, mas continuou parado perto da porta. Um homem caminhou até eles e apertou a mão do pai com as duas mãos, curvando-se levemente. Obiefuna se lembrava vagamente dele como o homem que havia conversado por um bom tempo com seu pai um mês antes, quando estiveram ali para os exames de admissão. Agora, enquanto conversavam, Obiefuna observava a procissão de garotos curiosos agarrados às mochilas escolares e carregando caixas até o local onde seriam revistados. No portão externo, em frente ao que parecia uma capela, homens de rosto solene estavam em pé atrás de mesas compridas, fuçando nas caixas deixadas sobre elas.

— Obiefuna — chamou Anozie.

Obiefuna virou-se para encará-lo.

— Este é o sr. Josiah. Ele trabalha aqui e será seu guardião.

Obiefuna encarou o sr. Josiah. Se parasse na ponta dos pés, teriam a mesma altura. O sorriso do homem era largo demais, insípido demais, e Obiefuna temia que a baba escorresse pelos cantos de sua boca.

— Deixei um dinheiro com o sr. Josiah para manter você — continuou Anozie. — Procure ele se precisar de qualquer coisa ou se tiver que me ligar. — Seu tom deixou claro que ele não esperava que Obiefuna insistisse nessa última ideia.

Obiefuna assentiu com a cabeça. Seu pai se virou para o sr. Josiah, que parecia atordoado.

— Sim, venha comigo — pediu o sr. Josiah, recuperando a consciência. Ele foi na frente até a área de revista e ajudou Obiefuna a erguer a caixa sobre a mesa, na frente de um homem de aparência severa. Ele murmurou uma resposta inaudível aos cumprimentos de Obiefuna e puxou o zíper da caixa.

— Mostre seu programa — disse ele.

Obiefuna enfiou a mão no bolso e pegou o fino livreto onde estavam relacionados seus pertences necessários. De tempos em tempos, o homem lia o programa e vasculhava a caixa em busca do item. Havia um vigor desordenado quase deliberado na maneira como ele virava as dobras perfeitas das roupas que a mãe de Obiefuna tivera o cuidado de reunir na noite anterior. O homem empurrou as provisões para o lado como se o ofendessem de alguma forma, quase derrubando a caneca de cerâmica dentro da caixa. Ele a ergueu e lançou um olhar para Obiefuna.

— Não usamos isso aqui. Seu copo precisa ser de plástico ou alumínio. Seu pai vai levar de volta para casa.

Ele vasculhou mais um pouco e parou.

— Onde está seu lençol branco?

— Como, senhor?

— Você é surdo? — O homem deu um puxão nas próprias orelhas. — Seu lençol branco para os domingos.

— Não tenho, senhor — respondeu Obiefuna. Seu pai fora meticuloso ao ler o livreto, chegando a ticar as compras que fazia a cada dia. Obiefuna ficou surpreso ao perceber que ele havia deixado esse detalhe passar.

— O que dizia o programa? — perguntou o homem.

Obiefuna manteve os olhos na mesa, envergonhado pelo tom agudo da voz do homem, que já estava chamando a atenção para eles.

— Bem, não posso deixar você entrar se... — O homem parou. — Você está com um cinto marrom na cintura?

Obiefuna olhou para a própria cintura como se a visse pela primeira vez. Essa, ele teve que admitir, tinha sido uma transgressão intencional. A mãe dele comentara em casa, mas estavam com muita pressa, e o pai dera de ombros, considerando que era irrelevante.

— Tire isso — ordenou o homem. — Só preto é permitido.

Obiefuna estava tentando tirar o cinto quando sentiu mãos pousando em seus ombros. O sr. Josiah disse, com um sorriso inerme no rosto:

— Sr. Offor, tenha paciência com meu garoto.

O sr. Offor não retribuiu o sorriso.

— As coisas dele estão incompletas.

— O pai me deu algum dinheiro para comprar um lençol branco e um cinto preto. Eles não sabiam.

— Estava no programa — retrucou o sr. Offor, bufando de leve e acenando para dispensar Obiefuna. O garoto fechou o zíper da bolsa, levou-a à cabeça e caminhou até seu pai.

— Você vai ficar bem — garantiu Anozie. — Leia seus livros, vá à igreja e mantenha a cabeça baixa. — Ele fez uma pausa. Parecia estar em suspenso, indeciso sobre seu próximo passo. Por fim, estendeu a mão e a pousou no ombro de Obiefuna. — Um dia, quando você for mais velho, vai entender por que isso foi necessário. — Com isso, ele caminhou cheio de pressa até o carro. Obiefuna observou-o partir, enquanto uma nuvem de poeira avermelhada o seguia.

— Por aqui — pediu o sr. Josiah, guiando-o em direção ao segundo portão, que levava ao campus principal. Os edifícios erguiam-se por ali, dispostos de forma desordenada, como se não tivesse havido um planejamento e a maioria houvesse sido erguida depois de uma reconsideração. — Você vai ficar na Casa Ogbunike — continuou o sr. Josiah enquanto caminhavam. — É a casa dos garotos do primeiro ano. Vocês têm uma vantagem a mais: vão ficar mais perto do complexo de salas de aula. E é bem isolado, então vocês ficam longe dos alunos mais velhos.

Continuaram andando, Obiefuna desconfortável por sentir os olhares fixos nele vindos das janelas dos prédios por onde passavam, até que chegaram a um prédio de tijolos desbotado ao longe. Ficava parcialmente escondido da vista pela grama alta que crescia diante dele.

— A maior parte dele vai ser derrubada em breve — comentou o sr. Josiah, como se estivesse lendo sua mente. De uma laje baixa de cimento, um grupo de garotos jogando tênis de mesa parou para encará-lo. O sr. Josiah subiu as escadas e desceu o corredor, parando na frente da quarta porta.

— Este é o seu quarto — anunciou ele, entrando. — E este é seu beliche.

Ele apontou para a cama de cima, que estava vaga, perto da janela. No beliche de baixo havia dois garotos sentados, que haviam suspendido seu jogo de cartas, observando-o com franca curiosidade.

— De quem é este beliche? — perguntou o sr. Josiah, dando batidinhas na cama de baixo.

Um dos meninos levantou a mão.

— Ótimo. Este é seu novo colega de beliche. Ajude-o a se ajeitar aqui — disse ele em um tom que não era de um pedido. Obiefuna ficou observando ele partir.

— E aí, você é um fazedor de chuva? — perguntou o garoto quando o sr. Josiah saiu pela porta.

— O quê?

— Sabe, você, tipo, molha a cama à noite?

— Ah! — Obiefuna respirou fundo. — Não.

— Ótimo — disse o garoto, aliviado —, porque a última coisa que eu quero é o seu mijo caindo na minha boca no meio da noite. Me chamam de Sabido — acrescentou o menino, estendendo a mão.

Obiefuna tomou a mão dele, cumprimentando-o.

— Obiefuna.

— Precisa de ajuda com isso daí? — perguntou Sabido, olhando para suas coisas.

— Não, está tudo bem — tranquilizou Obiefuna, e mesmo assim Sabido o ajudou a desfazer as malas, abrindo um espaço para ele no guarda-roupa improvisado e limpando o compartimento superior do seu armário para acomodar temporariamente as provisões de Obiefuna. Ele desapareceu do quarto e voltou alguns minutos depois com um colchão sem capa. No meio havia uma mancha no formato de um mapa desenhado às pressas e tinha um leve odor de urina velha.

Obiefuna encarou-o boquiaberto.

— Não posso usar isso daí.

— Por que não? — Sabido deu um tapinha na espuma. — Está seco.

— Eu nem sei quem era o antigo dono.

Sabido parou por um instante. Divertindo-se, ele encarou os olhos de Obiefuna.

— Mas que *ajebo*,[11] hein? Acha que ainda está em casa? — disse. — Olha, pode escolher entre isso aqui e dormir no chão. Devia se considerar um cara de sorte. Nem todo mundo consegue uma cama para dormir no primeiro dia.

— Quando vou ganhar a minha?

Sabido deu de ombros.

— Sei lá. Pode ser amanhã, pode ser semana que vem. Talvez nunca consiga até se formar.

Obiefuna suspirou. Havia no programa a instrução para depositar dinheiro para a compra de um colchão, um armário e um balde. Ainda tinha o recibo que seu pai lhe dera guardado no bolso da camisa para apresentar ao tesoureiro quando os produtos estivessem disponíveis. Ele observou enquanto o outro garoto encaixava o colchão no beliche de cima, enrolado na colcha extra de Sabido. Desceu depois que terminou e deu uma batidinha satisfeita na cama.

— Acho que deu.

Obiefuna assentiu com a cabeça, tocado.

— Obrigado.

— Nada.

Naquela noite, Obiefuna sonhou que estava caminhando para casa e avistou a mãe e Aboy na escada, esperando por ele.

Sabido acordou-o na manhã seguinte dando toquinhos repetidos em suas costas. Obiefuna sentou-se na cama e encarou-o, semicerrando os olhos pelo brilho intenso da lâmpada em seu rosto, incapaz de lembrar, por um instante, onde estava. Ao longe, conseguia distinguir o eco

11. Pessoa que nasceu em berço de ouro, privilegiada. (N.T.)

distante de um sino e passos arrastados saindo dos quartos e cruzando o corredor.

— É o sino do despertar — explicou Sabido, apagando a lâmpada. — Vamos para as orações. Rápido, antes que os veteranos cheguem.

Obiefuna desceu do beliche e, no escuro, tateou o espaço com os pés.

— O que está procurando? — perguntou Sabido.

— Meus chinelos.

— Você deixou no chão antes de ir dormir?

— Sim, aqui mesmo. — Obiefuna bateu os pés no chão ao lado do armário de Sabido.

— Ai, não. Não pode fazer isso — explicou Sabido. — Os donos levaram.

— Que donos? São meus. Meu pai comprou para mim em casa antes de virmos para cá.

Sabido deu uma risadinha.

— O que estou falando é que... Quer saber? Deixa pra lá. — Ele enfiou a mão no armário e tirou um par de sandálias grandes demais. — Se vira com essas por enquanto. Vamos.

Quando saíram pela porta, Obiefuna perguntou a Sabido se voltaria a ver seus chinelos algum dia.

— Não — foi o que respondeu Sabido.

As orações foram curtas, lideradas pelo monitor da capela, um aluno do terceiro ano do ensino médio igualmente baixo que batia os pés em intervalos, segurando o cós da calça, como se estivesse preocupado que ela pudesse escorregar. Depois, Obiefuna ficou na fila da torneira com o balde de plástico que Sabido havia providenciado para ele. O banheiro estava lotado de estudantes, então ele optou por se juntar a alguns garotos que tomavam banho no campinho na frente do prédio deles. Sabido riu do fato de ele ter se tornado um fora da lei logo no primeiro dia. No fim do dia, ele estava bem acomodado em sua turma, já informado por Sabido sobre as rotinas. Na aula, ele folheou seu livro de matemática, tentando se concentrar nos exercícios e entender as fórmulas, mas sua mente não conseguia retê-los por tempo suficiente para extrair qualquer sentido. Ficou ainda mais distraído com o tamborilar baixo mas insistente do garoto que estava sentado atrás dele. Lutou contra uma vontade crescente de se virar e dar uma dura nele.

— Não faz sentido, né? — comentou o garoto ao lado dele. Obiefuna olhou para ele. Antes, ele o observara com um interesse indistinto, notando a maneira como o garoto o examinava de perto de vez em quando, tentando chamar a atenção de Obiefuna.

Por fim, Obiefuna fez que não com a cabeça, concordando.

— Nada.

— Não estressa. Todo mundo aqui tem um tempo — tranquilizou ele. — Vamos conversar.

Obiefuna virou-se para dar toda a atenção ao garoto, que tinha uma cabeça com um formato curioso, um contraste estranho com seu rosto bonito e liso. Seu sorriso era estranho, indeciso, como se ainda não tivesse se decidido quanto a Obiefuna.

— Sobre o quê?

— Qualquer coisa — respondeu o garoto. — De onde você veio?

— Porto Harcourt — revelou Obiefuna.

— Como era sua escola antiga?

— Muito boa — disse Obiefuna. Ele imaginou se havia dado uma impressão de superficial. Ele amava aquela escola e havia progredido lá, mesmo em meio a uma concorrência justa. Ele se lembrou dos professores gentis e de fala mansa, dos amigos que havia conquistado aos poucos. O resultado dos exames do ensino fundamental havia sido divulgado um mês antes, e a diretora ligara pessoalmente para os pais dele para parabenizá-los.

— Então, por que você foi transferido pra cá? — perguntou o garoto.

Obiefuna olhou de novo para o livro aberto à sua frente. Entrou em pânico por um instante, imaginando se o garoto tinha visto a expressão em seus olhos, se aquele aluno estranho tinha sido capaz de ver além da fachada e lê-lo de alguma forma. As cicatrizes em suas costas ainda não estavam totalmente curadas e às vezes ficavam sensíveis quando tomava banho. Como poderia descrever a ardência do fio naquela manhã de sábado, quando ele atingia a pele? E, no entanto, mesmo naquele momento, ele tinha antes de mais nada consciência não da dor da surra, mas do medo nos olhos do pai. Ainda se lembrava da preocupação da mãe quando ela voltou do salão e viu as marcas, de que ela passara a noite inteira gritando com o pai, sua voz ecoando nas paredes da casa até altas horas enquanto Obiefuna tentava dormir com as costas tensas de dor. Depois, ela perguntou o que acontecera, e ele tinha mentido dizendo que havia quebrado um prato, grato por Ekene já ter despachado o lixo do dia. Ela o encarou com dúvida nos olhos, mas não o questionou mais. Ele se lembrava também da expressão no rosto dela quando seu pai lhe deu a notícia de que ele faria os exames de admissão no seminário dentro de alguns dias. A mãe protestou, destacando seu desempenho excepcional na escola em que estava, mas Obiefuna olhou para o outro lado da mesa e encontrou os olhos do pai fixos nele, e a frieza daquele olhar o induziu a dizer: "Eu quero ir, mãe". E ela se virou para ele, surpresa, ciente de que algo que estava fora de sua compreensão havia acabado de acontecer entre pai e filho, algo que a excluía categoricamente. Mais uma vez, aquela expressão de dúvida voltou aos seus olhos. De novo, ela não disse nada.

Um silêncio repentino recaiu sobre a turma. Um aluno veterano entrou e ficou parado à porta, observando a turma com um gesto de cabeça e com o rosto franzido. Quando ele estava pronto para sair, alguém assobiou.

O aluno mais velho virou-se para a turma.

— Quem fez isso?

Dessa vez o silêncio durou ainda mais. Obiefuna esperou que alguém falasse, que o menino confessasse. Mas nada aconteceu.

— Fiquem de joelhos, todo mundo — disse o aluno mais velho. Obiefuna se perguntou, enquanto toda a turma se ajoelhava, de onde tinha vindo o chicote que o veterano agora segurava nas mãos. Ele olhou de soslaio para o garoto ao lado dele, o que havia feito o som. O garoto estava olhando para a frente com uma expressão tão vazia no rosto que Obiefuna se perguntou se havia se enganado. O aluno mais velho andava de um lado para o outro na fileira, fazendo ameaças moderadas para o caso de o culpado não ser identificado. Os joelhos de Obiefuna doíam pela posição tensa em que estava encaixado atrás da mesa.

— Você, de pé — disse o aluno mais velho de repente, apontando para Obiefuna.

Obiefuna hesitou antes de se levantar. Seu peito doía devido às batidas furiosas do coração.

— Fala quem fez o som — exigiu o veterano.

Obiefuna pigarreou e engoliu em seco. Ao lado dele, ele conseguia sentir a tensão do garoto. Também podia sentir todos os olhos na sala fixos nele, aguardando. Ele começou a transpirar.

— Já que você não vai falar, pode sair daí. Vai servir de exemplo para os outros.

Obiefuna saiu detrás da mesa e caminhou até a frente da sala.

— Segure naquela parede — ordenou o veterano, batendo o cabo na mesa.

Obiefuna virou-se para a parede. Preparando-se para receber a chibatada, ele teve um sobressalto quando alguém gritou:

— Veterano, ele é aluno novo!

O aluno veterano fez uma pausa e olhou para ele com curiosidade.

— Você é aluno novo?

Obiefuna assentiu com a cabeça.

O veterano deu-lhe um leve toque com o cabo do chicote, como se estivesse triste pela diversão que acabara de perder.

— E já está deixando eles te estragarem. — Ele o avaliou com um sorriso. — Volte pro seu lugar.

Obiefuna sentiu-se leve no caminho de volta para sua carteira, como se pudesse flutuar caso levantasse os pés um pouco mais alto. Um murmúrio suave surgiu após a saída do veterano. O garoto ao lado dele o cutucou, olhando para ele com espanto.

— Você é de verdade — disse.

Obiefuna fez que sim com a cabeça. Ele era bem estúpido, isso sim. Imaginou se o garoto realmente estava preparado para ver outra pessoa sofrer uma punição por um crime seu. Obiefuna também se perguntou se o menino era quem havia gritado a informação que o salvou.

— Meu nome é Jekwu — ele se apresentou.

Foi Jekwu quem lhe mostrou como funcionavam as coisas, fornecendo--lhe os truques necessários para sobreviver. Melhor acordar e tomar banho antes que o sino de despertar tocasse e o banheiro ficasse lotado demais, melhor armazenar água pela manhã, depois do café, quando a torneira ficava livre, para ter um pouco de reserva para os banhos da tarde ou da noite. Fazer de tudo para nunca faltar à capela nem se esquecer de arrumar sua cama com lençóis brancos aos domingos. Obiefuna aprendeu a deixar de molho pequenas quantidades de *garri*[12] crua em água antes do preparo noturno, para que, ao chegar no quarto, ele encontrasse uma porção inchada, de sabor insosso, mas totalmente satisfatória. Aprendeu a cortar o sabonete em pedaços menores para fazê-lo durar mais e dizer não às pessoas que pediam para usar seu sabonete no banheiro. Aprendeu a esticar peças de roupa embaixo dos travesseiros antes de dormir para que ficassem com vincos pela manhã. Aprendeu a manter distância dos mais velhos: nunca os olhar nos olhos, desviar para o outro lado quando os avistava e nunca sorrir. Aprendeu a aproveitar ao máximo seu tempo lá.

Mesmo assim, o internato o cansava. Ele odiava o som agudo do sino do despertar, rápido e ressonante, que fazia a parte interna de seus ouvidos latejar, provocando-lhe um sobressalto mesmo quando estava acordado. Odiava a eterna sensação de urgência que pairava no ar. Odiava ter que correr para as cerimônias votivas realizadas no pátio da escola, para as aulas, para o refeitório, para a cama. Odiava as sessões de oração extremamente longas ao acordar e no fim das aulas. Odiava a suspeita velada com que todos se olhavam, tentando enganar e, ao mesmo tempo, evitar serem enganados. Odiava ter que tomar banho no banheiro, um pátio aberto ao lado das latrinas sempre imundas, onde as fezes se alinhavam no chão e as moscas se acumulavam nas tardes quentes, de modo que seu primeiro instinto, sempre, era o de vomitar. Jekwu riu na primeira vez que ele reclamou e garantiu que ele se acostumaria, e até mesmo a ideia de se acostumar o desanimava.

Ele odiava os alunos mais velhos, figuras altas e malévolas que pareciam se divertir com comportamentos sádicos. Castigos corporais até mesmo para os menores delitos aconteciam de forma criativa, cruel e doentia. As histórias aterrorizavam Obiefuna: o grupo de açoitados pelos veteranos, o peculiar ex-monitor, misericordiosamente expulso, que tinha prazer em queimar com um isqueiro a ponta dos dedos daqueles que o desafiavam, os veteranos glutões que roubavam as refeições dos mais novos e os faziam assistir enquanto comiam. Um colega mostrou a Obiefuna uma cicatriz triangular em seu braço: um aluno veterano

---

12. Farinha de mandioca fermentada e assada. (N.T.)

havia atirado nele um ferro de passar, recém-esvaziado de carvão em brasa. Era impensável delatar qualquer um desses casos. Os dedos-duros eram desprezados, até mesmo entre as vítimas, o que era surpreendente. Em pouco tempo Obiefuna compreendeu tudo isso. Os meninos aguentavam tudo aquilo porque o sistema deles prometia reciprocidade. Chegaria o momento em que também seriam veteranos, estariam no comando dos negócios, livres para extravasar as frustrações acumuladas ao longo dos anos como mais novos. A promessa dessa gratificação futura tornava o sofrimento presente suportável, até mesmo desejável, pois o sofrimento os deixaria mais fortes e brutais, mais habilidosos em saber como quebrar alguém. A analogia deixava Obiefuna enjoado. Ele observava os estudantes mais novos abaixo dele, inocentes e modestos, alegremente inconscientes de que, apenas por serem jovens, estavam se recrutando para sofrer um horror inimaginável. Ele se sentia pior ao pensar que seriam submetidos a um estado de obediência e herdariam a ideia de reciprocidade, a qual passariam adiante para aqueles que viessem depois deles. E ele odiava a pequena mas firme certeza em seu íntimo de que era questão de tempo até que perdesse a calma e virasse exatamente aquilo que desprezava.

Ele odiava a comida. O chá no café da manhã era um líquido esbranquiçado e insípido que os meninos complementavam com suas bebidas. O almoço era a previsível *garri* e uma variedade de sopas semelhantes em seu sabor aguado: a *eguisi*[13] com sementes não moídas se destacando, a *ogbono*[14] com excesso de azeite de dendê flutuando por cima. Somente os domingos era diferentes. Obiefuna passou a apreciar o molho de ovo servido com pão e um chá mais saboroso no café da manhã. Mas era o almoço que ele mais esperava durante toda a semana: arroz branco e ensopado, às vezes feito com carne. No entanto, ficava irritado com as longas filas na hora das refeições, com os meninos se empurrando e se acotovelando até ameaçarem virar o refrigerador onde ficava a comida sobre a mesa. A maioria de seus colegas de classe o repelia: homens

---

13. Sopa tradicional da culinária nigeriana, feita com sementes de melão moídas, vegetais e, muitas vezes, carne ou peixe. (N.E.)

14. Sopa espessa da Nigéria, feita com sementes moídas da árvore ogbono, que conferem uma textura viscosa ao prato. (N.E.)

atrevidos, quase jovens, velhos demais para ainda estarem no ensino médio, ostentando um senso de humor grosseiro e vulgar. Ele ficou surpreso com quantas coisas seriamente ofensivas se tornaram triviais para eles (nunca teria imaginado que um insulto como "arrombado" fosse algo que alguém pudesse aceitar com naturalidade, como se fosse tão inofensivo quanto "idiota") e com a tendência deles a se envolverem em brigas repentinas e descontroladas. Odiava o cheiro intenso de corpos não lavados e os odores corporais que não podiam ser escondidos por baixo de colônias de cheiro intenso, o odor forte de urina que pairava no ar todas as manhãs, vindo dos cantos dos alunos que faziam xixi na cama. Odiava a tendência de as coisas desaparecerem com rapidez e sem deixar vestígios. E odiava, acima de tudo, o ridículo que certamente seria enfrentado se reclamasse de qualquer uma dessas coisas. Como havia notado rapidamente o ar altivo que os garotos demonstravam com os novos alunos, ele ficou grato a Sabido e Jekwu por sua lealdade quase inquestionável; eram os parceiros mais próximos que tinha. Pois ali, no vasto seminário, ele se sentia isolado do mundo, dominado pelo sentimento puro e íntimo de sua mediocridade. Se gritasse com todas as suas forças, ninguém fora dos muros o ouviria.

Pensava com frequência em Aboy. Em seus devaneios passageiros, via-se na cozinha, parado na frente de Aboy, estendendo a mão para beijá-lo; mas, quando chegava perto o suficiente, o rosto de Aboy se transformava e dava lugar ao de seu pai, com aqueles olhos atormentados, como se estivesse morrendo de parada cardíaca. Nos breves telefonemas feitos pelo sr. Josiah para o pai, mensagens transmitidas de um lado para o outro em monossílabos concisos para economizar custos, ele conseguia depreender apenas uma imagem obscura da situação em casa. Certa vez, ligou quando sua mãe estava por perto, e ela o informou, no fim da ligação, que Aboy e Ekene haviam mandado lembranças. Quando devolveu o telefone para o sr. Josiah e saiu da sala, sentiu uma onda de calor no peito que o acompanhou por dias.

Obiefuna foi designado para trabalhar em caráter permanente aos sábados na fazenda da escola. Era um raro golpe de sorte. Os meninos do primeiro ano do ensino médio, considerados a força de trabalho da escola, em geral ficavam encarregados das tarefas mais extenuantes: lavar banheiros, manusear o lixo do seminário e nivelar a grama alta ao redor da escola quando necessário. O trabalho agrícola, basicamente reservado aos alunos do segundo ano, parecia um milagre. Na fazenda, havia muitos trabalhadores para as poucas tarefas que precisavam ser feitas, e, embora Obiefuna não se importasse em participar das colheitas, até achasse agradável, o trabalho agrícola atribuído a ele e aos outros meninos do primeiro ano era basicamente capinar com uma enxada. O monitor agrícola, o Veterano Chijioke, era popular por sua simpatia com os subordinados, confundindo os limites entre supervisor e supervisionado. No final de cada sessão, deixava um aluno mais novo subir nas laranjeiras e nas goiabeiras e fazer chover frutas, dando a cada trabalhador um pouco com a instrução de comer ali mesmo e não levar para os dormitórios. Obiefuna achava a capina relaxante: seus movimentos eram rítmicos, as plantas cedendo sob a lâmina da enxada, as conversas prosperando ao seu redor. Em um sábado, enquanto trabalhava, ele notou um grupo de veteranos sentados em uma árvore caída, mascando as canas-de-açúcar que haviam cortado anteriormente. Obiefuna entreouviu trechos da conversa de onde estava. O tom de voz do veterano era tão forte que a conversa parecia ser uma discussão, embora os outros apenas observassem com expressões de admiração no rosto enquanto ele falava sobre um lugar chamado Portão Verde, aonde, segundo Obiefuna, ele havia ido na noite anterior. Obiefuna sabia quem ele era. O Veterano Papilo recebera esse nome em homenagem ao astro do futebol nigeriano Nwankwo Kanu, cuja habilidade ele personificava à perfeição, pois era o capitão do time de futebol da escola. Era também um dos veteranos mais temidos do campus, conhecido por seu temperamento espontâneo e suas punições criativas. Não sendo monitor, recebia uma reverência maior até mesmo que a do monitor mais veterano. Sua descrição do Portão Verde era lúcida, com pausas ocasionais para aumentar a expectativa. Obiefuna ficou trabalhando com as ervas daninhas ao redor do grupo, sem conseguir parar de se aproximar deles, intrigado pela natureza proibida das informações que estavam sendo compartilhadas. Estava tão absorto na história e em suas fantasias sobre o lugar que o Veterano Papilo descrevia que não percebeu de imediato o silêncio que se instalou, a tensão palpável que agora pairava no ar. Ele ergueu os olhos com movimentos lentos e cautelosos e, para seu horror absoluto, viu que o Veterano Papilo estava olhando diretamente para ele.

— Venha — disse ele.

Obiefuna desviou o olhar e arrancou as ervas daninhas com ainda mais vigor.

— Juro por Deus, se eu precisar repetir...

Obiefuna endireitou-se após a limpeza das ervas e tocou o peito para confirmar que era ele quem estava sendo convidado, esperando que a expressão vazia em seu rosto estivesse projetando sua inocência fingida. O Veterano Papilo sustentou seu olhar sem confirmar. Alguma coisa na maneira como ele batia a cana-de-açúcar na mão informou a Obiefuna que o veterano o atacaria se perdesse mais tempo. Ele se aproximou do grupo com a cabeça baixa, arrependido, amaldiçoando sua curiosidade.

— Vai repetir tudo o que acabou de ouvir, palavra por palavra — ordenou o Veterano Papilo.

Obiefuna levantou a cabeça para encará-lo.

— Estou vendo que você gosta do papo dos Grandões. Achou que devíamos convidar você para se juntar formalmente a nós, não é? — perguntou ele aos outros veteranos. Eles responderam com uma breve gargalhada.

O momento era tenso. Uma brisa leve vinda das árvores agitou as folhas de mandioca e se instalou nos ouvidos de Obiefuna. Seu coração palpitava ferozmente como se fosse saltar do peito. Ele conseguiu sentir o suor escorrendo pelas costas enquanto todos os veteranos o encaravam. Suas pernas começaram a coçar.

Por fim, um dos veteranos, visivelmente ansioso para retornar à conversa que havia sido interrompida, deu um toque no Veterano Papilo e fez um gesto de súplica com as palmas das mãos, e o Veterano Papilo acenou para dispensar Obiefuna.

Obiefuna voltou a arrancar as ervas daninhas, prometendo a si mesmo que tomaria a maior distância possível deles.

Jekwu riu quando Obiefuna lhe contou essa história.

— Ué, achei que você quisesse ouvir o papo. Por que saiu correndo?

Obiefuna riu também. Ainda não conseguia se livrar da sensação de apreensão que experimentava. Também não conseguia esquecer a expressão sinistra nos olhos do Veterano Papilo, que lhe dera certeza por uma fração de segundo de que ele cairia morto sem ser tocado.

— O Veterano Papilo é assim, *sha*[15] — disse Jekwu —, um ser humano muito perverso. — Ele tocou o ombro de Obiefuna, inclinando-se para sussurrar em seu ouvido: — Se quiser saber o que eu acho, meu conselho é que você o evite. Não deixe que ele perceba que você existe, para o bem ou para o mal. Vai se arrepender de qualquer maneira, acredite em mim.

Obiefuna não havia planejado chamar a atenção do Veterano Papilo, nem de qualquer outra pessoa. E foi assustador para ele quando, alguns dias depois, ele desviou o olhar do quadro-negro para a janela da sala de aula e avistou o Veterano Papilo passando com alguns de seus amigos. Antes que Obiefuna tivesse a chance de desviar o olhar, o Veterano Papilo olhou para a direita e seus olhos se encontraram; e, pelo restante do dia e pelos dias seguintes, Obiefuna pensou na expressão do Veterano Papilo, aquele sorriso leve e sugestivo que puxava os lábios para um canto. Aquilo o perturbou de alguma forma.

15. *Sha* é uma partícula conversacional do igbo, um atenuador, como "bem", "ora" etc. (N.T.)

5.

As manhãs de Uzoamaka tinham um gosto amargo agora. Aquilo permanecia na língua dela muito tempo depois de escovar os dentes, estragando todas as refeições que ela fazia. Ela atribuiu a sensação, a princípio, ao mal-estar. As fortes chuvas recentes, incomuns para o início de outubro, trouxeram mosquitos, e Anozie tinha o péssimo hábito de deixar as janelas abertas. Ela pediu ao farmacêutico de rua que lhe prescrevesse remédios contra malária e engoliu religiosamente comprimido após comprimido. Na segunda semana, ela já sabia o suficiente para decidir que sua doença não era física, mas apenas uma reação à ausência de Obiefuna. Foi como se um bem precioso tivesse sido arrancado de suas mãos. Ela o observara na manhã em que ele foi embora, enquanto ele entrava no carro ao lado de Anozie, e sentiu naquele momento uma dor lancinante no peito, como se tivesse sido esfaqueada, que se metamorfoseou, com o avanço dos dias, em uma dor embotada e persistente. Ela havia subestimado o impacto da presença dele, o som de suas gargalhadas ecoando, e agora era invadida aleatoriamente por lampejos das coisas comuns que ele costumava fazer. Também subestimara sua popularidade silenciosa e muitas vezes ficava surpresa com a frequência com que as pessoas perguntavam por ele.

Uma semana após o retorno das aulas, em setembro, Ekene voltou com um bilhete escrito pela diretora, solicitando a presença de Uzoamaka e

Anozie. Anozie, convenientemente, teve um compromisso de trabalho, então Uzoamaka foi sozinha.

— Entendo que a senhora quer o melhor para o seu filho — começou a diretora depois que as gentilezas superficiais acabaram. — Mas nos ajudaria se ao menos soubéssemos o que estamos fazendo de errado.

— Vocês não fizeram nada errado, *ma*[16] — disse Uzoamaka.

— Então, por que tiraram o garoto daqui? Foi por causa do exame do fundamental? Somos conhecidos pelas boas notas. Além disso, Obiefuna se daria bem de um jeito ou de outro. Ele estava indo muito bem.

Uzoamaka ficou olhando para a mesa. Ela ficou um tanto desconcertada com o rosto pequeno e contraído da diretora, com o que parecia uma mania de organização compulsiva na disposição dos materiais na sala grande. Na sala ao lado, vozes de crianças repetindo uma definição ecoavam em seus ouvidos.

A mulher fez que não com a cabeça, resignada.

— Bem, tenho certeza de que a senhora sabe o que é melhor para ele. Só que eu fiquei sem entender. Principalmente porque seu outro filho ainda está aqui conosco. Não faz sentido para mim.

Uzoamaka abriu um sorriso tenso como resposta. Não havia como explicar àquela mulher que ela mesma estava, de fato, tão confusa quanto ela com a mudança. Imaginava já estar acostumada com a espontaneidade de Anozie, mas essa decisão a deixara desconfortável. Ela falou pouco pelo restante do dia enquanto trabalhava no salão, desembaraçando tranças, lavando, arrumando, relaxando e fazendo permanente, mas em casa ela contou a Anozie sobre sua visita à escola usando as mesmas palavras da diretora. Não fazia sentido transferir o garoto de uma escola relativamente barata e de qualidade para uma em um estado totalmente diferente só porque estava preocupado com o desempenho do garoto no exame do ensino médio.

— Quem disse que eu estava preocupado com o desempenho dele?

---

16. "Senhora" ou "mãe" em igbo. É comum na Nigéria chamar desconhecidos mais velhos de mãe, pai, tio ou tia em sinal de respeito. É como o *Ma'am* do inglês. (N.T.)

— Então por quê, Anozie? — questionou ela. Odiava o tremor em sua voz. Desejou que houvesse algo ao alcance da mão que pudesse lançar contra a parede. — Por que ele não está aqui?

— Porque, enquanto ele for meu filho, posso tomar algumas decisões sobre ele, e elas não precisam fazer sentido para você nem para aquela idiota — retrucou Anozie. — Ele vai ficar naquela escola, Uzoamaka. E ponto-final. Não quero falar desse assunto de novo.

Uzoamaka ligou para sua irmã, Obiageli, para reclamar. Nem sempre tiveram o melhor relacionamento, que ficou ainda mais tenso depois da morte de seus pais, cinco anos antes. Obiageli carregava uma noção irracional de competitividade em tudo. Os problemas de Uzoamaka seriam mais uma maneira de ela se sentir satisfeita. Obiageli ouviu, emitindo sons curtos e solidários enquanto Uzoamaka falava, e depois de tudo ela decidiu que a situação realmente não era justa, mas talvez Anozie soubesse o que era melhor. Uzoamaka desligou.

O noticiário da noite era composto quase completamente de horrores. A explosão de um oleoduto em Lagos matara cem pessoas; os tumultos em Jos deixaram uma pilha de corpos. Perto dali, a meras duas ruas de distância, membros de uma seita armada invadiram o bairro e cometeram um estupro coletivo. Em meio ao seu novo estado de ansiedade permanente, Uzoamaka tinha consciência de uma sensação mais íntima e confusa de desconforto, a percepção de que algo havia dado errado em sua casa. Estava com raiva demais para compreender a tensão no ar, mas sempre estivera em sintonia com Anozie e conseguia perceber quando algo estava roubando o sono dele. Às vezes ela se assustava ao acordar e encontrá-lo bem desperto, sentado na cama com os braços cruzados sobre o peito, olhando ao longe. Uzoamaka não o pressionou para obter informações. Com o tempo, acostumaram-se a um padrão de brincar de esconde-esconde um com o outro, esperando o máximo de tempo possível para ver quem desistiria. Quase sempre Anozie era o primeiro a se render. Em mais alguns dias ele lhe contaria qual era o problema e a tranquilizaria. Mas o prazo esperado passou, e ele não falou nada. Ela voltou do trabalho tarde da noite e encontrou Aboy em casa, parado junto à bancada da cozinha, de costas para a porta. Ele fazia sons estranhos com a garganta, e ela pensou, a princípio, que estivesse cantando. Mas ele se virou ao sentir a presença dela, e ela viu que ele estava chorando.

— Senhora, por favor me ajude, implore ao *oga* — pediu ele. — Não tenho para onde ir.

Anozie era inflexível. Sempre fora um homem severo. Normalmente não voltava atrás em sua palavra. Ao longo dos anos, ela havia adquirido a capacidade de moderar a maioria das decisões extremas dele e fazê-lo reconsiderar. Mas também aprendera seus limites, ciente agora de que havia momentos em que não tinha volta para Anozie. A desonestidade era o que mais pesava para ele, e a realidade de um ladrão trabalhar para ele era o suficiente para deixá-lo à flor da pele. Ele tinha dado a Aboy duas semanas para ir embora, e, à medida que os dias se aproximavam, Uzoamaka sentiu o ar na casa ficar ainda mais rarefeito, como se todos compartilhassem um suprimento limitado. Aboy estava deixando as refeições intocadas.

— Você não vai dizer ao seu povo que eu me recusei a te alimentar em minha casa! — disse Anozie a Aboy. — Não vai roubar de mim e ainda por cima manchar meu nome.

A ideia da partida dele encheu Uzoamaka de um terror vago. Mesmo agora, com a despedida iminente, ele realizava as tarefas com a máxima eficiência: transportava água da torneira pública para encher os tambores, lavava a pilha de roupa suja de Anozie no tonel do andar de baixo. Naquele fim de semana, ela se sentira mal demais para ir ao mercado e, em vez disso, o mandara, sorrindo em seu íntimo, enquanto lhe entregava a lista de compras e algum dinheiro de sua bolsa, ao pensar em Anozie descobrindo que ela estava lhe confiando dinheiro, algo que o próprio Anozie, até pouco tempo, fazia sem nenhum receio.

— Volto logo, *ma* — ele lhe disse, e ela sentiu o coração se apertar diante da necessidade instintiva dele de tranquilizá-la.

Ela queria dizer que nunca pensara diferente, mas, em vez disso, falou:

— Não demore.

Ele assentiu com a cabeça e seguiu até a porta. Uzoamaka foi em direção à cozinha.

— Ele vai ficar bem — falou Aboy da porta.

Uzoamaka deu meia-volta.

— O quê?

— Obiefuna — respondeu Aboy. — Eu sei que está preocupada com ele. Mas ele é um bom menino, sabe ficar longe de problemas.

Uzoamaka encarou-o por um instante antes de concordar com a cabeça. Estranhamente, parecia um pouco mais reconfortante vindo de Aboy; havia algo reconfortante na sinceridade prática e mesmo assim particular de seu tom, como se estivesse apenas apontando o óbvio, ao mesmo tempo que falava de um lugar de intimidade.

— Aboy — disse ela —, por que você pegou o dinheiro do seu *oga*?

Ele fechou os olhos e expirou. Quando os abriu, o que ela viu foi uma vulnerabilidade, desprovida de culpa, e algo que mais tarde ela interpretaria como decepção.

— Senhora, juro pelo túmulo do meu falecido pai que não roubei o dinheiro de *oga*.

Uzoamaka observou-o em silêncio. Ela se lembrou de Anozie se vangloriando, satisfeito, até altas horas da noite enquanto ela adormecia. O garoto fora uma resposta às preces de Anozie, inspirando nele uma confiança absoluta que Uzoamaka sabia ser rara no caráter exigente do marido. Ela estava familiarizada com um fenômeno infeliz que às vezes ocorria com aprendizes. Alguns mestres eram conhecidos por explorar seus garotos até o limite, apenas para, no final, se voltarem contra eles e acusá-los de delitos, tudo em uma tentativa de fugir da responsabilidade de "acertar com eles" no final do serviço, conforme estipulado no contrato. Mas Aboy estava apenas no primeiro de seus cinco anos de serviço obrigatório. Anozie tinha pouco a ganhar com sua expulsão. Além disso, ele não era esse tipo de homem.

— Por que mais o seu *oga* ia querer que você fosse embora?

— Ele está... bravo comigo — respondeu Aboy, gaguejando um pouco.

— Mas por quê? — pressionou Uzoamaka. Ela não entendia. Aboy parecia simplesmente perfeito para Anozie, para a família. — O que você fez para ele?

Houve um instante, enquanto ela o observava do outro lado do cômodo, quando viu os lábios se entreabrirem, quando pareceu que ele falaria. Mas ele deu de ombros e apertou a lista de compras na mão, e, com os lábios repentinamente firmes, ela soube que nunca conseguiria uma resposta, que a conversa, para ele, havia acabado.

Aboy deixou a casa num sábado, um dia antes do prazo que Anozie havia lhe dado. Anozie estava trabalhando, e Ekene ainda não havia chegado do campo. Ela estava preparando o almoço na cozinha, e ele apareceu na porta para dizer que estava pronto para ir embora. Ela o seguiu até a sala de estar.

— Para onde você vai? — perguntou.

Ele deu de ombros.

— Talvez para a aldeia.

Uzoamaka suspirou. Ele poderia nunca ter vindo. Com que tipo de homem ela havia se casado?

— Aboy, você implorou ao seu *oga*? Seja lá o que tenha feito, ele pode lhe dar uma segunda chance se você pedir desculpas.

— Ele não vai, senhora — insistiu Aboy, mantendo os olhos no chão enquanto falava com ela, como se tivesse medo de encará-la. — Ele nunca me perdoaria.

Algo na força repentina de seu tom fez Uzoamaka dar um passo inconsciente para trás. Ele hesitou por mais um momento, como se estivesse pedindo desculpas em silêncio antes de sair pela porta. Ela continuou de pé, observando a figura dele se afastar, até que não conseguiu mais vê-lo, e, em seguida, voltou para a cozinha. A dor surda havia voltado ao peito dela, trazendo de volta uma estranha sensação de privação. Ela pegou a faca para cortar as folhas de *utazi*[17] para a sopa, mas por vários momentos não conseguiu obrigar seus dedos a trabalharem. Ela ficou cega por um momento com um clarão de luz que cruzou sua mente e, depois de piscar para afastá-lo, foi impulsionada pela clareza. Uzoamaka voltou-se para a porta e saiu, descendo às pressas o pequeno lance de escadas que levava até a frente da casa. Aboy estava parado diante do pátio, com a bolsa pendurada no ombro, pronto para embarcar em um ônibus.

---

17. Folha de sabor amargo usada como tempero na culinária da Nigéria, especialmente em sopas e pratos tradicionais. (N.E.)

— Aboy! — gritou ela. Ele se virou em sua direção, alarmado, e, ao se aproximar dele, ela sentiu algo mais: medo. Ele estava preparado para alguma coisa que ela diria, algo que ela acabara de perceber. Mas Uzoamaka apenas desamarrou a ponta do seu avental e puxou um fino maço de notas de naira[18] dobradas, que ela pousou na palma da mão dele. — Entregue isso ao seu povo quando chegar em casa — pediu ela. — E cuidado na estrada.

Com suas roupas mínimas e os pés descalços cobertos de poeira, ela se sentiu um pouco dramática, um pouco idiota.

Aboy olhou para o dinheiro em suas mãos. Ela viu os olhos dele se encherem de lágrimas.

— Deus abençoe a senhora — disse.

Uzoamaka assentiu com a cabeça. Percebeu que a gratidão dele ia além do dinheiro: ele sabia que ela acreditava nele.

— Vá bem, meu filho — disse. — *Ije oma.*[19]

Ele assentiu com a cabeça. Parecia que a abraçaria, mas decidiu não o fazer. Ela continuou parada ao lado dele, sem falar, até que um ônibus parou, e ele embarcou. Então, ela deu meia-volta e retornou para dentro de casa.

---

18. Naira é a moeda oficial da Nigéria. (N.E.)

19. "Tenha uma boa jornada." (N.T.)

6.

Os garotos tinham um hino especial para o Dia da Visita. Em geral era cantado pela manhã, antes de os portões serem abertos para os visitantes. Obiefuna passara a semana anterior inteira decorando as palavras. Estava tomado pela emoção de rever sua mãe, rever Ekene, depois de tanto tempo. Pelos relatos de outros alunos, ele concluiu que o dia era um evento importante, com alguns pais viajando muitos quilômetros por vários estados para comparecer, frequentemente transformando tudo em uma reunião familiar chamativa, com direito a coolers e mais coolers de comida, como se fosse uma festa. No Dia da Visita, a cozinha oferecia apenas um cooler de comida para toda a escola, e mesmo assim quase sempre havia sobras. A mãe de Obiefuna era uma dessas que faziam um espetáculo. Ele fantasiava com a perspectiva de ter muito mais do que poderia terminar, impressionando seus colegas de quarto com a culinária incomparável de sua mãe. No entanto, na sexta-feira anterior ao Dia da Visita, quando ele ligou para saber o horário previsto de chegada, seu pai o informou de que não fariam visita nenhuma.

— O quê? — deixou escapar Obiefuna antes que pudesse se conter.

— Estamos ocupados no momento, Obiefuna — respondeu Anozie.

Obiefuna agarrou o telefone mais perto do ouvido com tanta força que fez o sr. Josiah olhar para ele da mesa, abarrotada de provas que ele estava corrigindo. Obiefuna fechou os olhos com força e prendeu os dedos dos pés no calçado para não cambalear. Do outro lado da linha, conseguia ouvir a respiração paciente do pai, e o som ofegante era um desafio silencioso.

— Por quê? — perguntou Obiefuna.

— Hum?

Obiefuna desligou. Passou o telefone para o sr. Josiah.

— Eles não vêm? — perguntou o sr. Josiah.

Obiefuna fez que não com a cabeça.

— Terrível — murmurou o sr. Josiah. — Não fique triste assim. Você já está crescidinho. Precisa realmente da mamãe?

Obiefuna forçou um sorriso e deu meia-volta para ir embora. Enquanto retornava para a casa, cantarolou uma música baixinho e chutou uma lata vazia, tudo em uma tentativa de se distrair. Imerso no jogo, com a cabeça baixa, não percebeu os pés se aproximando a tempo de evitar esbarrar neles. Olhou para cima para se desculpar e sentiu os pelos dos braços se arrepiarem instantaneamente ao ver o Veterano Papilo. Obiefuna abaixou-se para limpar os chinelos que não precisavam ser limpos, gaguejando seu arrependimento. Temia o que pensava ser o olhar sereno e contemplativo no rosto do Veterano Papilo.

— Desculpe, veterano — tentou novamente.

O Veterano Papilo deu de ombros.

— Você pode me compensar amanhã. — Havia um toque de travessura em sua voz.

— Meus pais não vêm me visitar — comentou Obiefuna.

— Por que não?

— Não sei.

O Veterano Papilo olhou para ele por um momento. Por fim, ele disse:

— Venha ao meu quarto amanhã. Peça para alguém te mostrar onde é. Quero te dar uma coisa. — Ele se afastou.

Obiefuna ficou olhando. Nem sempre soubera o que era considerado milagre, mas tinha certeza de que aquele era um. Todo mundo sabia que o Veterano Papilo era uma daquelas pessoas que tinham subordinados alinhados no Dia da Visita, ansiosos para prestar homenagens. Obiefuna seguiu a galope até seu prédio, parando na quadra de tênis para uma volta rápida antes de subir as escadas. Ele olhou da varanda para o prédio das salas de aula e pensou que as estruturas da escola pareciam muito grandiosas sob a luz fraca do entardecer. O amanhã pareceu demorar muito para chegar.

De manhã, a escola inteira estava de pé em uma explosão de energia. As cerimônias haviam sido realizadas às pressas, pois alguns pais tendiam a chegar cedo, ficando no portão principal à espera até que o sino formal tocasse às nove horas e os portões internos fossem abertos para eles entrarem. Os meninos já estavam vestidos e alinhados nas calçadas de seus dormitórios enquanto esperavam para serem chamados. Os mais desesperados correram para o portão e passaram o tempo todo à procura dos pais. Ocorreu a Obiefuna que era semelhante às visitas à prisão nas séries de comédia a que ele gostava de assistir com Ekene em casa. Ele ficou andando pela quadra de tênis com Jekwu, assistindo distraidamente a uma partida, até que alguém veio avisar Jekwu que seu pai havia chegado. Jekwu voltou logo, trazendo duas sacolas, uma contendo comida e a outra com provisões. Obiefuna seguiu-o escada acima e o ajudou a esvaziar as sacolas. Jekwu transferiu a comida para pratos grandes e se levantou para sair, precisando devolver o cantil ao pai, que estava esperando no portão. Obiefuna recebeu a tarefa de cuidar da comida até que ele retornasse. Quando saiu, os meninos no quarto se reuniram num canto com colheres na mão. Alguns deles percorreram os cômodos na esperança de se alimentarem das guloseimas dos outros, já que eles próprios não tinham nenhuma. Obiefuna ignorou a ânsia conspiratória deles, insistindo que todos esperassem até Jekwu chegar. Um deles tocou nele e apontou para a porta. Ele olhou e viu um estudante mais novo parado ali.

— Você é o Veterano Obiefuna? — perguntou o garoto, cheio de timidez.

— Sou?

— Tem uma pessoa procurando você no portão.

Obiefuna franziu a testa. Sabia que era uma tradição entre os meninos pregar peças uns nos outros no Dia da Visita. Entediados, eles perambulavam falando de falsas convocações para pessoas que sabiam estar esperando visitas. As vítimas da gozação muitas vezes tinham que dar uma longa caminhada até o portão somente para descobrir que não havia chamado nenhum. Ele suspirou e desviou o olhar.

O menino foi até ele e o tocou.

— Veterano, estou falando sério.

— Ah, é claro — disse ele, ríspido. Ele tirou os olhos da comida e viu a expressão interrogativa dos colegas de quarto de Jekwu. — Não estou esperando nenhuma visita — explicou.

— Bem, você é o único Obiefuna da nossa turma — comentou um deles. — E o garoto pareceu falar bem firme.

Obiefuna virou-se para ele de novo, e o garoto olhou diretamente para ele. Não era comum ser enganado por um novato, mas talvez fosse essa a ideia. Alguém podia ter enviado um aluno mais novo para deixar a mensagem mais crível. Por um momento, Obiefuna o desafiou em silêncio a rir e confessar que era uma brincadeira, mas o garoto o encarou de volta, sem vacilar. Por fim, ele desistiu.

— Você vai me levar até ele.

O garoto pareceu descontente.

— Veterano, ele está lá n...

— Fique quieto e sente aqui. — Obiefuna bateu na lateral da cama. — Vamos assim que o dono desta comida voltar.

O menino teria que pagar se fosse uma brincadeira.

Jekwu irrompeu na sala alguns minutos depois. Ele percebeu com desagrado a multidão reunida ao redor. Enquanto ele se acomodava, Obiefuna se levantou, explicou brevemente que voltaria logo e saiu com o garoto. Caminharam juntos até o portão e, à medida que se aproximavam, Obiefuna começou a acreditar que era real. Quem poderia ter vindo? Será que o pai estava pregando uma peça nele? Ele sabia, porém, que seu pai não era de brincadeiras. Talvez a mãe tivesse pedido a um parente que morava ali perto para ver como ele estava. O aluno novato parou e apontou para a frente. A distância, Obiefuna observou em silêncio a figura alta de camiseta e calça desbotadas. Poeira girava ao redor dele. Aboy era a última pessoa que ele esperava ver. Ele parecia uma figura estranha ali, parado, com os braços cruzados na frente do peito. Depois de um momento, ele se virou para encarar Obiefuna, e alguma coisa naquele sorriso revelou a Obiefuna que Aboy o tinha visto desde o início. Ele andou com rapidez, controlando-se de maneira consciente para não começar a correr, e abraçou Aboy, segurando-o por um bom tempo nos braços.

— Obi — disse Aboy baixinho quando se separaram, examinando o rosto dele. — Como você está?

— Estou bem — respondeu Obiefuna. Ele sentiu uma felicidade inebriante, como se tivesse bebido o dia todo.

— O que estão te dando para comer? Você emagreceu tanto. — Brincando, ele puxou o bíceps de Obiefuna. Aboy tinha em si o cheiro acre de colônia barata e carregava uma sacolinha na mão direita enquanto a esquerda estava entrelaçada com a de Obiefuna. Estava olhando ao redor, parecendo procurar por alguma coisa. — Onde podemos sentar?

Obiefuna andou na frente até chegarem à capela. Os bancos haviam sido retirados e substituídos por cadeiras de plástico branco especificamente para o Dia da Visita. Famílias estavam sentadas em diferentes partes, e o ar estava impregnado com o aroma de refeições variadas.

— Trouxe isto pra você — disse Aboy quando se sentaram. Ele entregou a sacola para Obiefuna.

— Obrigado. — Obiefuna espiou dentro da bolsa. Ele conseguia diferenciar uma sacola de comida embalada para viagem de uma pronta, de restaurante fast-food. Imaginou que Aboy viria com uma refeição caseira. — Meu pai te pediu para vir?

Houve uma pausa. Aboy inclinou a cabeça para o lado para observar o rosto de Obiefuna, e este viu alguma coisa parecida com compreensão lentamente surgir nele.

— Você não está sabendo — afirmou Aboy.

— Sabendo do quê?

— Seu pai me expulsou. Disse que roubei dinheiro dele.

Obiefuna tentou não deixar a sacola cair. Aboy fez que não com a cabeça, de um lado para o outro, e o leve sorriso revelava seu estado emocional. Logo que a pergunta surgiu nos lábios de Obiefuna, ele sentiu o desgosto por ela. Claro que Aboy era inocente. Obiefuna sabia que seu pai era muitas coisas, mas como podia ter orquestrado uma situação tão difícil, tão básica e, ao mesmo tempo, tão flagrante? Como conseguira convencer as pessoas?

— Tenho que falar que sua mãe não acreditou nele — continuou Aboy, como se estivesse lendo sua mente. — Mas não havia nada que ela pudesse fazer.

— Ah — suspirou Obiefuna. Não havia mais nada mais que pudesse dizer.

Aboy disse:

— Por enquanto arranjei um canto com Ikem e Dibueze... os aprendizes da loja ao lado, no quarto deles em Mile 3. Estou fazendo bicos todos os dias para conseguir comida e ajudar no aluguel.

— Sinto muito, Aboy.

— Não fale bobagem. — Aboy soltou uma risadinha e estendeu a mão atrás da cabeça de Obiefuna para lhe dar um tapinha e, então, a mão dele ficou um tempo ali. Obiefuna sentiu um solavanco quando Aboy acariciou suas orelhas. — Eu só queria ver como você estava, Obi — disse ele em um murmúrio baixo.

Apesar de tudo, Obiefuna não conseguiu evitar um sorriso quando uma sensação de calor tomou conta dele, deixando seus dedos dos pés dormentes. Ele estendeu a mão para tomar a de Aboy. Aboy hesitou, seus olhos pareciam se mover rapidamente, como se quisessem ter certeza de que não estavam sendo observados, e em seguida agarrou os dedos de Obiefuna por um instante e os soltou.

— Seu pai não sabe que estou aqui. Então, por favor, não conte para ele, nem mesmo para sua mãe ou para Ekene.

Obiefuna concordou com a cabeça.

— Claro.

Aboy levantou-se para ir embora.

— Fique bem, Obi.

Obiefuna observou-o seguir para o portão, seus ombros largos, as pernas levemente arqueadas, o andar desajeitado. Ele observou até Aboy desaparecer.

O domingo começou devagar. Ainda se recuperando da emoção do dia anterior, os garotos foram para a aula da Escola Dominical como se estivessem de luto. Até mesmo o sermão na missa principal foi mais contido que o normal, tão longo que ficou insuportável, e Obiefuna lutou para permanecer acordado. Ficou aliviado quando foram dadas as últimas graças, e todos se levantaram para sair da capela, do mais velho para o mais novo. Ele estava voltando para casa com Jekwu, no meio de um grupo de colegas de classe, quando ouviu um assobio vindo da casa dos veteranos. Todos aceleraram o passo, olhando para a frente, sem ousar olhar para cima, pois significaria se entregar em sacrifício para realizar qualquer tarefa que houvesse. Obiefuna estava quase passando com sucesso pela casa dos veteranos quando um dos garotos o tocou e apontou na direção do assobio.

— É para você, Obiefuna.

Obiefuna olhou para cima. Ele levou alguns segundos para enxergar o Veterano Papilo e sentiu o frio da compreensão entorpecer sua espinha. Como pudera esquecer a promessa de visitá-lo no dia anterior? Entregou a Bíblia e o hinário para Jekwu e virou-se para a casa do Veterano Papilo, temendo cada passo que o levasse para o andar de cima. O Veterano Papilo estava esperando por ele no patamar e o conduziu em silêncio pelo corredor até um cômodo grande, parando em um canto espaçoso no fundo. Dentro da perspectiva já impressionante da sala, o espaço se destacava de alguma forma, exalando uma autoridade silenciosa. No lugar de um beliche, havia uma cama equilibrada sobre pilhas de compensados velhos. Na parede acima, rabiscada com ousadia em letras maiúsculas, estava a palavra PAPILO.

— Ajoelha — ordenou o Veterano Papilo em voz baixa, de costas para Obiefuna.

Obiefuna começou a falar.

— Veterano, sinto muito, esqueci...

O Veterano Papilo inclinou a cabeça para trás para olhá-lo, sem se virar por completo, e Obiefuna se viu ajoelhando, e o restante de sua explicação de desculpas foi interrompido. Ele imaginou por que era tão importante para o Veterano Papilo que houvesse uma boca a menos para partilhar os tesouros que ele devia ter recebido ontem. Mas a peculiaridade do Veterano Papilo era o que o definia. Talvez tivesse interpretado a ausência de Obiefuna como uma espécie de desafio, um tapa em sua autoridade.

Obiefuna permaneceu ajoelhado enquanto o Veterano Papilo se trocava e saía para almoçar. O Veterano Papilo retornou bem quando os joelhos de Obiefuna começavam a doer. Ele trazia um prato de comida nas mãos. O sorriso em seu rosto desapareceu quando se aproximou. Ele trancou a comida no armário e se sentou na cama. Estava brincando com um ovo, batendo levemente na casca como se estivesse verificando se ela quebraria. Por um momento, pareceu absorto naquele ato, alheio à presença de Obiefuna. Quando finalmente olhou para Obiefuna, sua expressão era de confusão distraída, como se não o reconhecesse.

— É um lenço que você tem debaixo dos joelhos? — perguntou de repente.

Obiefuna olhou para o lenço que havia estendido no chão para evitar que sua calça branca manchasse. Tentou retirá-lo, mas o Veterano Papilo levantou a mão para impedi-lo. Ele estendeu a mão debaixo da cama para puxar o balde e pegou uma tigela de água. Espalhou-a no chão e arrastou os chinelos no chão molhado até que tudo ficou bem imundo.

— Deite-se aqui.

Obiefuna o encarou. Imaginou até onde conseguiria manter o controle com o Veterano Papilo. Também imaginou se seria o primeiro a desobedecer ao garoto. Qual era a pior coisa que poderia acontecer? Mas ele se levantou da posição ajoelhada e se deitou na sujeira, sentindo o chão frio e duro contra o peito, a umidade penetrando em sua pele.

— Olhe para cima — mandou o Veterano Papilo.

Obiefuna levantou a cabeça para encará-lo.

— Qual o seu nome?

— Obiefuna.

— De onde você é?

— Igbo Ukwu.

O Veterano Papilo olhou para ele bem de perto.

— Sou de Isuofia. Conhece?

Obiefuna fez que não com a cabeça.

— É a cidade mais próxima de Igbo Ukwu. Somos como irmãos.

Obiefuna concordou com a cabeça. Então, um parentesco fora estabelecido. Ele imaginou se o Veterano Papilo o deixaria ir embora agora.

— Por que mentiu para mim, Obi?

— Não estou mentindo, veterano, esqueci de verdade.

— Você me falou que ninguém viria te ver ontem. Eu acreditei em você. Até me ofereci para cuidar de você porque você parecia muito abatido naquele dia. — Ele parecia profundamente magoado. — Mas você vira as costas e me faz de bobo.

Obiefuna manteve a cabeça baixa.

— Continua — disse o Veterano Papilo. Sua voz havia retomado aquela malevolência tranquila. — Me diz que não foi você quem eu vi ontem na capela com um homem. — Obiefuna continuou em silêncio. — Rapaz, olha pra mim quando estou falando com você. — Obiefuna olhou para cima. — Era ou não era você?

— Era eu.

— Então por que mentiu?

Obiefuna respirou fundo.

— Eu não sabia que ele vinha.

O Veterano Papilo encarou-o no chão. O sorriso em seu rosto não era gentil.

— Você ouviu falar de mim, Obiefuna? — perguntou.

— Sim, veterano.

— Disseram para você que a única coisa que eu odeio mais do que mentiras são mentiras estúpidas?

— Juro por Deus, veterano — implorou Obiefuna. — Só que é... complicado.

— Hum. — O Veterano Papilo fez uma pausa. Houve um instante em que ele pareceu estar ponderando a situação.

O coração de Obiefuna encheu-se de esperança.

— Tire a camisa e deite — ordenou, por fim, o veterano. Ele se levantou e foi até seu guarda-roupa.

— Veterano, por favor...

O ovo passou zunindo pela orelha de Obiefuna e se espatifou na parede atrás dele. Com todo o zelo, o Veterano Papilo estava tirando o cinto de couro da calça que havia tirado de um cabide. Enrolou uma ponta do cinto na palma da mão e esperou que Obiefuna tirasse a camisa. O primeiro golpe acertou os ombros nus de Obiefuna, causando uma dor formigante que queimou sua pele. O segundo acertou nas costas, e o terceiro, na lateral do rosto. Foram rápidos, girando no ar segundos antes de atingirem a carne. A princípio Obiefuna ficou atordoado demais para chorar, mas segundos depois decidiu que preferia morrer a dar essa satisfação ao Veterano Papilo. Quando a surra terminou, ele havia contado até dezesseis. O Veterano Papilo abaixou o cinto e lhe deu uma última boa olhada antes de despachá-lo.

Obiefuna voltou para seu prédio. Jekwu ainda estava vestido, esperando por ele em seu quarto. Sem fazer perguntas, Jekwu o ajudou a tirar a roupa e a encharcou com água sanitária. Obiefuna rastejou até a cama de Sabido, recusando a comida que Jekwu ofereceu. Oscilou entre o sono e a vigília, finalmente adormecendo ao som de um papo-furado. Não sabia quanto tempo havia dormido, mas logo sentiu mãos tocando nele. Ele deu de ombros, querendo que Jekwu o deixasse em paz. Mas a voz que pronunciou "Obiefuna" era grave demais para ser a de Jekwu. Ele abriu os olhos e viu o rosto do Veterano Papilo. Por um breve instante, imaginou se estava morto e se aquilo era o inferno, mas o rosto de Jekwu apareceu ao lado do Veterano Papilo enquanto Obiefuna se sentava empertigado na cama. O Veterano Papilo estendeu-lhe um prato de comida.

— Você perdeu o almoço — disse ele casualmente, o rosto sem expressão.

Obiefuna encarou fixamente a comida, arroz salpicado de sardinhas, a comida que o Veterano Papilo havia trazido da sala de jantar e guardado em seu armário mais cedo. Obiefuna fez que não com a cabeça.

— Não estou com fome.

O Veterano Papilo levantou-se da cama. Com a mesma falta de expressão, em seu tom calmo de sempre, disse:

— Quero ver esse prato vazio quando eu voltar. E quando eu digo vazio... — Ele fez uma pausa e olhou para Obiefuna. O olhar transmitiu o restante da mensagem. Obiefuna não ousaria jogar a comida fora.

Assim que saiu pela porta, Obiefuna entregou o prato para Jekwu. Jekwu olhou para ele e fez que não com a cabeça.

— Não quero problemas — confessou. — Além disso, você precisa mesmo comer.

Obiefuna levou uma colherada de arroz à boca, e estava saboroso como esperado. Corria o boato de que as refeições dos formandos eram preparadas separadamente e com bastante tempero. Ele comeu rapidamente, saboreando o gosto das sardinhas, e logo estava raspando o prato. Depois que terminou, a estranheza da situação lhe ocorreu. Conseguia sentir onde aquilo pararia, e não gostava nada. Não com alguém como o Veterano Papilo, que ele concluiu ser um psicopata. Ele tomou os analgésicos que Jekwu ofereceu e se deitou na cama. Mais tarde, depois da aula, Sabido tirou o prato, agora lavado, do armário e disse a ele para devolvê-lo.

— Ele disse que viria buscar — apontou Obiefuna.

— Você acha que o Veterano Papilo vai vir até aqui só para pegar o prato em que você comeu? — Sabido pronunciou cada palavra devagar para fazer Obiefuna enxergar o quanto era ridículo.

Obiefuna levou o prato até o prédio do Veterano Papilo. Ele estava sentado em um banco no canto da sala, levantando halteres, com os músculos ondulantes brilhando à luz da lâmpada acima. Olhou para Obiefuna e deixou os halteres no chão.

— Parece que alguém não esqueceu desta vez — disse em um tom de diversão velada. Pegou uma toalhinha pendurada na janela para enxugar o suor do rosto e do pescoço, apontando distraidamente para o armário. Obiefuna conseguiu sentir o Veterano Papilo observando-o enquanto ele guardava o prato. Quando estava indo embora, o Veterano Papilo segurou-o pelo pulso. — Olha pra mim — disse ele.

Obiefuna virou-se para encará-lo. Os globos oculares do Veterano Papilo, à luz amarela, adquiriram o brilho quase translúcido do mel fino. O Veterano Papilo puxou-o para baixo até que ele ficou agachado, espremido entre as coxas abertas do Veterano Papilo. Ele manteve os olhos no suor que escorria do pescoço do Veterano Papilo até o peito, desaparecendo pelos tufos de pelo ao redor do umbigo, enquanto o veterano estudava seu rosto na luz, passando o dedo suavemente sobre a vergão em um lado do rosto.

— Meu Deus, às vezes eu sou um monstro — comentou o Veterano Papilo, sorrindo apesar do arrependimento. Segurou o queixo de Obiefuna com uma das mãos, inclinando-o para cima, para que os olhos de Obiefuna encontrassem os seus de novo. — É isso que acontece quando sou provocado, Obi. E eu só estava tentando ser seu amigo. — Ele suspirou.

— Sinto muito — desculpou-se Obiefuna, sem saber por quê. Só que havia algo nos olhos do Veterano Papilo, quase puro e triste, que o fazia querer refazer o trajeto do dia anterior, para poder apagar a visita de Aboy e ficar com o outro garoto.

O Veterano segurou-o por mais tempo, os rostos se aproximando tanto que seu nariz quase roçou o de Obiefuna, e em seguida se afastou.

Obiefuna ainda conseguiu sentir o cheiro de mofo de seu suor, ainda conseguiu sentir as batidas do seu coração.

— Eu te perdoo, Obi — disse depois de um tempo. — Deus sabe que eu te perdoo.

Foi o que ele precisou para virar o garoto do Veterano Papilo. Não houve uma declaração direta das intenções de nenhum dos lados, mas o Veterano Papilo assumiu o papel de Pai da Escola nos dias seguintes, e Obiefuna entrou cada vez mais no papel de "garoto", e ele acreditava que assim eram as coisas. Jekwu brincava sem esconder em seu tom aquela desaprovação latente, dizendo que aquela era a história mais velha do mundo: um aluno veterano marcando um aluno novato para intimidar, com a única intenção de manipulá-lo até que ele se submetesse. Obiefuna não sabia que estava sendo manipulado, tinha apenas consciência do efeito hipnotizante que o Veterano Papilo exercia sobre ele. Era como um feitiço, alguma coisa no Veterano Papilo que o atraía e o prendia. Nos dias de esportes, ele ficava de olho no Veterano Papilo, batendo palmas por mais tempo quando ele exibia uma de suas muitas habilidades em campo, demonstrando um orgulho silencioso e pessoal na comoção que seguia cada gol bem marcado. Passou a gostar das esquisitices do Veterano Papilo, que pareciam ter, na mente de Obiefuna, uma qualidade única. Basicamente, o Veterano Papilo levava uma vida simples: detestava a desordem, abominava a desonestidade ou o desleixo e odiava ter que repetir o que falava. Obiefuna aprendeu a ficar alerta e a realizar as tarefas com eficiência expressiva. Aprendeu a se antecipar às necessidades do Veterano Papilo, criando uma rotina para as tarefas, ficando extremamente satisfeito sempre que conseguia arrancar do Veterano Papilo um raro sorriso de aprovação. À tarde, depois das aulas, ele pegava o uniforme do Veterano Papilo, lavava-o junto com o seu e o pendurava para secar antes da hora das aulas extracurriculares. Pouco antes dos estudos noturnos, ele passava os uniformes com o ferro cheio de carvão e entregava os do Veterano Papilo a ele imediatamente após a escola (certa vez ele flagrou o Veterano Papilo punindo um de seus outros meninos, e o veterano tinha apontado para as camisas que Obiefuna entregara e dito que era daquele jeito que uma camisa passada devia ficar).

Obiefuna gostava dos benefícios de ser um garoto do Veterano Papilo. Agora ele podia tranquilamente pular as atividades de sábado, passando as manhãs no canto do Veterano Papilo, em sua cama ampla e macia, lendo um livro, dormindo ou comendo com o Veterano Papilo. A generosidade do garoto mais velho o surpreendia. A compreensão de Obiefuna sobre o relacionamento pai-filho na escola era de que o filho era essencialmente o provedor, e o pai, o protetor. Mas com o Veterano Papilo nada nunca foi pedido, ou mesmo esperado dele. O veterano nunca deixava de guardar sua comida sempre que ele faltava ao refeitório enquanto estava envolvido em alguma tarefa (de modo que passou a faltar deliberadamente ao refeitório, já que os suprimentos do Veterano Papilo eram mais saborosos e satisfatórios). As "papas de biscoito" do Veterano Papilo faziam jus ao nome, consistindo em uma fileira inteira de biscoitos *cabin*[20] e colheradas e mais colheradas de leite; Obiefuna ficava preocupado se teria dor de barriga depois. Mas eram as comidas para viagem que ele mais esperava, que o Veterano Papilo trazia às quintas-feiras à noite, quando pulava o muro para ir à cidade. Era a única vez que reunia todos os quatro garotos, cada um de uma classe diferente, observando com orgulho presunçoso enquanto eles devoravam os pratos de arroz frito, frango e salada embalados com tanto capricho em papel-alumínio.

Em outros dias, Obiefuna sofria o peso esmagador da sua decisão. O Veterano Papilo era capaz de trazer à tona o temperamento mais espontâneo e aterrador. Era especialmente criativo com suas punições. Embora Obiefuna tivesse previsto, ao observar os outros garotos sofrendo punições terríveis, que seu dia chegaria, não estava preparado quando acontecia. Às vezes era punido por coisas que estavam claramente além de seu controle. Nos dias em que chovia e os uniformes não secavam e, portanto, não podiam ser passados (o Veterano Papilo proibia qualquer um deles de passar o ferro quente em suas roupas molhadas), o Veterano Papilo o fazia deitar no chão, embaixo da cama, até meia-noite, quando a inspeção começava. Quando sua atenção se

---

20. *Cabin biscuits* são biscoitos populares na Nigéria, levemente doces e secos e com longa validade, geralmente consumidos como lanche ou acompanhados de chá. (N.E.)

desviava e ele perdia uma palavra das instruções do Veterano Papilo, era chicoteado nos ombros nus com um cinto de couro. Depois, o Veterano Papilo avaliava o ferimento com uma expressão quase triste, falando sem parar sobre ter sido forçado a feri-lo, o que levava Obiefuna a pedir desculpas. Ainda assim, era, em princípio, uma troca justa e tinha seus benefícios. Essa situação fazia com que os outros veteranos o deixassem em paz, alguns deles por lealdade ao Veterano Papilo, chegando ao ponto de excluir Obiefuna das punições em massa. E quando, em julho, chegou a hora da formatura do Veterano Papilo, Obiefuna sentiu um nó na garganta.

— Vai sentir minha falta? — perguntou o Veterano Papilo uma vez, deixando Obiefuna desestabilizado enquanto comiam juntos de um prato de papa de biscoito que o Veterano Papilo havia preparado.

A comida ficou enroscada na garganta de Obiefuna, e ele engoliu devagar enquanto concordava com a cabeça. O Veterano Papilo acompanhou os olhos do outro por um bom tempo. Pela primeira vez, por uma fração de segundo, Obiefuna pensou que podia interpretar o que significava aquela falta de expressão úmida nos olhos do Veterano Papilo. Em seguida, o veterano desviou o olhar, olhou para ele novamente, e, de repente, tudo desapareceu.

7.

Depois de emergir da bem-aventurança da infância, Obiefuna acumulou vários traços indesejáveis, entre eles a suscetibilidade a doenças. Uma enfermidade parecia surgir do nada, torturando seu corpinho e fazendo subir a pressão de Uzoamaka, até que algo parecia estalar, e a doença desaparecia quase na mesma velocidade com que havia surgido. Poucos dias depois de seu quinto aniversário, ele teve uma febre. Estava além da compreensão. Havia acordado na noite anterior com o som de alguém subindo as escadas com passos pesados, um baque constante que durou bem mais de meia hora, sem se aproximar nem recuar. Quando Anozie pegou uma lanterna para investigar, garantiu que não havia ninguém e que o portão de segurança na base da escada ainda estava trancado com firmeza. Ele lançou para ela um de seus olhares acusadores que diziam que tudo aquilo estava apenas na cabeça dela, e, como os meninos estavam dormindo no quarto e o som do baque parou depois que ela voltou para a cama, ela não discutiu com ele.

No dia seguinte, porém, Obiefuna não acordou bem. Estava estendido na cama, com uma febre que ameaçava queimar o dorso da mão de Uzoamaka, seu corpo tão imóvel que o descer e subir lento de sua barriga era a única indicação de que ainda estava vivo. Sua respiração ficou difícil e pesada, e o som ocasional dos lábios entreabertos soava para ela como os gemidos de um moribundo. O médico receitou-lhe soro por alguns dias, e ela se manteve vigilante ao lado dele durante todo esse tempo, regando-o com tampas cheias de azeite de oliva, forçando-o a engolir refeições trituradas e comprimidos que havia comprado na farmácia, com medo de desviar os olhos dele e sabendo, com certeza teimosa, que teriam de derrubá-la antes que tocassem num fio de cabelo dele. No quinto dia, ele começou a chutar enquanto dormia, murmurando algo que ela não entendeu. Agachou-se ao lado dele, com medo de tocá-lo e de se afastar, implorando entre soluços que ele não perdesse a luta. Os chutes dele ficaram mais lentos depois de um tempo, e ele voltou com as mãos para as laterais do corpo, com os punhos cerrados com rigidez. Ela apontou uma lanterna para o rosto dele, e, embora as pálpebras estivessem abertas, com os olhos fixos nos dela, havia uma letargia neles que lhe dizia que ele estava muito longe. Ela se ajoelhou ao lado do filho e segurou a mão dele entre as suas, com a cabeça pressionada contra elas, e foi nessa posição que ele a encontrou na manhã seguinte, encarando-a com olhos arregalados e perplexos enquanto ela passava as mãos por todo o corpo dele, incrédula, pois o garoto quase havia morrido diante de seus olhos.

Uzoamaka sempre sentira que somente ela o compreendia. Ela começou a observá-lo com interesse renovado quando, em uma cruzada da qual participou com Obiefuna enquanto estava grávida de Ekene, a profetisa, uma mulher gigante e imponente com voz profunda e masculina, parou diante do assento de Uzoamaka enquanto ela caminhava pelos bancos durante sua pregação. Ela levantou Obiefuna, que tinha apenas um ano na época e dormia profundamente, da coxa de Uzoamaka e o aninhou em seus braços enquanto caminhava pelo curto trecho da fileira, sempre falando em línguas, devolvendo-o a ela depois sem dizer palavra. Anozie descartou o incidente como irrelevante.

— Então, uma pastora vê você, uma mulher obviamente grávida, carregando uma criança, e decide aliviá-la desse fardo por alguns minutos. Grande coisa.

Mas um segundo incidente o fez abaixar a crista. Alguns anos depois, Anozie contraiu dívidas com jogos de azar, e Udoka, com seus olhos ferozes e mal-humorados, a pessoa de quem ele havia tomado dinheiro emprestado, jurou acabar com a vida deles se Anozie não lhe pagasse o que devia. Udoka apareceu sem avisar na loja e na casa deles, uma vez até mesmo no salão de Uzoamaka, ameaçando envolver a polícia, o oráculo de sua aldeia e cultistas.[21] Certa noite, enquanto jantavam, ouviram uma batida na porta da frente, o peso do punho fazendo a mesa vibrar, e a voz de Udoka ecoou do lado de fora, exigindo falar com Anozie, ameaçando arrombar a porta se ele não aparecesse rápido. Uzoamaka levou Anozie às pressas para o quarto e o escondeu em sua caixa de embalagens, pretendendo dizer ao homem que ele não estava, mas, antes que pudesse colocar sua história em ordem, Obiefuna, então com quatro anos, correu até a porta e a abriu para o homem. O primeiro pensamento de Uzoamaka, depois de se recuperar do choque do som da porta se abrindo, foi que o homem levaria Obiefuna ou Ekene como garantia até que seu dinheiro fosse devolvido, mas, quando ela correu para a sala, ficou atordoada com a visão diante dela. Lá estava Obiefuna, pequeno e com pernas finas, segurando-se no batente da porta e olhando para o homem grande e atarracado à sua frente com uma expressão desafiadora que faltava até mesmo a Anozie. O homem encarava Obiefuna lá embaixo, estupefato, com o punho suspenso no ar. E então, ainda em silêncio, Udoka virou-se e foi embora. Obiefuna fechou a porta atrás de si e passou por Uzoamaka até a mesa de jantar, subiu na cadeira e retomou com toda a calma seu jantar interrompido. Quando ela contou a Anozie mais tarde, ele se virou e olhou para Obiefuna, que tinha adormecido em uma cadeira na sala enquanto assistia a um desenho animado com Ekene, e ela viu nos olhos de Anozie não exatamente crença, mas algo próximo de admiração.

Sempre fora fácil, quando ele era criança, fazer Obiefuna falar com ela. Sua inocência e sua voz suave muitas vezes eram exatamente do que ela precisava para deixar para trás um dia difícil. Ela adorava as noites em que voltava para casa com os filhos depois de terminar o trabalho, um menino de cada lado. Obiefuna falava sem parar sobre as coisas que tinham acontecido na escola, revivendo os eventos com gesticulação frenética, como se estivesse ansioso para transportá-la para os momentos reais, seu entusiasmo trazendo um sorriso aos lábios da mãe mesmo nos piores dias. Durante os anos em que cresceram, à medida que ela ficava cada vez mais desanimada por causa da malandragem de Ekene, da

---

21. Grupo também conhecido como "confraria universitária", que comete atividades criminosas na Nigéria, muitas vezes misturando religiões tradicionais, tráfico de pessoas e lavagem de dinheiro. (N.T.)

demonstração flagrante de preferência de Anozie e de sua incapacidade de manter uma terceira gravidez, momentinhos fugazes como aqueles eram o que de alguma forma a faziam seguir em frente. Certa vez, depois de um dia particularmente cansativo no trabalho, ela estava exausta e desanimada. O barulho dos pratos no jantar e o distanciamento de Anozie agravaram seu mau humor. E então, sem aviso, para surpresa de todos, Obiefuna disse com sua voz infantil:

— Mãe, sinto muito. — E era disso que ela precisava para se inclinar sobre a mesa e começar a chorar.

Uma vez sem o filho, ela pensava cada vez mais na infância dele. Lembrou-se de chegar em casa com ele do hospital, Anozie subindo as escadas na frente deles para segurar a porta aberta para ela. Os visitantes chegavam em bandos, e não havia espaço para acomodar todos sentados. Durante o primeiro mês dificilmente ela ficava sozinha com ele, e, quando o procurava pelo quarto, era provável que o encontrasse nos braços de outra pessoa. Houve momentos em que parecia exaustivo, em que desejou que a situação fosse diferente, mesmo assim estava convencida de que a mera presença deles solidificava algo em que ela acreditava: que seu filho não era como nenhum outro. Enquanto ela observava como ele crescia, guardando as roupas de bebê que tão rapidamente deixavam de servir, acompanhando-o até o jardim de infância naquele primeiro dia, ela havia traçado em sua mente, sem nem mesmo estar consciente disso, um curso de vida que ele seguiria: as excelentes notas que tiraria na escola, as universidades de primeira linha que frequentaria, o emprego bem remunerado que ele teria. Ela imaginou a linda garota com quem ele se aquietaria, as criancinhas que se pareceriam com ele correndo pela casa dela e a irritando enquanto ela reclamava com os amigos de forma carinhosa, todos cientes de que ela não aceitaria de outra maneira.

Uzoamaka observava Anozie comer. Ele comia com lentidão deliberada, moldando sua *garri* com uma precisão quase exibicionista antes de mergulhá-la na sopa. Ele tinha o hábito de mastigar com a boca aberta. Era a única razão por que ele nunca comia fora, para não irritar todo mundo com a visão e o som áspero da mastigação. Ela havia se acostumado a controlá-lo silenciosamente quando o som ficava insuportável, mas naquele dia ela se conteve, fortalecendo-se para o que estava por vir. Ele lavou as mãos na tigela de água que estava à sua frente no final da refeição e se levantou da mesa de jantar para ir à sala, preparando-se para o noticiário da noite.

— Vou ver Obiefuna amanhã — anunciou Uzoamaka.

Anozie virou-se.

— Uzoamaka...

— Só quero ter certeza de que ele está bem — garantiu ela.

— Você falou com ele por telefone outro dia, e ele disse que está bem — insistiu Anozie.

— Preciso ver com meus olhos.

— Esse comportamento irracional é exatamente o motivo por que o menino está onde está — retrucou Anozie. — Você vai poder vê-lo quando ele vier para casa nas férias — concluiu ele, acenando com a mão em sinal de desdém e virando-se para sinalizar o fim da conversa.

— Anozie... — começou Uzoamaka.

— Você não me ouviu? — gritou ele, virando-se de novo. — Falei que você não vai botar os pés fora desta casa para ver ninguém.

Uzoamaka conteve uma expressão de escárnio. Empilhou os pratos e os levou para a cozinha. Quando voltou para a sala, Anozie estava reclinado em uma cadeira, assistindo ao noticiário. Ela ficou parada perto da divisória do cômodo, com os braços cruzados à frente do peito.

— Anozie, estamos casados faz muito tempo. Você sabe que vou vê-lo amanhã, goste você ou não.

Ele piscou, um tanto surpreso.

— Sério? A coisa está desse jeito agora?

Ela se afastou da divisória, sem responder, e foi para o quarto do casal. Ouviu a água correndo lá no fundo do corredor; era Ekene tomando seu banho noturno. Deitou-se e puxou os lençóis até a altura do peito.

— Acabei de falar para você que a escola vai entrar de férias em menos de um mês — gritou Anozie de repente da sala de estar. — O que há de tão urgente que não dá para esperar até lá?

A escola era maior do que ela imaginava. Uzoamaka sentou-se ao lado da capela, observando os vastos campos do complexo escolar e maravilhando-se com o contraste entre as extensões verdes da instituição e sua localização urbana. O harmatã[22] havia chegado mais cedo naquele ano, e ela desejou, enquanto olhava para as paredes brancas e brilhantes da capela, agora cobertas por uma fina camada de poeira, ter vindo com um xale para proteger os ombros do vento frio e seco. Ela se lembrou, divertindo-se em retrospecto, do espetáculo de mais cedo no portão, com o porteiro obstinado que se recusava a deixá-la passar, alegando ausência de motivo, como se a mera explicação de querer ver o filho fosse insuficiente. Ela bateu repetidamente no portão até que o homem foi forçado a convocar seu superior, e o homem mais velho e de aparência mais sábia só precisou lançar para ela um olhar para notar a decisão inabalável em seus olhos e segurar o portão aberto para ela, com um apelo para que pelo menos esperasse até o intervalo dali a meia hora. Obiefuna demorou tanto para aparecer que Uzoamaka passou por um momento de pânico vertiginoso, convencida de que ele não estava ali e de que Anozie havia feito algo terrível com o filho. E, então, lá estava ele diante dela, com um sorriso confuso no rosto e uma massa de cabelo que ela teria nivelado se ele estivesse em casa. O uniforme parecia grande demais nele ou sempre fora assim? Ela o abraçou duas vezes, enterrando o nariz em seu cabelo. Não havia nenhuma fragrância remanescente da loção capilar de morango que ele usava em casa. Ele não a abraçou tão forte como costumava fazer.

— *Nwam.* — Uzoamaka passou as mãos pelo rosto dele. Antes ele sabia que era preciso se hidratar adequadamente na temporada de harmatã. Ela conseguiu ver espinhas recém-formadas na testa dele e brotos escuros de pelos se formando no lábio superior. Quando ele a chamou de "Mãe", quase instintivamente ela deu um passo para trás. Fazia apenas três meses. Seu filho havia virado um adulto pelas costas dela.

— Você está bem — disse ele.

Uzoamaka sorriu. Era um elogio estranho vindo dele, ou talvez tenha sido a falta de entusiasmo com que foi dito que lhe tirou a autenticidade. Ela havia tirado um tempo para escolher suas roupas para o dia e passara um perfume picante que reservava para ocasiões especiais. Desejou que ele não se referisse à sua aparência simplesmente como "bem".

---

22. Vento sazonal do deserto do Saara que sopra no Oeste africano, trazendo ar seco, frio e poeira fina. (N.E.)

— O que é isso no seu rosto? — perguntou ela quando estavam sentados, apontando para o lado esquerdo do rosto dele, onde uma leve marca ia do maxilar até o topo da orelha.

— Eu caí, mãe — respondeu ele.

Uzoamaka recuou para olhá-lo. Não parecia nada com um ferimento de queda, mas o que mais a impactou foi a lembrança dele usando exatamente as mesmas palavras para descrever os hematomas que recebia nos parquinhos quando criança, hematomas que mais tarde ela descobriu terem sido causados por outras crianças. Mais uma vez, seu filho estava sofrendo intimidações. Anozie o tirou de uma escola perfeitamente boa e o levou para um matadouro.

— Estou bem, mãe — disse ele, como se estivesse lendo a mente dela. — É sério.

Uzoamaka suspirou, adiando a batalha para mais tarde.

— Já fez algum amigo?

Ele assentiu com a cabeça.

— Alguns.

Uzoamaka não sabia se acreditava nele ou não. Não podia alegar conhecer as idiossincrasias de garotos de dezesseis anos, mas, com certeza, levar os amigos para conhecer a mãe não era considerado antiquado agora?

— Seus amigos — disse ela. — Eles te tratam bem?

Ele olhou para ela com as sobrancelhas arqueadas, sem saber o que fazer com aquela pergunta. Ela não gostou daquele novo ar altivo que ele havia assumido. Podia ter puxado as orelhas dele como um alerta se estivessem em casa.

Ela tentou de novo, inclinando-se na direção dele.

— Obiajulu. Você gosta daqui? — perguntou.

Ele deu de ombros.

— Os professores são bons.

Não era do seu feitio ser deliberadamente evasivo. Ela estendeu a mão embaixo do queixo dele e inclinou a cabeça dele para cima para ter uma boa visão de seu rosto. Ele não ofereceu resistência, seu pescoço lançando-se em todas as direções que ela manobrava, como se estivesse preso por uma mola; dócil em certo sentido, mas também derrotado. Uzoamaka sentiu uma dor quase física, e seu coração ficou apertado.

— Você pode voltar para casa a qualquer momento se não estiver feliz aqui — garantiu Uzoamaka. — Você sabe disso, não é?

Ele hesitou antes de concordar com a cabeça. A atenção dele estava dividida, seu olhar fixo em alguma coisa distante. Uzoamaka desviou o olhar. Queria parecer mais convincente, queria acreditar em si mesma. De repente, o silêncio entre eles foi preenchido por vozes de crianças brincando. Ao longe, um sino fraco tocou por alguns instantes.

— O que foi? — perguntou Uzoamaka, magoada porque, fosse o que fosse, parecia ter capturado a atenção dele de um jeito que ela não havia conseguido durante todo aquele tempo.

— O sinal para o fim do intervalo, mãe — respondeu ele. — E das visitas.

Uzoamaka assentiu com a cabeça. Sentiu uma dormência lenta se espalhar pelo corpo, mas se levantou assim como ele e lhe passou a sacola de comida que havia trazido. Eles se abraçaram, por um momento breve demais, e depois se soltaram.

— Mande um abraço para todo mundo — pediu ele, virando-se para ir embora.

Uzoamaka assentiu de novo com a cabeça, e a mentira lhe veio à boca, porque ela se aninhara com teimosia em sua mente e se recusava a se dissipar:

— Aboy perguntou de você.

Poucas coisas ficariam mais gravadas na lembrança de Uzoamaka do que a expressão no rosto de Obiefuna quando ele se virou para reconhecer a mensagem dela: a alegria capturada de forma tão hipnotizante no levantar de suas sobrancelhas, o brilho instantâneo em seus olhos que ela não conseguira provocar. Ela se lembrou de entrar na creche dele quando ele era um bebê, depois de terem passado várias horas separados, seu grito de alegria e expectativa ao ouvir a voz dela fora do quarto, a alegria pura e inocente no rosto quando seus olhos processavam a forma da mãe, como se ela fosse a pessoa mais preciosa do mundo. Era uma das características infantis atraentes que ele havia perdido na adolescência, mas, por fim, havia voltado depois de tanto tempo, embora breve, embora com um tanto de constrangimento. Uzoamaka estava familiarizada demais com aquele olhar e, embora fosse direcionado a alguém que não era ela, ela sabia que seu filho estava apaixonado.

8.

O sermão do último dia teve como tema o Natal. A capela havia passado por uma reforma para a ocasião, e agora, enquanto o capelão falava sobre o significado do nascimento de Cristo e o valor da boa nova, Obiefuna olhava para o ventilador de teto acima dele, decorado com balões multicoloridos que sacudiam conforme as pás se moviam. Ele só percebeu que o sermão havia terminado quando Jekwu o cutucou, fazendo-o se levantar, como os outros fizeram, para a bênção.

— Feliz Natal antecipado, meus filhos — desejou do púlpito o capelão, e Obiefuna observou enquanto os meninos se viravam para repetir isso uns aos outros.

De volta ao prédio, ele se deitou na cama sem fazer as malas, afastando-se do barulho dos colegas de quarto e de todo o corpo discente ansioso para ir embora.

— Não quer ir para casa? — perguntou Sabido.

Obiefuna suspirou sem responder. Sentia um cansaço que não compreendia. Uma estranha premonição pairava sobre seus ombros desde aquela manhã e não se dissipava, de modo que, quando, por fim, seu pai chegou e o informou, enquanto entravam no carro, que passaria aquele feriado e os futuros com sua tia paterna em Owerri, ele não ficou nem um pouco surpreso.

— Ekene está lá? — perguntou ele.

— Não — disse o pai, sem dar mais detalhes. Ao passarem devagar pelo portão da escola para a estrada principal, Obiefuna entendeu que sua punição continuaria e nunca seria questionada; em vez disso, seria aceita em silêncio, com toda a misericórdia que ele pudesse reunir.

A casa de sua tia, em uma rua tranquila e arborizada perto do Conjunto Habitacional Aladinma, o encantou. Obiefuna tinha apenas uma vaga lembrança da mulher, de breves visitas à aldeia quando ele era pequeno, e estava preparado para desprezá-la. Mas ele caiu de amores por ela e ficou fascinado pela casa enorme. Tinha um quarto só para si, ocupado antes por um dos filhos da tia, que agora morava no exterior. Ele passava dias inteiros sozinho no quarto, vendo televisão, saindo apenas para cumprimentar a tia antes de ela sair para o trabalho e depois que ela voltava. A tia desaprovava seu peso e fazia os empregados lhe servirem comida em intervalos intermitentes, prometendo, brincando, que recuperaria em duas semanas o que havia perdido em meses.

Na véspera de Natal, sua mãe ligou.

— Obiajulu — disse a mãe. Parecia que fazia muito tempo que ele não era chamado assim. — *Kedu?*[23]

— Estou bem, mãe — disse ele. Não havia percebido que prendera a respiração até ficar um pouco tonto e colocar a mão na parede para se equilibrar.

— Sinto muito que não tenha podido voltar para casa — disse ela. — Papai achou que seria mais fácil para você ficar aí, já que é tão perto.

Obiefuna assentiu e, então, percebendo que sua mãe não podia vê-lo, disse:

— Está bem, *ma*.

— Sua tia está te tratando bem? — perguntou ela.

— Está.

— Certo, *ngwanu*, mande um abraço por mim, está bem? E, por favor, seja um bom menino para ela.

— Sim, *ma* — repetiu Obiefuna. Ele devolveu o telefone para a tia e, enquanto caminhava de volta para o quarto, continuou zonzo. Tinha

23. "Que foi?" (N.T.)

tanta certeza de que ela estava ligando para dizer que sabia, tendo juntado as peças com facilidade e finalmente enxergando o que estava diante dela o tempo todo. Ou talvez seu pai simplesmente tivesse contado para ela, percebendo, de repente, que ele e Obiefuna não tinham feito nenhum pacto de segredo, em especial no que dizia respeito à sua mãe. Ele imaginou onde estaria Aboy. No Natal anterior, o primeiro e único de Aboy com eles, seu pai chegara em casa com um frango na véspera e dera a Aboy a responsabilidade de matá-lo. Obiefuna observou com Ekene, animado, enquanto Aboy cavava um buraco na terra, segurando o frango cacarejante com uma das mãos e passando a faca no pescoço dele com a outra, cortando-o em um único golpe. Durante dias, Ekene reencenou a luta da ave, muito para diversão de Obiefuna, mas Aboy não tinha rido nenhuma vez.

— Nem foi desse jeito aí — disparou ele certa vez para Ekene, assustando a todos e encerrando definitivamente o espetáculo de Ekene.

Com o início dos exames finais em maio, Obiefuna via o Veterano Papilo cada vez menos. Como os alunos do terceiro ano do ensino médio não tinham mais aulas regulares, só se arrumavam nos dias de provas, Obiefuna tinha menos roupa para lavar. E, nos dias em que tinha que fazer trabalhos, o Veterano Papilo terminava tão cedo que já tinha suas roupas entregues por outra pessoa antes que Obiefuna pudesse chegar em casa. Ele sentiu um novo distanciamento em relação ao Veterano Papilo, atribuído à tensão causada pelas provas. De qualquer forma, Obiefuna sentia falta dele. No meio de uma aula ou de uma discussão casual com os garotos do seu prédio, ele espiava pela janela e via o Veterano Papilo caminhando a distância com um grupo de amigos, e sentia uma saudade imensa daqueles passos largos e fáceis, daquela leve curvatura que erguia seu ombro direito, da facilidade com que se destacava. E assim, quando, numa tarde de quinta-feira, depois da aula, ele recebeu um chamado do Veterano Papilo, ficou quase tonto com uma gratidão insondável. O garoto mais velho estava agachado perto do armário, despejando flocos de milho em uma tigela, quando Obiefuna chegou. Ele pegou uma colher extra no armário e a entregou a Obiefuna.

— Como foi? — perguntou Obiefuna.

O Veterano Papilo deu de ombros.

— Física.

Sua expressão desamparada comunicou o restante da mensagem.

Obiefuna observou-o colocar colheradas de leite na tigela. Em seguida, jogou alguns cubos de açúcar e mexeu de um jeito uniforme. Seu cabelo curto tinha cachos ondulados que corriam diagonalmente pela cabeça e brilhavam devido à aplicação meticulosa de óleo capilar.

— Vai à cidade hoje? — perguntou Obiefuna sem refletir.

O Veterano Papilo olhou para ele de soslaio de sua posição agachada. Devagar, sua expressão contemplativa se dissolveu em um sorriso.

— Por quê? Quer vir comigo? — perguntou, devolvendo o pacote de flocos de milho ao armário.

Significaria ter que pular o muro da escola. Poderiam ser suspensos se fossem pegos, e, se o motivo da escapada fosse descoberto – e ele tinha a sensação de que o motivo não era bom –, poderiam ser expulsos. Mas Obiefuna pensou nas poucas semanas que faltavam para o final da estação, depois das quais talvez ele nunca mais visse o Veterano Papilo, e por isso respondeu:

— Quero.

O Veterano Papilo parou por alguns segundos e começou a mexer na fechadura do armário. Por fim, ele se virou totalmente para observar Obiefuna. Obiefuna não conseguia ler a expressão em seu rosto e imaginou se o Veterano Papilo cairia na gargalhada ou pegaria um cinto. Sentiu o tempo passar.

— Me encontre na fazenda da escola às oito horas — instruiu, por fim, o veterano. — Nem um minuto a mais.

Durante as aulas, Obiefuna folheou seu livro distraidamente, sem tentar entender uma palavra. Estava prestes a fazer algo de uma estupidez inacreditável pelo qual poderia ser expulso. Estava imaginando a possibilidade de não aparecer, inventando a desculpa de uma dor de estômago repentina, uma tarefa, estudar para uma prova, tudo o que sabia que o Veterano Papilo facilmente descobriria ser mentira. Às quinze para as oito ele saiu da sala de aula e foi para a fazenda da escola. O portão estava destrancado e rangeu quando ele entrou. Imediatamente distinguiu a silhueta do Veterano Papilo entre os coqueiros esguios.

O veterano olhou para o relógio e fez um aceno de aprovação. Entregou a Obiefuna uma camisa e uma calça jeans.

— Chijioke vai chegar em um minuto — informou ele.

Obiefuna tentou não vacilar. Por que o monitor agrícola iria se juntar a eles? Seu primeiro pensamento foi uma iniciação de culto, e ele teve uma sensação de enjoo no estômago, enquanto os avisos de despedida de sua mãe, na noite anterior à sua ida para a escola, ecoavam alto demais em sua cabeça. Ele ouviu histórias de novos iniciados sendo chicoteados o tempo todo com facões até que aqueles que não conseguissem suportar o treinamento morriam. Buscou no escuro por um sinal no rosto do Veterano Papilo, mas não conseguiu entender nada na expressão plácida do veterano enquanto esperava Obiefuna se vestir. Obiefuna estava abotoando a camisa quando ouviram passos se aproximando. O Veterano Chijioke apareceu. Seu olhar confuso passou de Obiefuna para o Veterano Papilo.

— Ele vai com a gente — explicou o Veterano Papilo.

— Ficou maluco? — questionou o Veterano Chijioke.

— Relaxe. — Veterano Papilo olhou Obiefuna de cima a baixo e pareceu satisfeito com sua breve avaliação. — Ele consegue lidar.

— Nunca vão deixá-lo entrar — insistiu o Veterano Chijioke.

— É claro que vão. Pelo preço certo.

O Veterano Chijioke ainda não parecia convencido, mas deu de ombros e foi à frente para dentro da fazenda. Obiefuna seguiu atrás, sentindo aquele enjoo de novo. Talvez tivesse que mudar de ideia e dar meia-volta. O Veterano Papilo ficaria furioso com ele, mas ele aguentaria algumas punições. Quando chegaram ao muro, Obiefuna olhou para as garrafas afiadas que se projetavam sobre ele. Como pretendiam pular? Sem dizer nada, o Veterano Papilo e o Veterano Chijioke começaram a limpar a grama de um pedaço de terra na base do muro. Depois, o Veterano Chijioke extraiu dois blocos da base, revelando um buraquinho com tamanho suficiente para atravessar rastejando. O Veterano Chijioke foi primeiro, passando as pernas e depois o restante do corpo. O Veterano Papilo empurrou Obiefuna para a frente, escolhendo ir por último. Enquanto se encaixava no buraco, Obiefuna imaginou por um segundo de pânico que ficaria preso, incapaz de entrar ou sair. Lá fora, o caminho estava deserto e se estendia até a estrada principal, onde pegaram um táxi.

Ficaram em silêncio durante todo o trajeto. Até mesmo o Veterano Chijioke havia perdido a rabugice e olhava pela janela em silêncio pensativo. O Veterano Papilo estava na frente, ao lado do motorista, batendo nos joelhos como fazia quando estava absorto, sem se virar nenhuma vez para encarar os olhos de Obiefuna. Por fim, ele murmurou alguma coisa para o motorista, que olhou para ele com uma expressão cética antes de se virar e olhar para a estrada. Obiefuna percebeu o leve levantar de queixo do motorista num sorrisinho. Engoliu em seco, sentindo a rápida rajada de vento passando por suas orelhas. O motorista finalmente entrou em um caminho estreito. Obiefuna olhou para fora do carro e viu as lâmpadas fracas que ladeavam a rua, iluminando um pouco o rosto das mulheres que estavam de pé dos dois lados, avançando devagar como se estivessem esperando para pegar um táxi. Obiefuna observou seus vestidos decotados que mostravam muito do colo, sua postura exigindo atenção, seu rosto coberto por óculos de sol. O motorista parou diante de um portão, ainda com aquele sorriso doentio aberto. Quando desembarcaram, o Veterano Papilo os levou até um portão pintado de verde. Um homem enorme com uma jaqueta brilhante bloqueou a entrada e olhou para Obiefuna de um jeito malicioso. O Veterano Papilo passou a mão sobre o ombro de Obiefuna e estendeu uma única nota de naira dobrada na palma da mão para o homem. Ele recebeu a nota após uma pausa relutante e segurou o portão aberto, balançando um dedo de advertência no rosto do Veterano Papilo. Dentro do pátio grande, uma fileira de bangalôs pavimentados se alinhava dos dois lados, e várias mulheres caminhavam por ali. Com um aceno de despedida para o Veterano Papilo, o Veterano Chijioke abandonou o grupo e caminhou em direção a um canto mal iluminado do complexo. O Veterano Papilo guiou Obiefuna até uma das garotas sentadas na calçada, na fileira da direita. Ela segurava um espelho de bolso diante do rosto enquanto aplicava maquiagem à luz de uma lanterna.

— Cadê a Angel? — perguntou o Veterano Papilo.

A mulher desviou o olhar do espelho e fixou neles os olhos gélidos, com o delineador suspenso no ar.

— Tenho cara de guardiã da Angel?

— Desculpa — respondeu o Veterano Papilo, sem parecer nem um pouco arrependido. — Mas você sabe onde ela está?

A mulher fechou o espelho com força e o enfiou na bolsa.

— Angel está ocupada com um cliente agora. Mas eu posso ser seu anjo esta noite. — Sua expressão assumiu um traço malicioso.

O Veterano Papilo bufou. Estava com aquele olhar levemente agitado que mostrava quando sua paciência era testada.

— Qual quarto?

A mulher arregalou os olhos para ele.

— Vai querer ir encontrar eles lá? — perguntou.

O Veterano Papilo olhou feio para a mulher sem oferecer resposta. A princípio ela o encarou em desafio, mas acabou vacilando, como Obiefuna sabia que aconteceria, e apontou para uma porta na fileira oposta. Enquanto se afastavam, Obiefuna se virou e viu que ela os observava. O Veterano Papilo bateu na porta que a mulher havia indicado. Obiefuna se mexeu, enfiando as mãos no bolso da calça jeans larga para tentar evitar que tremessem. Será que o Veterano Papilo realmente pretendia interrompê-los fazendo sexo simplesmente porque queria ver Angel? A porta abriu-se depois de alguns minutos, e Obiefuna mal conteve um suspiro quando uma mulher grande e atarracada apareceu sob o batente. Pelo nome dela, ele esperava uma mulher mais jovem e mais bonita.

— Angi, meu amor! — gritou o Veterano Papilo.

A mulher suspirou quase com exaustão.

— Papilo. Que foi agora?

— Fica fria. — Ele olhou para dentro da sala, para além dela. — Soube que você está ocupada.

Angel franziu a testa.

— Ocupada? Quem te falou?

O Veterano Papilo inclinou a cabeça para trás em direção à outra mulher. Obiefuna virou-se bem a tempo de vê-la desviar o olhar.

Angel bufou.

— *Yeye*, bobinha. — Ela olhou para o Veterano Papilo. — Não trabalho hoje, não. Dia de folga.

— Ah — disse o Veterano Papilo, coçando a cabeça —, justo hoje? Eu trouxe o meu garoto para ele dar uma.

Obiefuna congelou. Angel olhou para ele, registrando sua presença pela primeira vez. No início seu rosto estava inexpressivo, e em seguida ela caiu na gargalhada. Obiefuna olhou para ela e depois para o Veterano Papilo.

— É piada? — perguntou Angel depois que se recompôs.

— Ai, Angi, não olhe como se fosse um *pikin*.[24] Ele já é homem feito. E isso aqui não é pequeno, não. — Ele estendeu a mão com um movimento rápido para puxar o volume de Obiefuna com a palma, fazendo o garoto respirar fundo.

Angel assistiu ao espetáculo com diversão.

— De qualquer jeito, como te falei, não estou trabalhando hoje.

O Veterano Papilo pegou sua carteira.

— Eu pago o dobro.

Angel suspirou, fingindo exasperação. Ela olhou para Obiefuna de novo, com o riso espreitando em seus olhos, mas ele sabia que ela desistiria.

— Está bem — disse ela por fim. — Só porque você falou que ele é legal.

Ela piscou para Obiefuna e entrou, afastando-se da porta. Obiefuna olhou para o Veterano Papilo, que encarou o garoto com as sobrancelhas erguidas, fazendo sinal para que ele entrasse. Obiefuna respirou fundo e entrou. O quarto era pequeno e quadrado, com um cheiro persistente de umidade. Estava vazio, exceto por um colchão ao lado da parede, uma pequena mesa de plástico e um guarda-roupa embutido que continha apenas cabides vazios. As paredes estavam quase completamente cobertas com pôsteres de estrelas norte-americanas. Não havia cadeiras onde ele pudesse se sentar, por isso ficou no meio do quarto, tentando não ouvir a conversa de Angel com o Veterano Papilo. Ele a viu pegar o dinheiro das mãos dele e fechar a porta. Em silêncio, ela estendeu a mão atrás das costas para abrir o zíper do vestido, tirou-o e jogou-o de qualquer jeito sobre a mesa. Tirou a calcinha, sem olhar para ele nenhuma vez, sem demonstrar surpresa pelo fato de ele ainda não ter se despido. Quando estava completamente nua, ela deslizou para a cama e encaixou um travesseiro embaixo da cabeça. Obiefuna ficou onde estava, encarando-a.

— O que foi? — perguntou ela, olhando finalmente para ele.

Obiefuna lambeu os lábios para descongelar a língua. Imaginou se o Veterano Papilo o havia deixado para trás e voltado para a escola. Quis

24. Palavra igbo para “criança”. (N.T.)

se virar em direção à porta e sair do quarto, mas suas pernas estavam bambas. Angel ajoelhou-se e rastejou até a beirada do colchão. Ela estendeu a mão para ele e o puxou para perto de si, até ele ficar em pé ao lado da mulher, olhando para ela ali embaixo.

— É sua primeira vez? — perguntou ela, baixinho.

Obiefuna concordou com a cabeça.

Angel examinou o rosto dele atentamente.

— Quantos anos você tem mesmo?

Obiefuna engoliu em seco. Algo naqueles olhos lhe dizia que seria inútil mentir para ela.

— Dezesseis. Quase dezessete — ele acrescentou, desnecessariamente.

Ele sentiu que o aperto dela em seu braço afrouxava e se perguntou se ela iria afastá-lo. Significaria devolver o dinheiro que o Veterano Papilo lhe dera. Talvez ela soubesse que outra pessoa o aceitaria de bom grado pelo preço normal. Houve um momento em que sentiu que ela estava vacilando, avaliando sua ética pessoal. Por fim, soltando um suspiro, ela estendeu a mão para desabotoar a camisa dele. Ela trabalhava com fervor, a respiração entrecortada. Enquanto desabotoava o cinto dele, ele manteve os olhos focados na foto da Rihanna no papel de parede atrás dela, sentindo um pequeno desconforto pela maneira como aqueles olhos o encaravam também. Angel abaixou a calça jeans, e ele tirou as pernas da roupa, ainda olhando para o pôster. Ela pegou o pênis dele na mão.

— Este aqui não tem dezesseis anos, não — disse com um assobio, e ele corou.

Ela brincou com o pênis dele por um tempo, tentando decidir o que fazer com ele. Quando o enfiou na boca, Obiefuna soltou um suspiro. Percebeu que não era esse o protocolo padrão e imaginou se deveria se sentir lisonjeado por ela ter escolhido abrir uma exceção para ele. Ele sentiu o membro crescer na boca da mulher, endurecendo até ficar rígido. Os dedos dos pés dele começaram a se curvar sozinhos, e seus joelhos pareciam que cederiam a qualquer momento. Ele imaginou se parte do acordo na porta era para Angel avaliar seu desempenho para o Veterano Papilo no final, se o Veterano Papilo começaria a olhá-lo de um jeito diferente se ele passasse. Angel afastou-se dele e recuou ainda mais na cama, abrindo as pernas. Obiefuna arrastou-se até ficar ao lado dela, subjugado, naquele momento, pela vontade de vomitar. Ele se sentou nu ao lado dela e olhou ao redor da cama.

Angel perguntou:

— O que foi?

— Preciso de camisinha — murmurou ele.

Ela pareceu surpresa por um minuto e depois riu.

— Um garotinho como você, que doença você tem?

Ela estendeu a mão para ele e o puxou para si, guiando-o entre suas pernas. Dentro dela, ele foi envolvido por um calor que ameaçava derrubá-lo, inconsciente. Tentou não olhar para o rosto dela enquanto sentia o tremor em suas veias. Ela estava se ajustando para acomodá-lo quando ele sentiu uma rápida onda de êxtase correr até sua ponta. Ele cedeu antes que pudesse se conter e caiu em cima dela, ofegante, odiando ter se aliviado. Levantou-se depois de um minuto e reclinou-se na parede ao lado dela. Ela se sentou na cama, afogueada, tentando compreender o que tinha acabado de acontecer. Em seguida, ela se levantou e deu a volta na cama para pegar a calcinha na mesa. Como ela ficou em silêncio, ele disse:

— Me desculpe.

Ela deu de ombros enquanto vestia a calcinha e disse, sem olhar para ele:

— Primeira vez. É assim mesmo.

Poucos dias depois, Obiefuna acordou com febre. A situação piorou rapidamente, deixando suas articulações rígidas, de modo que a enfermeira da clínica da escola o confinou em um leito, sob sua observação rigorosa. Sua garganta ficou dolorida e seca, seu apetite havia desaparecido, e ele não conseguia engolir a comida que Jekwu trouxe do refeitório, conseguindo apenas algumas colheradas quando o Veterano Papilo chegou e o alimentou com a mão. Ele entrava e saía de cochilos agitados, apenas vagamente ciente da presença do Veterano Papilo ao lado dele em uma cadeira, o veterano estendendo a mão de vez em quando para sentir a temperatura com as costas da mão. Houve momentos em que sofreu leves alucinações, quando o rosto de Angel, contorcido de desprezo, flutuava em sua visão, ao mesmo tempo provocador e assustador. Obiefuna ainda se lembrava do momento após o incidente, quando ele se sentou ao lado dela na cama, completamente vestido, esperando; dentro dele, algo se encolheu ainda mais no tempo, ao tique-taque alto do relógio, até que a batida do Veterano Papilo na porta o informou de que estavam prontos para ir embora. O Veterano Papilo examinou o rosto dele por um instante sem falar nada, e, quando saíram, Obiefuna o viu piscar para a mulher que havia mentido para eles sobre Angel mais cedo. Chegaram ao prédio pouco antes de as luzes se apagarem, e, quando Sabido perguntou onde ele estivera, ele murmurou algo sobre fazer umas coisas para o Veterano Papilo.

— Jekwu disse que você saiu da aula antes de terminar — disse Sabido. — Fomos até o prédio do Veterano Papilo te procurar, e nenhum de vocês estava lá.

— Eu falei que estava fazendo coisas na casa dele? — retrucou Obiefuna, dando à voz um tom áspero o bastante para desencorajar novos interrogatórios. Ele ansiava por um banho, mas sabia que estava tarde e que os alunos mais velhos logo estariam à espreita para dar um jeito nos alunos que ainda estivessem lá depois que as luzes se apagassem. Quando o sinal tocou alguns minutos depois, ele subiu na cama, desconfortavelmente ciente do cheiro de Angel na pele e da cueca melada. E ficou acordado por um bom tempo, olhando para o teto caiado.

Agora ele estava sentado perto da janela, no canto do Veterano Papilo, observando um grupo de garotos mais novos indo jantar no refeitório. Era o terceiro dia de sua doença e a pior fase já havia passado, mas a língua ainda tinha aquele gosto pegajoso persistente, e uma dor insistia em atormentar sua cabeça. Diante dele, o Veterano Papilo ouvia distraidamente uma conversa em seu canto. Mais de uma vez, ele reparou nos olhos do Veterano Papilo fixos nele. Percebeu pela conversa que o Veterano Papilo passaria pelo muro de novo naquele dia para ir à cidade. Para ver Angel? Será que conversariam sobre ele? Ocorreu-lhe então, com um suspiro, que ele ainda estava ali, no canto do Veterano Papilo, depois de tudo. Viu seu reflexo fraco no espelho com um pequeno e pálido sorriso. Ultimamente, ele começara a olhar para o Veterano Papilo e para a amizade deles de um jeito diferente. Era algo que o Veterano Papilo fazia com todos os seus garotos? Uma espécie de iniciação? Algo lhe dizia que não era esse o caso. Havia sido especificamente escolhido e não conseguia entender por quê. Até aquele momento, ele havia sido privado de um momento em particular com o Veterano Papilo, embora não estivesse confiante sobre o que diria se tivesse a oportunidade. E, depois daquele dia, talvez nunca mais tivesse essa chance. O Veterano Papilo havia terminado seu exame final no dia anterior. Obiefuna observava das grades, junto com os colegas de classe, enquanto os garotos mais velhos se espalhavam pelo campo, correndo pelos dormitórios em comemoração. Não demorou para começarem uma brincadeira de içar um ao outro e se jogar em uma pequena piscina infestada de algas perto da fazenda da escola. O Veterano Papilo foi uma das últimas pessoas a serem agarradas, foi preciso um exército para dominá-lo e puxá-lo para longe, e ele emergiu da piscina, molhado e viscoso, gargalhando. Como fez aquilo? Como era capaz de irradiar tanta alegria enquanto Obiefuna sentia essa ruína dentro de si? Como se o mundo estivesse se abrindo debaixo dele.

Mais tarde, enquanto ele separava as coisas do Veterano Papilo para ver com o que poderia ficar, tentou não cair no chão. Os outros garotos tramavam abertamente roubar os objetos de valor: o armário grande e resistente, a cama ampla e macia, as sandálias marrons elegantes e a roupa de cama branca, os baldes. Obiefuna sentou-se na cama, segurando o ferro de passar a carvão e os uniformes que havia herdado naturalmente, ciente de que o Veterano Papilo o observava o tempo todo. Depois, quando os meninos já tinham ido embora havia muito, o Veterano Papilo estendeu a mão para tocar seu joelho e disse que tudo ficaria bem, e ele sentiu vontade de chorar naquele momento, porque nada ficaria bem.

Obiefuna sentiu a mão do Veterano Papilo em seu ombro e olhou para cima.

— Tem uma pessoa que eu quero que você veja — disse o Veterano Papilo.

Obiefuna olhou através das fileiras de beliches para a porta.

— Quem?

— Não aqui — respondeu o Veterano Papilo. — Vamos até a fazenda da escola daqui a alguns minutos.

Eles seguiram a rota que levava ao bordel, mas no meio do caminho o Veterano Papilo pediu para o motorista parar, e eles entraram em um supermercado. Obiefuna seguiu o Veterano Papilo, observando com espanto enquanto ele levava para o caixa alguns produtos de higiene, incluindo absorventes. Ele seguiu o Veterano Papilo enquanto ele atravessava a rua e pegava outro táxi, que seguiu na direção de onde eles tinham vindo. Desembarcaram em frente à escola. O Veterano Papilo liderou a passagem por um caminho curto e estreito. Obiefuna olhou para cima e viu a placa do campus feminino. Um nó se formou em sua garganta. O Veterano Papilo estava tentando fazer com que fossem pegos? Ele quase abriu a boca para gritar, mas o Veterano Papilo já estava batendo na porta na frente deles. A portinhola abriu-se, e um par de olhos os observou. A expressão do homem ficou cautelosa no mesmo instante.

— Pois não? — perguntou ele. Era evidente que jovens estranhos não eram bem-vindos ali.

— Boa noite, senhor — cumprimentou o Veterano Papilo. Obiefuna quase sorriu diante daquele tom diferente. — Por favor, estou aqui para deixar algumas coisas para minha irmã.

O homem franziu a testa.

— Não é Dia da Visita.

— Eu sei, senhor, mas ela nos ligou para dizer que suas provisões tinham acabado, e nossos pais me pediram para passar aqui, já que estou logo ali na esquina.

— Quem é você? — perguntou o homem.

— Sou estudante da universidade da cidade, senhor.

— E quem é esse daí? — Os olhos do homem se voltaram para Obiefuna.

— Este é meu primo, senhor. O nome dele é Francis.

Nesse momento, o homem franziu a testa para Obiefuna, como se o desafiasse a negar o nome. Ele entreabriu a porta e estendeu a mão para pegar a sacola.

O Veterano Papilo recuou.

— Por favor, senhor, preciso entregar em mãos. Também preciso entregar uma mensagem dos nossos pais para ela.

O homem olhou feio para ele.

— Rapaz, você sabe em que tipo de encrenca eu posso me meter se deixar você entrar sem ser Dia da Visita?

O veterano enfiou a mão na carteira para pegar uma nota de naira.

— Vou ser rápido e discreto, senhor — prometeu ele, estendendo a mão fechada em direção ao homem—, e o senhor pode tomar uma cerveja com isto aqui.

O homem suspirou, hesitando apenas por um instante antes de pegar a nota do Veterano Papilo e se afastar para deixá-los entrar. Obiefuna ficou imediatamente encantado com a beleza do campus. Era bem menor que o dos meninos, mas, pelo que ele pôde ver, tinha uma ordem graciosa: prédios projetados com andares idênticos e pintados da mesma cor cinza do céu, flores espalhadas pela entrada e pelas salas de aula, enchendo o ar com um aroma doce e inebriante. O homem fez sinal para que entrassem na guarita.

— Qual era mesmo o nome dela? — perguntou quando entraram.

— Munachiso Amaeze. Terceiro ano, C — respondeu o Veterano Papilo.

— E qual é o seu?

O Veterano Papilo suspirou.

— Obiefuna Amaeze, senhor.

Obiefuna olhou para ele, enquanto o Veterano Papilo olhava para a frente, com o rosto cuidadosamente inexpressivo, até que o homem passou pela porta, e então soltou uma risadinha curta. Estendeu a mão para ajustar a gola de Obiefuna, que parecia não precisar de ajuste.

— Prepare-se para quando ela chegar — disse ele.

— Por quê?

— Ela vem com sua Filha da Escola, que eu quero que você conheça.

Foi por isso que o Veterano Papilo o convidara para ir junto. Obiefuna olhou fixamente para algumas pichações na parede, sem dúvida o apelido de uma garota que não queria que ninguém esquecesse que ela passara por ali. O homem voltou momentos depois com uma garota gorda, de pele cor de chocolate, seguida por uma menor.

— Papilo — disse ela, tentando sem sucesso disfarçar o sorriso.

O homem lançou um olhar gélido para o Veterano Papilo.

— É assim que ela me chama, senhor — explicou ele rapidamente. — Meu nome verdadeiro é Obiefuna.

O homem voltou ao seu livro de registros. Enquanto falavam sobre seus pais fictícios, soltando códigos em intervalos, Obiefuna examinava a garotinha à sua frente. Era esguia, com um rosto oval que poderia passar por bonito e uma risca estilizada em um dos lados da cabeça. Ela se sentou com os joelhos colados, seu olhar focado nas palmas das mãos entrelaçadas sobre o colo, ciente, Obiefuna podia dizer, de que ele estava olhando para ela. Ele imaginou quanto tempo o Veterano Papilo tinha levado para orquestrar o encontro e o que ele esperava que saísse daquilo. Veio uma batida da porta externa, e o homem lançou um olhar de advertência ao Veterano Papilo antes de sair da sala. O Veterano Papilo rapidamente tomou Munachiso nos braços.

— Senti sua falta — disse ele, grudado em seu pescoço, acariciando seu traseiro enquanto ela se contorcia em seus braços como uma minhoca na qual haviam jogado sal, segurando as risadinhas.

— Te esperei no meu aniversário e você não apareceu — disse ela quando se separaram.

— Desculpa, meu amor. Você sabe como são essas coisas. — Ele pegou a sacola da cadeira. — Mas não esqueci meu presente.

Ela pegou a sacola das mãos dele, com os olhos brilhando.

— Obrigada. — Ela o beijou no rosto.

Eles conversaram um pouco mais antes que o Veterano Papilo gesticulasse para a garota atrás dela.

— Então, essa é a garota?

— É — respondeu Munachiso, virando-se. — Essa é a Rachel.

O Veterano Papilo fez sons apreciativos, fazendo que sim com a cabeça bem devagar. Obiefuna tentou não gritar quando o Veterano Papilo se virou para ele e lhe deu um soquinho no ombro:

— E este aqui é o meu garoto. O nome dele é Obiefuna.

Rachel ergueu os olhos nesse momento. Obiefuna ficou desconcertado com o olhar dela; parecia percorrer todo o seu rosto sem se fixar. Ele conseguiu ver os dentes dela quando ela mordeu o lábio suavemente. No silêncio, Obiefuna de repente percebeu que todos os olhos na sala estavam sobre ele, esperando por ele. Ele se sentiu um ator que de repente esqueceu as falas.

— Obiefuna? — chamou o Veterano Papilo.

Obiefuna encarou-o.

— Não deixe uma garota esperando — disse o Veterano Papilo com uma risada estranha. — Essa é a parte em que você pergunta se ela quer ser sua namorada.

9.

Algo naquele rosto parece familiar a Uzoamaka. Talvez seja o estado da cabeça, de formato oblongo e raspada, agora torcida em um ângulo nada natural, voltada para cima, embora o corpo esteja em princípio deitado de bruços, casualmente estendido na calçada. Suas mãos estão cruzadas atrás dele como se estivessem algemadas: um prisioneiro até mesmo na morte. A boca aberta derrama uma língua esbranquiçada. Ao redor dele, moscas estão se banqueteando. Mas com os olhos Uzoamaka não consegue lidar: abertos, olhando para o céu como se estivessem em súplica. Nenhuma das pessoas que formaram um minicírculo ao redor do cadáver para estalar os dedos[25] e especular sobre sua identidade e a causa da morte se adianta para fechar seus olhos. Na cidade natal de Uzoamaka, é mau presságio morrer de olhos abertos daquele jeito. O espírito nunca descansará. E quando se pensa no garoto, que não chega a ter dezesseis anos, basicamente era uma criança que deveria estar socorrendo a mãe ou irritando-a sem parar, não esparramado no chão como uma boneca de pano embaixo do sol escaldante e com os olhos abertos daquele jeito. Uzoamaka sente-se abalada com aqueles olhos.

E, então, Uzoamaka não se surpreende nem se alarma por completo quando vê o garoto surgindo diante de sua visão ao longo do dia. São

25. Os nigerianos, para afastar más influências e azar, estalam os dedos quando se deparam com uma situação ruim. Quando uma pessoa menciona algo ruim, eles estalam os dedos dizendo "Deus me livre". (N.T.)

aqueles olhos que se cristalizam na mente, parecendo lhe dizer alguma coisa que ela não consegue compreender. Na vez seguinte em que ela vê o cadáver de novo, ele está em uma posição ligeiramente ajustada, com a cabeça agora posicionada de maneira natural. Mas, o mais importante, os olhos estão fechados. Por causa da gentileza agora estampada no rosto de olhos fechados, deixando-o quase etéreo, Uzoamaka não consegue deixar de encará-lo. Está ciente de que está criando um espetáculo curioso, parada ali sozinha embaixo do sol quente, aparvalhada perto do corpo, e ainda assim não consegue desviar o olhar. Também não consegue evitar e se aproxima do corpo, com passos deliberados e calculados, incapaz de conter um aperto no coração. O rosto fica levemente sombreado de onde ela está, e ela tem que virar toda a cabeça para um ângulo não natural para poder olhar o rosto por inteiro. O sol está a pino, e a pele dela está grudando na blusa por causa do suor. Ela sabe que todos os olhares estão voltados para ela. Resoluta, vira o corpo com esforço considerável, "Como pode ser tão pesado?", e levanta a camisa, seus olhos percorrendo o corpo, desejando que ele fique mais claro e, ao mesmo tempo, permaneça obscuro. Sua mão toca a barriga inchada e sente o calor antes de ela avistar a marca de nascença, exatamente como ela se lembrava: uma mancha escura logo acima da pélvis. Talvez seja a única coisa que não havia mudado, uma característica definidora que de alguma forma permanece inalterada. *Ele parece tão em paz, quase feliz na morte,* pensa ela logo antes de espancá-lo e gritar. Com a visão turva, ela vê pessoas correndo em sua direção. Elas puxam os ombros dela, tentando afastá-la dele, mas ela não consegue tirar os olhos daquele rosto, as mãos daquele corpo, e não consegue parar de dizer seu nome: "Ekene! Ekene! Ekene!", como um canto de guerra. No meio de tantas vozes, ela por fim identifica uma que lhe é familiar e se vira para ver Anozie. De repente, ele é o único presente em um quarto mal iluminado e em silêncio sepulcral, e ele olha feio para ela, confuso.

— O que deu em você? — troveja ele, furioso, em igbo. — Você quase acordou a rua inteira.

Uzoamaka não entende o que ele está falando, olha ao redor procurando Ekene, mas está cercada por lençóis, então ela pula da cama e corre para o quarto dos meninos. Corre até a cama de Ekene e o sacode com força até que ele se mexe e se senta, assustado. Atrás dela, a voz de

Anozie ecoa em seus ouvidos. Tanta coisa está acontecendo que a única atitude sensata é cair no choro, mantendo Ekene nos braços até o amanhecer se infiltrar pela janela.

Então, Uzoamaka suspirou. Abaixo dela, a mulher cujo cabelo ela estava trançando lhe lançou um olhar ofendido.

— Desculpe — disse Uzoamaka com um sorriso apertado, reposicionando a cabeça. Suas aprendizes, duas jovens que aproveitaram a greve da universidade para adquirir uma competência, trocaram olhares perplexos, sem dúvida confusas sobre o motivo por que ela, de todas as pessoas no salão, parecia a mais afetada pela notícia do tiroteio.

— Esparramado na calçada, assim mesmo — recomeçou a mulher, estalando os dedos como se rejeitasse aquele destino. Foi ela quem dera a notícia do tiroteio, dizendo que ela mesma estivera no local. Não tinha nada do horror que Uzoamaka esperava, apenas o porte vagamente animado de alguém que tinha em mãos a informação mais procurada.

— *Na wa*[26]— exclamou outra mulher. Estava com o cabelo retido pelo secador e falava com a cabeça imóvel, em um efeito quase cômico. — Primeiro não conseguíamos dormir por causa dos cultistas.[27] Agora não podemos dormir por causa dos militares.

— Mas disseram que era um suspeito — comentou uma das mulheres.

— Que suspeito o quê — retrucou a portadora da notícia. — Ele só estava tentando atender uma ligação.

— Mas não sabemos exatamente quem estava ligando...

Uzoamaka abafou outro suspiro. Por mais que se sentisse atraída pela conversa, em seu íntimo desejava que as mulheres parassem de falar. Como tinha sido fácil seu dia passar de maravilhoso para horrível. Era aniversário de Obiefuna. Tinha completado dezessete anos naquela manhã, e ela o pegara de surpresa ligando para cantar para ele, como sempre fazia quando ele estava em casa, e tinha carregado consigo a surpresa encantadora da voz dele até o salão, somente para ser recebida por suas aprendizes com a notícia do tiroteio. Agora, essa mulher

---

26. Expressão de surpresa. (N.T.)

27. Ver nota da página 67. (N.E.)

falastrona não parava de dar detalhes sobre o caso. O fato sucedera na Ikeokwu Junction, a uma curta distância de sua loja. Os confrontos entre cultos haviam atingido o auge, com corpos aleatórios empilhados na beira da estrada sem serem reclamados. Circulavam rumores de que grupos de culto eram produtos de sementes plantadas por políticos, e até mesmo o nome do governador foi mencionado uma ou duas vezes. Acreditava-se que o próprio partido do governador havia apoiado uma facção do grupo cultista no ano anterior para manipular as eleições a seu favor. Ao sair vitorioso, renegou sua promessa de estabelecê-los a contento, e por isso eles foram às ruas, causando um caos indizível, com as mesmas armas que o governo havia comprado para eles. Uzoamaka achou a história conspiratória demais para ser precisa, mas a ousadia dos grupos cultistas a fez pensar. Ela participara de uma manifestação pela paz feita por mulheres do bairro, marchando pelo mercado até os prédios do governo, onde montaram acampamento, cantando e exigindo atitudes, até que os furgões da polícia chegaram e lançaram gás lacrimogêneo para dispersar a multidão.

A reação do governador, após semanas de protestos, foi declarar estado de emergência, entregando oficialmente a segurança do Estado aos militares. Os homens atacaram sem aviso, portando armas com quase metade do seu tamanho, vestindo uniformes camuflados engomados de um jeito ameaçador e dirigindo pela cidade em furgões novos e brilhantes com a inscrição de advertência: OPERAÇÃO HESITE E MORRA. Diziam que andavam por aí com os lábios trancados a cadeado (Uzoamaka ainda não tinha visto isso, mas nada era impossível com essas pessoas), e as mãos posicionadas no gatilho, prontas para atirar a qualquer momento. Anunciaram novos protocolos de segurança pelo rádio, declararam toque de recolher noturno, realizaram exercícios de busca aleatória e montaram postos de controle em cruzamentos importantes, onde os transeuntes eram obrigados a andar com as duas mãos levantadas, como se estivessem se rendendo, sem abaixá-las por motivo nenhum. Uzoamaka ouviu histórias de um homem idoso que se urinou porque foi pressionado e ficou com muito medo de abaixar as mãos. Semana após semana, o governador fazia transmissões satisfeitas no rádio, exaltando a própria "engenhosidade" ao trazer ordem, alegremente inconsciente do eterno estado de terror

– ou escolhendo ignorá-lo – entre seus cidadãos. A vítima mais recente, segundo Uzoamaka apurou na conversa, era um rapazinho. A atenção dele se desviara do posto de controle quando seu telefone tocou, e ele levara a mão ao bolso para pegá-lo. Talvez fosse uma namorada ligando, ou a esposa dele, ou sua mãe. Talvez tivesse sido a excitação que o fizera esquecer, naquele instante, onde estava, percebendo tarde demais, justamente quando as balas atingiam sua pele; o caos que se seguiu o arremessou, saindo do mundo antes mesmo de tocar o chão. Uzoamaka imaginou se ele já havia atendido a ligação antes de ser baleado, o que a pessoa do outro lado da linha havia pensado com a sequência de tiros que pareciam fogos de artifício em julho, o zumbido dos gritos, o chiado da linha telefônica, o silêncio permanente que se instalou.

— Mas na verdade não podemos culpar o exército — reconheceu a que trouxera a notícia. Ela não parava. — Aqueles garotos da milícia Deebam eram um terror.

Todas soltaram sons variados de concordância. Uzoamaka segurou o cabelo agora finalizado e pegou uma vela para queimar as pontas. Nunca entenderia por que jovens acordavam de manhã e decidiam, entre todas as coisas, tornar-se cultistas, sentindo prazer em matar membros rivais em plena luz do dia apenas para ver corpos jovens inchando ao sol. Até agora, estavam em todos os lugares, sem nem se preocupar em esconder sua identidade, passando pela loja dela com o mesmo andar desequilibrado que era sua marca registrada: arrastando um pé como se estivesse apenas preso ao quadril com frouxidão, um ombro comicamente erguido enquanto o outro se inclinava para o lado, quase como uma deformidade. Até se adornavam com as mesmas cores: lenços vermelhos, amarelos ou pretos brilhantes amarrados nos pulsos, no pescoço ou aparecendo nos bolsos de trás. Uma vez, no mercado, a mulher que vendia roupas de segunda mão a convencera a desistir de um short vermelho de que ela havia gostado para Ekene, porque vermelho, segundo a mulher, era uma das cores deles, e Ekene talvez atraísse a atenção deles se "exibisse a cor deles". A mulher lhe contou sobre o filho de um vizinho que tinha saído usando sapatos amarelos: durante a maior parte da noite, pedras choveram sobre o telhado da família dele, e isso só parou quando o menino saiu para enfrentá-los. Ele voltou dois dias depois com ferimentos de facão nas costas como prova de iniciação, e agora roubava dinheiro de lojas de rua e lutava abertamente contra seu pai. Uzoamaka pensou em Ekene. Tinha apenas dezesseis anos, e ela já se vira tendo que resistir aos primeiros sinais de rebelião, odiando o tom na voz dele quando tinha que gritar com o menino por ficar acordado até tarde, e o choque absoluto quando o pegara fumando um cigarro em seu quarto. Talvez tivesse ajudado se Obiefuna estivesse por perto, pois sempre havia exercido uma influência calmante sobre Ekene, supervisionando as atividades dele longe da vista de Uzoamaka. Mas agora ele praticamente pertencia à irmã de Anozie, e Ekene tinha muito tempo livre para si mesmo, passava horas jogando futebol no campo, ficava na companhia de pessoas das quais ela não sabia quase nada. Certa vez, ela o viu da sacada, sacudindo o filho de um vizinho e terminando com um sinal que ela não entendeu. Era apenas uma criança, e as implicações do que estava fazendo lhe escapavam; ainda assim, ela esperou até que ele se recolhesse para dormir e se aproximou dele com uma bengala. Ela bateu nele várias vezes até que os dois estavam chorando, ela pensando o tempo todo naquele corpo esparramado na calçada, aqueles olhos vazios fixos nos dela. Pensando também que aquela morte poderia ter sido evitada se a mãe do menino tivesse batido um pouco mais nele, com um pouco mais de força.

10.

A sabedoria popular dizia que não havia melhor momento para ter cuidado do que no segundo ano do ensino médio. Enquanto Obiefuna empurrava sua caixa através do segundo portão após a revista, respirando o ar quente do campus de novo após as férias, ele sentiu uma mistura de alegria e terror. Mais tarde naquela noite, foi Jekwu quem explicou o código. Os primeiros meses do segundo ano eram considerados os mais precários para os alunos, faltando apenas um semestre para eles receberem o manto da liderança escolar, os cargos de monitoria. Teriam que passar pela última fase de tortura dos alunos do terceiro ano, bem como dos monitores que estavam de saída, antes de assumirem o posto. Pior ainda, a escola havia decidido, por alguma razão estranha, colocar as duas casas dos alunos mais velhos bem próximas uma da outra, para que Obiefuna não conseguisse passar o dia sem encontrar um aluno entediado do terceiro ano querendo puni-lo apenas por diversão. Jekwu comentou em tom de aconselhamento que a estratégia era evitar problemas se pudesse, aguentá-los se não pudesse e consolar-se com a contagem regressiva dos meses até que eles mesmos se tornassem monitores, quando a escola, e o mundo, de fato, estariam a seus pés.

Parecia a Obiefuna que, a cada ano, o harmatã se anunciava mais cedo e o vento parecia se aproximar dele cada vez mais, ainda mais frio e mais cruel. Numa noite de novembro, como acontecia em todas as outras noites, a escola se recolheu, e na manhã seguinte o campus estava envolto em uma névoa tão espessa que Obiefuna mal conseguia distinguir as figuras a poucos metros dele. Nas orações, vários meninos apareciam com os lençóis enrolados nos ombros, mas os monitores também estavam com frio demais para se dar ao trabalho de puni-los. Obiefuna tinha pavor de encostar água nos lábios enquanto escovava os dentes e tinha pavor ainda maior de tomar banho. Uma multidão de garotos invadiu a cozinha com baldes e histórias de várias alergias, mas foi mandada embora pela equipe da cozinha. Sabido sugeriu que corressem ao redor do campo para estimular o calor interno, mas Obiefuna desistiu depois da primeira volta, pior que antes, com as costelas doendo. Na torneira, ficou tremendo enquanto observava seu balde encher de água, desejando na mente que ela esquentasse. O complexo de banheiros perto do seu prédio não ficava turbulento como sempre, porque muitos meninos voltavam para a cama depois das orações, optando por pular os banhos matinais. Alguns deles acabariam optando por "esfregar e dar brilho". A ideia de "esfregar e dar brilho", em que lavar as mãos e os pés com creme e colônia substituía um banho adequado, sempre desagradara Obiefuna. Mas, parado ali na torneira, com o frio se esgueirando ao redor dos ombros, Obiefuna considerou seriamente a possibilidade, mesmo que apenas daquela vez.

— Muito frio, *abi*?[28] — disse alguém atrás dele.

Obiefuna virou-se e encontrou o Veterano Kachi, o monitor sênior da escola. Tinha uma toalha enrolada na cintura e uma esponja na mão. Atrás dele, um garoto da turma de Obiefuna segurava o balde de água do Veterano Kachi. Obiefuna sentiu dor ao olhar para o vapor que saía dela.

— Precisa de água quente? — perguntou o Veterano Kachi.

Obiefuna olhou para ele, calado e chocado por um tempo, antes de concordar com a cabeça.

— Vem comigo — disse o Veterano Kachi, virando-se em direção aos aposentos dos monitores. Obiefuna foi atrás dele, consciente dos olhares invejosos que os outros garotos lhe lançavam. O quarto do Veterano Kachi era um espaço quadrado e arejado, com três camas de madeira onde dormiam os dois vice-monitores e o monitor da capela. Havia um

28. Partícula interrogativa, como "não é?". (N.T.)

quarto menor, embutido, no canto, com uma cama, que pertencia ao Veterano Kachi. Na parede ao lado do beliche havia uma tomada. Um ebulidor elétrico estava conectado ao soquete e meio afundado em um baldinho com água. O Veterano Kachi desligou a tomada e fez sinal para Obiefuna pegar a água.

Obiefuna despejou a água em seu balde, desfrutando do calor que cobriu seu rosto.

— Obrigado, veterano — agradeceu ele.

O Veterano Kachi não respondeu. Estava de costas para Obiefuna, observando silenciosamente a neblina através da janela. Mas, quando Obiefuna saiu, ele se virou na porta principal e viu o Veterano Kachi parado na entrada de seu quarto, olhando para ele.

Aos poucos, Obiefuna despertou. Seus olhos procuraram no escuro até que distinguiram a silhueta do rosto que o espreitava. O hálito tinha um cheiro leve de cigarro.

— Fica em pé — disse o Veterano Kachi, em um comando baixo.

Obiefuna apoiou-se nos cotovelos. O Veterano Kachi deu um passo para o lado para dar espaço a ele, as mãos enfiadas nos bolsos laterais do short largo. Obiefuna pegou seus calçados debaixo da cama. Quando tentou pegar uma camisa, o Veterano Kachi o impediu.

— Só vem comigo.

Ele entrou atrás do Veterano Kachi enquanto se dirigiam para a porta. Uma rajada de ar frio atingiu seu rosto quando ele pôs os pés no corredor. Durante toda a curta caminhada, o Veterano Kachi não olhou para ele nem uma vez. Estavam perto do início da escada, no canto mais escuro, quando o Veterano Kachi parou e se virou para ele.

— Obi — disse ele, apenas.

Obiefuna encarou-o. Mesmo no escuro, percebeu que os olhos do Veterano Kachi estavam desviados e que a mão cobria sua boca. E, como ele não quis agir, Obiefuna o fez. Inclinou o rosto para a frente, afogueado, a respiração do Veterano Kachi alta demais em seus ouvidos. Não entendeu as mãos pousadas em seu peito em resistência até que seus lábios sentiram o gosto do ar. Seu coração palpitava forte no peito enquanto ele esperava pelo próximo passo. As mãos do Veterano

Kachi percorreram sua cabeça e se encaixaram atrás de suas orelhas, como se quisessem puxá-lo para perto, mas o monitor veterano o guiou para baixo. Ele não estava usando cueca por baixo do short. Cheirava a sabonete de lavanda. Obiefuna aceitou-o na boca, com o aperto firme em sua cabeça, relaxando enquanto ele movia a língua, às vezes se afastando para respirar. Ele aguentou firme mesmo quando uma onda salgada encheu sua boca, um gosto estranho, nauseante. O Veterano Kachi ergueu-o e deu um tapinha carinhoso em sua cabeça, como se fosse um filhotinho, e lhe disse para voltar para a cama.

Ele não sabia quanto tempo dormira, mas acordou na manhã seguinte com uma nova leveza do ser. Foi seu primeiro ato real. Durante as funções, conforme lhe eram atribuídas tarefas, ele ficava o tempo todo à procura do Veterano Kachi, mas ele, que estava dividindo os meninos do primeiro ano em grupos, não fitava Obiefuna nos olhos. Apenas mais tarde, enquanto trabalhava com outros meninos na colheita de mandioca na fazenda da escola, ele percebeu que estava sendo evitado. O que havia sido mágico para ele, o que tivera um significado auspicioso, para o Veterano Kachi fora uma liberação menor, necessária. Obiefuna tinha sido apenas a ferramenta disponível. Ele pensou nessa situação naquela noite enquanto estava deitado na cama, esforçando-se para dormir. Pouco antes da meia-noite, sentiu uma presença ao seu lado e, ao se virar, encontrou o Veterano Kachi. De novo, Obiefuna se levantou sem dizer palavra, seguindo o Veterano Kachi, parando na escada escura e, com docilidade, ajoelhando-se. Esse cenário repetia-se dia após dia, e, ainda assim, nada mudava no comportamento público do Veterano Kachi com ele. Claro, Obiefuna ficou magoado. Entendia a necessidade de ocultar aquela situação, especialmente quando se era o monitor Veterano Kachi, o orgulho da escola, uma estrela brilhante, com uma reputação a manter, e, ainda assim, ele não conseguia evitar todo aquele ressentimento. E, dia após dia, ele pensava em dar um fim àquilo, mas sua determinação se dissipava assim que o Veterano Kachi aparecia ao seu lado e o levava. Por fim, tomaram a decisão por ele sem que tivesse que tentar.

Certo domingo, Obiefuna estava aninhado na cama com o Veterano Kachi, os dois evitando a capela. Ele ouviu o chamado pela bênção de onde estava deitado e observou pela janela os meninos saindo das casas, de roupa branca.

O Veterano Kachi também estava observando.

— Dê uma olhada nisso — disse depois de um tempo.

Obiefuna inclinou-se para ter uma boa visão. Os meninos caminhavam em todas as direções, mas, de alguma forma, ele sabia de quem o Veterano Kachi estava falando. Algo naquele balanço despreocupado e característico dos quadris, no balançar do pulso, fez Obiefuna rir.

— Festus? — perguntou ele.

O Veterano Kachi suspirou.

— É esse o nome dele?

Obiefuna concordou com a cabeça.

— Esse garoto me dá nojo — disse ele.

Obiefuna soltou um "hum", mas não disse nada.

— Não vejo motivo para um garoto optar por se comportar como uma garota.

Obiefuna continuou quieto.

O Veterano Kachi virou-se para ele.

— Você nunca me fala nada da sua namorada, Obi.

Obiefuna fez que não com a cabeça.

— Eu não tenho namorada.

O Veterano Kachi pareceu surpreso.

— Por que não? Você precisa arranjar uma mina, Obi.

— Por quê? — perguntou Obiefuna. Ele não precisava perguntar, mas perguntou.

— Porque você precisa de uma — insistiu o Veterano Kachi. Ele se afastou da janela e se esticou na cama. — Não fique com isso aqui na cabeça. É só uma brincadeira. Todo garoto devia ter uma namorada.

Obiefuna encarou-o. O Veterano Kachi recostou-se na cama e se deitou com os botões da camisa abertos, expondo o peito nu para Obiefuna. Obiefuna levantou-se. Teve uma sensação no estômago que reconheceu como o início precoce de uma náusea e, de repente, viu-se inundado pelo gosto horrível do Veterano Kachi nas noites em que Obiefuna se ajoelhava, a cabeça presa com firmeza nas mãos do veterano. Certa vez, tinha sido ousado o bastante para perguntar ao Veterano Kachi se ele gostava daquela sensação, e o Veterano Kachi respondeu que não.

— Só deixo você fazer isso porque você quer, mas eu não gosto. Não sou como você.

Obiefuna saiu do quarto e foi para o seu prédio. Em frente ao seu quarto, uma discussão havia começado entre Festus e outro garoto; Festus estava com a mão em volta do colarinho do garoto, empurrando sua cabeça levemente inclinada em direção ao rosto dele enquanto o desafiava a repetir o palavrão de que o havia chamado. Obiefuna ficou parado, observando-os por um tempo. Sempre sentira um vago fascínio, desprovido de qualquer atração, por Festus. A extravagância dele entrelaçava-se com confiança. Ele reagia aos assobios de brincadeira com um piscar de olhos exagerado, e as provocações ocasionais de "homo" eram recebidas com um rápido "Seu pai que me ensinou". Uma vez ele tinha sido chicoteado por pintar as unhas com tinta. Todos usavam vaselina para proteger os lábios do harmatã, mas a aplicação de Festus era tão brilhante que atraía olhares. Ele temperava as conversas com palavras de carinho. Havia pedido um dia que Obiefuna lhe passasse "um caderno, querido", e Obiefuna retrucou: "Eu não sou seu querido". No silêncio que se seguiu, com cabeças se virando de todas as direções para assistir, Festus fitou os olhos dele com uma calma que deixou Obiefuna arrepiado. Ele percebeu que Festus entendera sua intenção e entrou em pânico por um segundo, pensando que Festus diria alguma coisa. Obiefuna lembrou-se de que, certa vez, Festus estava caminhando pelo corredor do prédio, e um grupo de garotos começou a provocá-lo, como de costume. Num movimento que pareceu espontâneo e premeditado ao mesmo tempo, Festus se virou para um dos garotos e disse:

— Até você, Oscar? Depois de ontem à noite?

Antes que Oscar pudesse negar rapidamente, Obiefuna viu um olhar momentâneo de pânico cruzar o rosto dele.

Embora os outros garotos tivessem rido às escondidas da situação, Obiefuna não deixou de notar o tom forçado do som, o silêncio constrangedor que se seguiu e a pequena distância que mantiveram de Oscar nos corrimões depois disso.

Durante uma semana inteira, o Veterano Kachi não apareceu em seu canto. Obiefuna ficava acordado a maior parte das noites, ansiando pelo som daqueles passos leves e da respiração ofegante e quente em um lado do rosto, o toque hesitante. No oitavo dia, ele se levantou da cama logo após a inspeção e foi até o quarto do monitor. O brilho da lua cheia iluminava a noite, e seu cintilar dava ao quarto uma aparência etérea. Sem o Veterano Kachi conduzindo-o, sentiu-se menos seguro e mais apreensivo. Na porta, respirou fundo antes de entrar, pensando se deveria se desculpar em voz alta caso algum dos outros veteranos estivesse acordado. A porta do quarto do Veterano Kachi estava ligeiramente aberta. Obiefuna deu um passo à frente quando ouviu passos arrastados. Talvez o Veterano Kachi viesse até ele esta noite, afinal. Ele se virou para ir embora, mas algo o fez parar e se agachar atrás de um armário, esperando para ver o que aconteceria. Pelo visto ele não precisou esperar muito, já que, poucos segundos depois, uma figura que não era o Veterano Kachi emergiu da porta. Obiefuna observou o movimento dos pulsos e o leve balanço dos quadris enquanto ele caminhava. Ele se virou por um instante na porta da frente, e Obiefuna teve um vislumbre do rosto. Era Festus e, como esperado, parecia extremamente satisfeito consigo mesmo.

11.

Uzoamaka estava pensando, sentada na sala de espera do hospital, sobre a branquitude. As paredes do hospital, o teto, o piso de ladrilho, até mesmo os uniformes dos médicos e enfermeiros que passavam às pressas eram de um branco ofuscante, o tipo de tom que ardia nos olhos. Ela conseguia entender a deliberação da escolha, e, ainda assim, de alguma forma, parecia estranha toda aquela pureza, a promessa imaculada de perfeição para um lugar onde a esperança era, no fim das contas, tanto frustrada quanto restaurada. Uzoamaka já estava esperando havia uma hora, mas não ligava. Já havia se conformado com o fato de que seu caso não era uma emergência e que já era tarde.

— Se ao menos tivéssemos chegado a um diagnóstico antes — comentara o médico, exatamente cinco meses antes, ainda que parecesse mais tempo. O tom dele era quase um pedido de desculpas, como se houvesse alguma maneira de ele descobrir antes que ela se apresentasse na clínica. E, no entanto, naqueles primeiros meses, quando ainda tinha muita raiva dentro de si, alimentada pela descrença, alimentada pela negação, ela ouvia um tom de culpa em sua voz quando, em retrospecto, não havia nenhuma; e ela tinha levantado a voz, chamara-o de mentiroso, exigira uma segunda opinião, caíra no choro diante de estranhos. Agora, depois de duas cirurgias e várias sessões de quimioterapia, tinha poucas forças para se incomodar. Aceitou as coisas como vieram, com toda a elegância que conseguiu reunir.

— Uzoamaka Aniefuna — alguém chamou.

Uzoamaka levantou a mão. Seguiu a enfermeira pelo corredor que levava à sala apertada do consultório médico. Era uma rotina à qual ela já havia se acostumado, a caminhada rápida da enfermeira, parando em intervalos para aguardar Uzoamaka alcançá-la, tentando sorrir com coragem, com uma impaciência sempre muito leve. Uzoamaka poderia ter sugerido que ela pulasse esse processo, porque sabia onde ficava o consultório; havia memorizado o sorriso tenso dele quando a via, a alegria brilhante demais e falsa em seu tom quando ele perguntava: "Como a senhora está se sentindo hoje?". Na primeira vez, ela se limitara a olhar para ele, impressionada com a facilidade com que ele conseguia ser superficial. Mas ela já havia aprendido a retribuir o sorriso e o aceno de cabeça. Às vezes ela brincava em tom seco que sentia que morreria logo. Não sabia ao certo se estava sendo engraçada, porque ele nunca ria dessa piada.

— Seu marido não veio hoje — observou o médico depois que ela se sentou, olhando para trás, em direção à porta.

— Não — confirmou Uzoamaka. Ela havia dito para ele que estava bem o bastante para ir sozinha naquele dia. Não tivera coragem de dizer que a presença dele piorava seu estado: o jeito como ele se sentava, tenso e nervoso, encarando o médico de modo quase desafiador. Ela se pegava prendendo a respiração quando ele estava por perto.

— É uma boa ideia? — perguntou o médico, parecendo preocupado. — Não gosto da ideia de a senhora vir sozinha. Este tratamento pode deixá-la muito fraca. Precisaria de ajuda para voltar para casa.

— Vim de táxi. Posso voltar do mesmo jeito.

O médico não pareceu convencido, mas deu de ombros e prosseguiu. Não lhe apresentou nenhuma informação nova, e Uzoamaka olhou para os diagramas ilustrados de anatomia humana na parede do consultório enquanto ele falava. Ainda acreditavam que a quimioterapia era a opção mais viável que tinham. As cirurgias a fizeram ganhar tempo, mas o câncer havia se espalhado rapidamente desde a última biópsia. Uzoamaka assentiu sem compreender muito bem. Sentiu o início da tontura habitual com que costumava sofrer no hospital e, para se distrair, observou as fotos dispostas sobre a mesa do médico. Em uma delas, ele estava vestido de jaleco branco, ao lado de uma mulher mais velha sorridente e um garoto mais novo. Imaginou onde estava o pai.

— Queria discutir com seu marido a possibilidade de...

— Esta é sua mãe? — perguntou ela, interrompendo-o no meio da frase.

Ele olhou para ela, surpreso.

— É.

— Quando você terminou os estudos?

Uma pausa mais longa.

— Faz onze anos.

Uzoamaka assentiu com a cabeça. Não teria imaginado. Ele parecia jovem demais.

— Ela está viva?

— Quem?

Uzoamaka apontou para a imagem.

— Sua mãe.

O médico encarou-a com um franzir de testa quase imperceptível. Ela pensou por um momento que ele não falaria, e então ele disse:

— Está sentindo alguma dor no momento, *ma*?

Uzoamaka conteve um sorriso, ciente de que havia sido repreendida.

— Desculpa — disse —, estou sendo inconveniente.

Mas ela foi para casa pensando na foto. Não sabia por que a impressionara e despertara nela mil curiosidades. Ela queria saber se a ausência de um homem mais velho na foto significava que o pai não existia mais e queria saber onde a mulher estava. O médico continuou sua explicação depois de uma pausa constrangedora, em um tom neutro que a impressionou, embora ela tenha notado depois que ele lançava olhares rápidos para ela, sem dúvida questionando sua sanidade. Ela o imaginou ligando para a mãe depois que ela saiu do escritório, os dois rindo da situação como se fosse uma daquelas esquisitices ocasionais que são ossos do ofício.

Em casa, a primeira coisa que ela fez foi ir para o chuveiro e permanecer lá mesmo depois de já ter se lavado. A pergunta tinha a ver com Obiefuna. Desde o momento em que recebeu o diagnóstico, quando assistiu a seu mundo virar de cabeça para baixo diante dos olhos, foi seu filho quem lhe vinha à mente. Já fazia mais de um ano que ela não o via. Como ficou furiosa quando Anozie lhe contou, naquela promissora manhã de dezembro, quinze meses antes, que Obiefuna não voltaria para casa em suas primeiras férias e nas próximas, confirmando basicamente a suspeita incômoda de Uzoamaka de que o exílio, pelo que parecia, não era temporário. Desde então, todos os feriados chegavam com uma discussão acalorada deles: em uma ocasião, ele ameaçou dar um tapa nela se ela falasse com ele daquele jeito de novo, e ela ficou muda de imediato, mais atordoada que aterrorizada com o tipo de homem que ele havia se tornado.

Ela relembrou os incidentes com humor diante da ironia. Pois era ela agora, mais que Anozie, que queria Obiefuna longe. Ela havia aceitado sua hesitação em vê-lo, ou melhor, em deixá-lo vê-la na situação em que ela se encontrava. Ela havia voltado das cirurgias em boa forma física, ainda com aparência saudável o bastante para ludibriar amigos e clientes. Mas Obiefuna não era bobo. Bastava olhar para ela para enxergar que havia alguma coisa errada. E ele nunca aceitava bem essas coisas. Ela pensava o tempo todo em uma queda que sofrera quando Obiefuna era um garotinho. Ela perdeu o equilíbrio ao subir as escadas e caiu com tudo. O ferimento foi leve, apenas alguns arranhões na parte superior do braço, onde havia batido no chão, mas Obiefuna, quando viu o ferimento enquanto ela lhe dava banho, entrou em um pânico tão grande que teve febre. Por ele, ela desejou que os ferimentos cicatrizassem mais rápido, vestiu roupas mais compridas para esconder o hematoma e mentiu para ele, dizendo que estava melhor. Ela o considerava sua outra metade. De certa forma, ele estava eternamente ligado a ela. E, por mais que ela se desesperasse pela própria vida, partia seu coração ainda mais ao pensar no que a notícia faria com ele.

12.

A primeira coisa que Obiefuna notou nele foi o uniforme: camisa de brancura imaculada, sempre impecável e reluzente quando refletia o sol, perfeitamente enfiada em uma calça elegante e afunilada com vincos firmes descendo pelas pernas, meias brancas e sapatos que pareciam nunca ter se aproximado de poeira ou sujeira. Seu nome era Mordecai, mas todos, por algum motivo, o chamavam de Pardal. Pertencia ao grupo dos garotos mais legais da turma, os garotos que eram conhecidos por serem esnobes; todos os seis levavam vidas aparentemente tranquilas, sem problemas, livres dos obstáculos familiares, tudo muito mais fácil graças ao grupo de Pais da Escola que os protegia e aos professores que os adoravam. De certa forma, pareciam mais elevados que o restante da turma, existindo em uma órbita exclusiva própria. Tinham as mesmas coisas em comum: estavam sempre impecavelmente vestidos e usavam os melhores relógios e sandálias; nunca participavam das funções e tinham até um quarto só para eles, tendo chegado cedo ou intimidado o ocupante original até ele aceitar uma troca. Havia algo curioso que rodeava seu poder. Nenhum deles tinha força física notável e, ainda assim, exerciam influência até mesmo sobre os alunos mais fortes. O líder deles, Makuo, era um aluno extremamente competente, o segundo melhor aluno de toda a turma e gênio da matemática. Também era o melhor amigo de Pardal, e, com outro garoto chamado David, formavam um trio que parecia habitar uma órbita ainda mais exclusiva que o restante do grupo, relacionando-se com os outros garotos descolados às vezes com um ar de superioridade mal disfarçado que ficava aparente a um olhar perspicaz. Obiefuna fantasiava vagamente sobre virar um deles, sendo reverenciado sem ter que fazer nenhum esforço consciente. Acima de tudo, imaginava o que significaria ser amigo de Pardal, mas sabia que sua existência passava completamente despercebida pelo garoto. Durante o tempo em que Obiefuna estivera na escola, Pardal nunca tinha falado diretamente com ele, nunca houvera uma ocasião em que seus caminhos se cruzaram. Mesmo assim, Obiefuna o observava com assiduidade, contente apenas em observar, cativado pelo comportamento travesso, pela vida de linhas claras, seu andar descontraído e seguro. Pardal tinha uma arrogância que Obiefuna achava irresistível. Era um dos instrumentistas da capela, e às vezes, ao vê-lo tocar piano com dedos longos e finos, Obiefuna fechava os olhos e se permitia uma fantasia fugaz daqueles dedos riscando padrões em sua pele nua.

Obiefuna estava no segundo período do seu segundo ano, e era evidente que, à medida que a data da cerimônia de entrega de cargos se aproximava, Pardal estaria na vanguarda. Obiefuna pensou em se candidatar, mas os cargos que queria ocupar - saúde, agricultura ou laboratório - já tinham pessoas concorrendo, a maioria recomendada pelos futuros antecessores, e Obiefuna não tinha nem o entusiasmo nem a força de vontade para enfrentá-los. Jekwu candidatou-se ao cargo de monitor da casa e ficou extremamente nervoso no dia anterior à entrevista, tendo sido reprovado na sessão de preparação básica que Obiefuna havia organizado para ele. De manhã, ele ainda não conseguia recitar as falas da apresentação pessoal que havia memorizado e, antes de ser chamado para a entrevista, levou minutos inteiros para respirar fundo.

— Talvez seja melhor deixar o discurso de lado e ser você mesmo — sugeriu Obiefuna.

Em pânico, Jekwu olhou para ele.

— Achou a minha fala ruim?

— Não. Mas talvez você fique mais convincente se não gaguejar mais da metade das palavras.

Jekwu suspirou, jogando o pedaço de papel no chão.

— Nem sei o que estava pensando quando me inscrevi.

— Olha, você consegue. Você nem tem uma concorrência de verdade. Pare de se preocupar tanto.

— Isso não os impediu de desqualificar pessoas no passado — comentou Jekwu de um jeito sombrio. — Essa gente seria capaz de convencer alguém que nem está interessado a assumir um cargo e desqualificar alguém que estava a fim.

Obiefuna riu ao ouvir a verdade. Diziam que o monitor veterano na época do Veterano Papilo estava estudando na sala de aula quando foi chamado ao escritório do reitor e teve o cargo conferido a ele, com toda a horda de garotos que passara o dia inteiro recitando manifestos diante do comitê de monitores sendo ignorada. O próprio Papilo recebeu diversas ofertas para o cargo de monitor de esportes, embora não tivesse se candidatado.

— Ei, posso pegar sua gravata? — perguntou uma voz. Obiefuna virou-se um pouco e viu Pardal apontando para Jekwu. Como aparecera de um jeito tão casual? O aroma inebriante de sua colônia encheu as narinas de Obiefuna.

— O quê? — Jekwu devolveu a pergunta, espantado.

— Acabei de ouvir que sou o próximo e esqueci a minha — respondeu Pardal, indiferente. Não percebeu o tom ofendido na voz de Jekwu.

Jekwu disse:

— Você acha que não tem mais ninguém se candidatando a uma vaga?

— Você está? — Havia um olhar de surpresa nos olhos de Pardal.

— Estou — retrucou Jekwu. Ele também percebeu aquele olhar e pareceu irritado. — Você sabe que existem outras pessoas além de você e do seu estúpido...

— Pode usar a minha — interveio Obiefuna. Os dois se viraram para olhar para ele, Jekwu assustado com aquela traição, Pardal com uma surpresa confusa e, por fim, com um novo olhar de reconhecimento: Pardal o enxergou. Obiefuna tirou a gravata do pescoço, evitando o olhar de Jekwu, e a entregou a Pardal.

O garoto recebeu a gravata dele com um leve aceno de cabeça e a enrolou em volta do pescoço com um nó firme. Contra a camisa branca de Pardal, Obiefuna teve a noção de que sua gravata parecia tão bonita.

— Não vou me esquecer disso — disse Pardal.

Mais tarde naquela noite, ele estava jogando cartas com Sabido quando Pardal devolveu a gravata. Estava com seu sorriso característico à mostra, mas algo nublava seu olhar.

— Foi tudo bem? — perguntou Obiefuna em tom descontraído, surpreendendo-se com a facilidade de comunicação, como se estivesse acostumado a conversar com Pardal.

— Razoável — respondeu Pardal, mas as linhas de preocupação não desapareceram. Ele pareceu hesitar, relutante em ir embora. Obiefuna estava bem consciente da presença do outro. Temia que pudesse baixar uma carta errada e, pior do que ser penalizado, atrair olhares estranhos.
— Está lendo isso? — perguntou Pardal de repente, pegando um livro sobre a cama de Obiefuna. Examinou a capa com atenção, pronunciando o título *Cidadã de segunda classe* com uma expressão séria.

— Estou — respondeu Obiefuna.

— Do que fala?

— Hum, olha... — Obiefuna nunca soube como responder a perguntas como essa, e agora, com Pardal olhando-o nos olhos, parecendo muito interessado no que ele tinha a dizer, as palavras lhe fugiram. — Uma mulher que vai para Londres para ficar com o marido — concluiu, horrorizado consigo mesmo.

— Bacana. — Pardal olhou a quarta capa. — Buchi Emecheta. Parece familiar.

— De *As alegrias da maternidade*, conhece?

— Acho que sim. Aquele sobre a mulher escravizada?

Obiefuna refletiu por um momento.

— Dois dos romances dela têm mulheres escravizadas. Mas *As alegrias da maternidade* é mais popular.

— Entendi — confirmou Pardal. Ele folheou as páginas do livro, leu a biografia da autora no final e o deixou de novo sobre a cama. — Estou impressionado que você leia. Gosto de pessoas que leem. Também gosto de ler, mas hoje em dia estou mais interessado em ganhar dinheiro.

Obiefuna soltou uma risadinha. Ele verificou duas vezes a carta antes de descartá-la. Pardal olhava para ele como se esperasse uma resposta, e, de repente, Obiefuna percebeu que o ar ao redor estava denso demais, sólido demais para ser inalado. As palavras de Pardal, "Gosto de pessoas que leem", ecoavam em seus ouvidos.

— Tudo bem, tenho que ir — disse Pardal, levantando-se. — Obrigado de novo.

— Você é amigo do Pardal agora? — perguntou Sabido depois que Pardal tinha saído pela porta. Parecia ter uma mistura de inveja e desaprovação ao mesmo tempo.

Obiefuna deu de ombros.

Pardal gostava dele. Obiefuna estava incrédulo, era quase surreal para ele, e, à medida que os dias viraram semanas, com Pardal às vezes passando em seu quarto para cumprimentá-lo, puxando conversa com ele com facilidade quando se cruzavam em público, Obiefuna previa que alguma coisa daria errado, algo se romperia e as coisas retornariam ao seu lugar de costume; por vezes, inconscientemente, ele desejava isso. Certa vez, enquanto subia as escadas da sala de aula, ele avistou Pardal e seus amigos no topo e tentou passar furtivamente, sem incomodar ninguém, mas Pardal o avistou e o chamou, aproximando-se para apertar sua mão diante dos amigos, e Obiefuna não deixou de notar os olhares confusos que os outros trocaram. Ele imaginou o que fariam com essa nova amizade, mesmo quando Pardal passou a parar em sua carteira durante as aulas para conversar com ele, às vezes durante a noite toda. Aquilo privava Obiefuna de um tempo precioso de estudo, mas ele esperava com ansiedade por essas visitas e se preocupava quando Pardal se atrasava para chegar. Pardal falava principalmente sobre seus relacionamentos em casa, os filmes que amava, as letras de música que sabia de cor. Uniram-se por causa do fascínio de ambos pela saga *O Senhor dos Anéis* e discordaram sobre qual álbum de Michael Jackson era o melhor. Pardal fazia monólogos extasiados sobre sua adoração por Lil Wayne e sua galera dos YMCMB.[29] Sonhava em ser rapper como Lil Wayne, com o corpo coberto de tatuagens semelhantes, exalando uma extravagância parecida.

Às vezes ele reclamava dos amigos. Eram todos iguais, comentou ele, hipócritas filhos da mãe, o grupo de pessoas mais irritante que

---

29. "Young Money Cash Money Billionaires" é o termo usado para identificar os artistas contratados pelas gravadoras Young Money Entertainment e Cash Money Records, como Lil Wayne e Drake. (N.T.)

ele conhecia. Na verdade, eram presunçosos sem motivo nenhum. Obiefuna ficou surpreso com a capacidade de Pardal de criticar a natureza presunçosa de seus amigos, enquanto ele próprio estava basicamente encoberto pela mesma presunção. Mas ouvia mesmo assim e soltava sons empáticos de concordância, deliciando-se com o momento em que Pardal lhe disse:

— Eles acham que são especiais, mas são umas bestas quadradas. Veja você, por exemplo: é muito inteligente, mas não faz alarde.

Às vezes Pardal aparecia com exercícios para Obiefuna resolver, ouvindo com vago interesse enquanto Obiefuna lhe explicava. Atualizou as anotações de Pardal e ficou emocionado quando o garoto elogiou sua caligrafia perfeita e redondinha. Gostava quando Pardal dizia, depois de tirar uma nota alta em uma tarefa com a ajuda de Obiefuna:

— Não sei o que teria feito sem você, Obi.

Em algumas noites ele ensinava cálculos complexos a Pardal, mesmo que ele nunca parecesse compreender, esperando com ansiedade por uma pausa para contar um fato aleatório sobre Lil Wayne, uma nova ideia de tatuagem que achava legal, os Illuminati.

— Não sei por que temos tantas "massas" nessa química — reclamou Pardal certa vez enquanto Obiefuna tentava lhe explicar a massa molecular atômica. Obiefuna respondeu que alguém disse que não sabia se os professores de química eram todos cristãos, já que massa é quase igual a missa, uma piada sem graça, e por isso ele ficou surpreso quando Pardal caiu na gargalhada, seus ombros balançando para a frente e para trás pela força do som.

Obiefuna estava consciente, consciente demais, da palma direita de Pardal estendida levemente sobre a coxa esquerda de Obiefuna e se movendo sem controle quanto mais ele ria. As mãos de Obiefuna ficaram dormentes e tremiam a ponto de quase doer quando ele as moveu. Ele imaginou se Pardal sentia a mesma faísca quando era a palma da mão de Obiefuna na coxa de Pardal. Era um momento forçado, mergulhado na incerteza, enquanto permaneciam sentados em silêncio depois daquela risada, sentindo as coxas um do outro através da calça, cientes e ainda assim fingindo ignorância de suas verdadeiras intenções. A mão de Pardal encontrou primeiro a ereção de Obiefuna, dura e dolorida naquele espaço apertado. Ele se afastou um pouco, como se tivesse sido um erro, e Obiefuna ficou em parte grato pela luz turva que escondia seu rubor. Ficaram calados por um bom tempo, com as mãos ainda na coxa um do outro, e então Pardal tocou a ereção de Obiefuna de novo, e dessa vez não havia nada de gentil no aperto, nada sutil ou pretensioso. As mãos de Obiefuna ficaram mais lentas, pairando em volta do cinto de Pardal, tentando sem sucesso encontrar o gancho, até que ele sentiu os dedos de Pardal batendo nas costas de sua mão.

— Vamos para casa — disse ele.

Obiefuna encontrou-o na escadaria da Casa Amadi dez minutos depois, o intervalo de tempo necessário para dissipar as suspeitas. Pardal puxou-o para perto com uma força que o alarmou por um instante, assim como a perícia com que Pardal desabotoou todos os seus botões de uma vez e ainda assim conseguiu deixá-los intactos. No entanto, Pardal não lhe deu tempo para processar, suas mãos já estavam puxando o cinto de Obiefuna, a língua abrindo caminho para dentro da boca do garoto. A sensação era nova e, como consequência, repugnante, e Obiefuna recuou, de repente aterrorizado pela ideia de perder algo de si que não conseguiria recuperar.

— Não.

As mãos de Pardal ficaram suspensas no ar por alguns segundos antes de ele as soltar. Sua respiração era forte e pesada. Mesmo com a cabeça baixa, Obiefuna estava perfeitamente ciente dos olhos perplexos de Pardal sobre ele.

— Desculpe — disse Obiefuna. Ele queria que Pardal dissesse alguma coisa, mas o outro estava afivelando o cinto silenciosamente e cantarolando baixinho. Obiefuna esperava que ele fosse embora depois e não lhe dirigisse mais a palavra, mas ele se aproximou quando terminou para ajudar Obiefuna a abotoar sua camisa, seu cantarolar ficando mais alto.

Aquilo virou rotina. Eles saíam da aula ao mesmo tempo para se encontrar embaixo da escada, esfregando-se um no outro por longos minutos no escuro, até que Obiefuna sucumbisse à força eletrizante que fazia sua cueca ficar pegajosa. Pardal ria toda vez que isso acontecia, levando Obiefuna, que não tinha certeza do que era tão engraçado na situação, a rir junto. Pardal tinha um efeito inebriante sobre ele; sentia com aquele garoto uma felicidade delirante que às vezes fazia seus olhos revirarem. Obiefuna ansiava pelas noites em que derreteria nas mãos dele. Os ruídos que saíam dele nessas noites eram altos e estranhos aos seus ouvidos, e Pardal às vezes tapava sua boca com a mão e depois perguntava, em forma de provocação, se ele estava tentando fazer os dois serem flagrados. E foram flagrados, numa noite chuvosa de sábado. Enfrentaram as chuvas para se encontrar e chegaram ao local pingando água, rindo juntos.

— Está vendo como eu fiquei por sua causa? — comentou Pardal, e Obiefuna riu ainda mais. Ele sentiu uma doçura entremeada com tontura, como se tivesse acabado de ficar bêbado com vinho suave. Pardal aproximou-se para diminuir o espaço entre eles e pousou uma das mãos no rosto de Obiefuna para mantê-lo na posição, de modo que os olhos de Obiefuna estivessem focados diretamente nos dele. Não havia o frenesi habitual ao qual estavam acostumados. Essa era a pungência de duas pessoas que estavam começando a se apaixonar, pessoas que conseguiam sentir satisfação só de se olhar. As mãos de Pardal estavam em seu peito, em sua cintura, em seu braço, e, quando Pardal colocou a língua em sua boca, ele ficou sem fôlego. Os olhos de Obiefuna se fecharam, assim como os ouvidos, então ele não viu logo a luz da lanterna refletindo em suas costas, no rosto de Pardal, não ouviu a voz familiar que gritou de longe:

— Parados aí!

Lembrando da cena, Obiefuna ficaria maravilhado com sua própria habilidade. Ele correu antes que pudesse compreender por completo o que acabara de acontecer, passou pelo bosque de bananeiras ao redor da torneira, passou pelos blocos de cimento espalhados em pilhas desordenadas ao redor do pátio da escola, chegando, finalmente, à sala de aula. Os dois haviam sido descobertos. Ele ouviu passos atrás de si e se virou de uma vez, fazendo o garotinho mais novo fugir correndo. Pardal não o acompanhou porque tinha sido apreendido. Seria levado ao comitê disciplinar e obrigado a revelar quem era a outra pessoa. Obiefuna seria exposto ao mundo inteiro. Ele se sentou num degrau e tentou acalmar o tremor nas mãos, a dor latejante no pescoço e as batidas fortes no peito. Atrás dele, a voz preocupada do garoto mais novo queria saber se ele estava bem. Lá de cima, o som estridente do sino para a saída das aulas inundou a escadaria.

Apenas dois dias depois, a notícia de que dois garotos veteranos tinham sido pegos embaixo da escada da Casa Amadi tendo "relações sexuais não naturais" já era de conhecimento público. Àquela altura, Pardal havia virado um símbolo de tudo que era imoral e proibido. Ele se manteve firme diante da humilhação, admitindo prontamente o crime, aceitando a revelação de que seu caso era espiritual, que estava possuído por mil demônios e precisaria de libertação. Mas não quis dizer com quem esteve naquela noite. Quanto a esse aspecto do interrogatório, ele manteve um silêncio inabalável. Foi uma exceção à regra que proibia o açoite, recebeu publicamente vinte chicotadas do próprio sr. CY, foi ameaçado de expulsão e teve sua exposição divulgada em um jornal popular. Mas manteve o nome de Obiefuna guardado dentro de si. Dois dias depois, Obiefuna percorria suas aulas e sua casa com movimentos lentos e entorpecidos, cada passo carregado de medo e incerteza. Procurava desesperadamente um vislumbre de Pardal e se encolhia quando finalmente o avistava. Desejava ser invisível, estar ausente da escola, morto. Desejava que Pardal olhasse para ele, comunicasse com os olhos o que estava sentindo, e desviava o olhar, desejando que Pardal não olhasse para ele quando finalmente o fazia. Queria falar com Pardal, sobre o quê, não tinha certeza, mas Pardal o vinha evitando nos últimos tempos, ficando longe do banco do fundo o máximo possível, e, embora fosse fácil pensar no caso como uma maneira de Pardal proteger seu anonimato, ele não estava menos nostálgico pelo que poderia ter sido e, quando encontrou Pardal no topo da escada numa quarta-feira à noite, depois das aulas extracurriculares, esperava que ele se afastasse. Seu aperto no braço de Pardal foi leve, indeciso, e Pardal podia ter ignorado e seguido em frente como parecia querer fazer, mas ele parou com os olhos grudados no chão.

— O que você vai fazer? — perguntou Obiefuna.

Pardal ficou em silêncio. Estava com os olhos fixos nas escadas inferiores, examinando o fluxo da descida. Com a postura curvada e a camisa levemente amassada, ele personificava uma inocência que partia o coração de Obiefuna. Não havia nenhum traço da empáfia que demonstrava em público. Parecia assustado e confuso.

— Por favor, não mencione meu nome — pediu Obiefuna.

Pardal ergueu os olhos para ele naquele momento, realmente olhando para ele, talvez pela primeira vez desde aquela noite, e Obiefuna enxergou alguma coisa endurecer em seus olhos com determinação. Pardal abriu a boca para falar e então, parecendo mudar de ideia, simplesmente fez que não com a cabeça e se livrou da pegada de Obiefuna, subindo as escadas sem olhar para trás.

O caso de Pardal foi o primeiro a ser levantado na manhã da quinta-feira seguinte. O professor que leu o caso, com o rosto franzido em aparente desgosto, olhou para todos quando mencionou "o culpado não identificado" em seu relato, e Obiefuna sentiu o sangue congelar, certo de que seus olhos estavam sobre ele, assim como os olhos de todas as outras pessoas no salão. Percebeu que muitas especulações estavam se formando ao redor dele havia dias, e cada olhar em sua direção vinha carregado de intenção. Com certeza, todos estavam apenas esperando o momento certo para desmascará-lo.

A convocação de Pardal ao púlpito resultou em alvoroço e aplausos dispersos. Ele caminhou até o púlpito com movimentos rápidos, o olhar fixo à frente, seu andar quase confiante em meio às vaias, em meio aos puxões em sua calça pelos alunos mais velhos da frente, que quase o fizeram tropeçar. Ele ficou em pé com as mãos cruzadas atrás das costas, os olhos fixos estoicamente na multidão. O sr. CY não deixou que ele olhasse para baixo; Pardal permaneceu olhando para a frente durante toda a leitura do seu caso e o inevitável julgamento em seguida. Ele estava sendo expulso. Tinha até o fim do dia para sair com seus pertences pessoais.

O próximo caso foi sobre roubo, e, quando Obiefuna se levantou para sair da capela, sentindo uma necessidade repentina de urinar, ficou preocupado se cairia e sujaria a camisa de poeira. O complexo de banheiros estava vazio quando ele chegou; moscas de aparência saudável enxameavam em volta dos bolores de fezes espalhados pelo chão. Ele ficou parado num canto, os olhos fechados, o cinto desafivelado e o pênis na mão direita. A urina não saía. Ele quase esperava que Pardal entrasse e lhe desse um tapa, batesse nele várias vezes até que ele ficasse encolhido no chão, uma pilha desgrenhada, ou o encarasse com aquele olhar tão vazio de emoção que quase doía mais que os punhos jamais poderiam doer. Ele imaginou se Pardal se considerava corajoso, se a decisão de protegê-lo era fruto de uma noção de lealdade. Pardal não precisava protegê-lo, não tinha nada a perder e potencialmente tinha muito a ganhar se o entregasse. Ele desceu do púlpito depois que seu destino foi decidido com os olhos baixos, e, ao sair da capela, Obiefuna imaginou que Pardal se viraria na porta no último minuto e gritaria seu nome para todos ouvirem. Mas ele foi embora sem nem olhar para trás. Pardal salvou-o.

E, no entanto, apesar da gratidão, ele sentiu alívio. Pardal estava indo embora. Não teria a oportunidade de mudar de ideia e expô-lo mais tarde. Como foi cruel, egoísta e mesquinho pensar, acima de tudo, na própria segurança. Como era monstruoso sentir ainda mais gratidão por Pardal estar indo embora para sempre, por seu relacionamento, tal como era, ser finito e contido. O fedor havia ficado insuportável e, somado ao calor, o deixava tonto e enjoado. A poucos metros de distância, um enxame de moscas zumbia em volta de um pequeno monte mofado de fezes; elas se espalhavam quando ele cuspia, apenas para se reunir de novo em seguida. Obiefuna invejou-as um instante por essa habilidade simples, pela facilidade de planar, pelo dom das asas. A velha torneira na parede fazia barulho e pingava uma água marrom. Obiefuna encostou-se na parede do banheiro e imaginou-se voando.

Durante os dias seguintes, as especulações continuaram. Festus era alvo fácil, embora muitas pessoas pudessem atestar seu paradeiro - na sala de aula, causando muito barulho - no momento do incidente. Makuo ameaçou enfrentar a próxima pessoa que ousasse mencionar seu nome de novo. Ele não era bicha nem era amigo de uma.

— Mas como ter certeza de que a pessoa é da nossa classe? — perguntou um garoto, Kayo. — Pelo que sabemos, pode ter sido um garoto do primeiro ano.

— Pardal? — perguntou Makuo. — De jeito nenhum. Precisa ser alguém da nossa turma — concluiu, e seus olhos pousaram por um instante em Obiefuna.

Mais tarde, Jekwu comentou:

— O que eu não entendo de jeito nenhum é como um garoto tão bom pode ser homossexual. Sendo que pode conseguir qualquer garota que quiser.

— Talvez não seja culpa dele — disse Obiefuna.

Jekwu indagou:

— Está defendendo o cara?

— O quê? Não. Só estou dizendo...

Jekwu riu.

— Estou brincando, *biko*.[30] — Ele fez uma pausa e observou Obiefuna por um tempo. — Obi, só porque ele foi seu amigo por dois minutos não significa que você o conhece. Você não está do lado do mal. — Com uma risada provocante, ele acrescentou: — Vai saber. Capaz de ele ter vindo atrás de você porque queria seu rabo.

Obiefuna conseguiu sorrir. Ficou pensativo com o tom forçado da risada de Jekwu. Algo nele, em todos, lhe dizia que era questão de tempo até que ele fosse exposto. E, dessa forma, sem conscientemente desejar, ele se fortaleceu. O mais difícil era esperar, ter consciência do destino iminente sem ter como impedi-lo. E, no entanto, quando, uma semana depois, foi chamado ao gabinete do reitor, Obiefuna desejou ter tido mais tempo. Ele examinou o rosto do colega que havia transmitido a mensagem, implorando com os olhos para que lhe dissessem o que ele já sabia. Enquanto caminhava pelo corredor do segundo andar em direção ao gabinete do reitor, ele olhou por cima dos corrimões, para o chão lá embaixo, imaginando o quanto seria rápida sua morte caso se lançasse para lá. Ele se perguntou como haviam descoberto. A lembrança do sr. CY por fim se cristalizou o bastante para cogitá-lo? Ele conseguia se lembrar de que a luz da lanterna do sr. CY havia passado rapidamente por seu rosto, mas teria sido suficiente para identificá-lo? Ou Pardal finalmente o denunciara? Talvez tivesse recebido a condição de uma suspensão se revelasse o outro culpado e tivesse decidido que não valia a pena salvar Obiefuna.

A secretária do reitor examinou-o de cima a baixo quando ele entrou, com o rosto franzido em sua irritação característica, enquanto

---

30. "Por favor"; "faça-me o favor". (N.T.)

o conduzia em direção ao gabinete do reitor. Ele bateu na porta, temendo o tom barítono que pediu que ele entrasse. Nunca tinha estado no gabinete do reitor antes e logo ficou intimidado pelo tamanho, pelas paredes brancas reluzentes e pela noção compulsiva de ordem. Pardal não estava ali em lugar nenhum, mas de um lado do reitor estava o sr. Okafor, presidente do comitê disciplinar, com o sr. CY do outro lado. Obiefuna estava respirando rápido. Seus ouvidos pareciam um rádio com defeito, com aquele chiado estridente. Imediatamente lhe ocorreu o pensamento de se ajoelhar e implorar por misericórdia. Pensou também em negar tudo. No final, era a palavra dele contra a de Pardal. Ele cairia no choro diante da acusação, diria que Pardal o estava perseguindo e, por ter se recusado, essa era a forma de vingança de Pardal. Seu histórico impecável provaria isso. O sr. CY estava em pé em uma ponta da sala, seu rosto cuidadosamente neutro não revelava nada. O sr. Okafor fez sinal para Obiefuna avançar.

— Você é Obiefuna? — perguntou o reitor.

Obiefuna pensou por um momento em negar seu nome, mas assentiu com a cabeça.

— Não consegue falar? — retrucou o sr. Okafor, com impaciência.

— Consigo, senhor. Sou Obiefuna.

— Segundo ano A?

— Sim, senhor.

— Está ciente do recente delito de um certo Mordecai Njemanze?

Obiefuna engoliu em seco.

— Sim, senhor.

— O que acha?

Ele piscou.

— Como assim, senhor?

— Quero saber sua opinião sobre o que ele fez.

Obiefuna observou pela primeira vez o quanto a cabeça do reitor parecia pequena, mesmo para sua baixa estatura, dando-lhe a aparência de uma estaca de jardim. Ele se virou para o sr. CY e o sr. Okafor, que observavam com uma impassibilidade cuidadosa. Havia uma agitação mal contida nas maneiras deles. Estariam tentando pegá-lo em suas próprias palavras, levando-o a se entregar de uma vez?

— Então? — perguntou o reitor.

Obiefuna respirou fundo.

— Ruim, senhor, muito ruim.

O reitor assentiu em sinal de aprovação.

— Muito bem. E aquilo vai contra tudo o que defendemos. Não queremos esse tipo de estudante aqui e vamos pegar todos eles.

Obiefuna assentiu de novo com a cabeça. Sentiu uma estranha onda de força de repente. Era impulsionado pela determinação. O assunto agora estava aberto a todos. Ele podia se dar ao luxo de respirar com tranquilidade.

— De qualquer forma — as palavras do reitor o trouxeram de volta à sala —, Mordecai era o monitor sanitário quando estava aqui, e, após a expulsão dele, o cargo agora está vago. O comitê de monitores se reuniu esta manhã para deliberar sobre um substituto, e todos concordaram com o seu nome.

Obiefuna piscou de novo.

— Como assim, senhor?

O reitor não deu bola para a interrupção.

— O cargo de monitor sanitário é muito importante, e ficamos bastante impressionados com seu prontuário. — Ele fez uma pausa. — Minha nossa, por que você não se candidatou?

Obiefuna passou os olhos de um rosto para o outro. Ao lado dele, o ar-condicionado zumbia alto, sem deixar sair o ar frio. Ele percebeu, surpreso, que os dois homens estavam olhando para ele, esperando uma resposta. Ele quase caiu na gargalhada. Aquilo só podia ser uma piada maluca.

— Obiefuna — chamou o sr. CY. — Você está bem?

Obiefuna conteve-se.

— Sim, senhor.

— Sabemos que talvez seja inesperado, mas estamos confiantes de que você não nos decepcionará — continuou o reitor.

Obiefuna concordou com a cabeça. Ele imaginou o que Pardal pensaria.

— Sim, senhor.

O reitor reclinou-se na cadeira, parecendo satisfeito com a facilidade com que a tarefa havia sido executada.

— Ótimo. Faremos o anúncio na assembleia amanhã e lhe entregaremos seu crachá.

— Certo, senhor.

— Pode ir agora — dispensou-o o reitor.

— Obrigado, senhor.

Obiefuna virou-se para a porta e saiu. A secretária estava cochilando à escrivaninha. Do lado de fora do escritório, ele ficou parado por alguns minutos perto dos corrimões, olhando para os vastos campos do complexo escolar.

O anúncio foi feito na assembleia da manhã seguinte. Enquanto Obiefuna subia as escadas que levavam ao púlpito, ele foi encorajado por aplausos e assobios. Ficou de pé, com as costas retas e as mãos atrás do corpo, enquanto o sr. CY prendia o crachá em sua camisa, e, ao mesmo tempo que olhava do púlpito elevado para o mar de olhos fixos nele, perguntou-se se havia alguém ali, em algum lugar, que soubesse de tudo.

13.

Obiefuna ouviu o sermão cheio de vergonha. O título, "Uma mente condenada", já o deixou irritado com sua condenação severa. A voz do capelão se manteve elevada na maior parte do tempo, como se a amplificação do microfone em seus lábios não fosse suficiente para reforçar seu ponto de vista. Ele leu na Bíblia versículos assustadores que ameaçavam a ira de Deus pelos muitos vícios listados. Fazia pausas dramáticas, preenchidas conforme o momento pelos instrumentistas que transmitiam sons sombrios para a sala. Obiefuna manteve a cabeça baixa durante a crônica dos filhos desviados de Israel, das transgressões audaciosas de Ananias e Safira, mas foi o versículo sobre os homens de Sodoma e Gomorra que fez seus olhos tremerem.

— Alguns de vocês aqui são desse jeito! — gritou o capelão do altar. — Desejando seus companheiros! Vocês deviam se envergonhar!

Ele falava com um vigor trêmulo, como se estivesse prestes a se dissolver em lágrimas. Obiefuna quase esperou que o capelão lançasse o microfone nele. Ficou aliviado quando o capelão pediu que todos se levantassem, sinalizando o fim do sermão. Era hora do chamado ao altar.

— Se você está aqui e sabe que ainda está preso em alguma imoralidade, há esperança para você. Jesus Cristo acolhe todas as almas perdidas. Esta é sua última chance de salvação.

Obiefuna ficou tenso. Conseguia ouvir o barulho de passos ao seu redor, de garotos indo em direção ao altar, e ainda assim permaneceu onde estava. Mesmo quando o capelão exigiu que todos os olhos ficassem fechados, apontando o destino de Ananias e Safira como consequência da desobediência e do engano na casa de Deus, Obiefuna não se moveu. A culpa consumia-o, mas ele permaneceu firme. O capelão não havia sido específico, poderia ser qualquer um dos muitos pecados mencionados. Ninguém o descobriria. Mas Obiefuna ficou. Sentiu que um solavanco seria uma derrota e, em resposta, cravou os dedos dos pés com força no chão até eles doerem por dentro dos sapatos. Um medo pequeno e forte se formou em seu peito, parecendo nós. O capelão estava concluindo as orações de perdão. Era sua chance de dar um passo à frente e ser liberto. Estava a apenas um momento de distância. Ele abriu os olhos e se virou para pedir licença à pessoa ao lado, e, em seguida, o capelão disse: "Amém".

Durante dias, ele não dormiu bem. Acordava sobressaltado com imagens de pesadelo, como se estivesse em uma descida constante e sem fundo, com as mãos e os pés amarrados e risadas altas e sinistras ao redor. Na hora do banho, a ideia de tocar o próprio corpo o enojava. Mais de uma vez, Jekwu perguntou se ele estava bem. Algo na preocupação genuína no rosto do amigo o fez desejar contar a Jekwu, mas ele havia imaginado o resultado inevitável muitas vezes na mente, com Jekwu estremecendo diante da revelação e evitando-o depois. Ele se ressentia da possibilidade assim como se ressentia de Jekwu. Acima de tudo, ressentia-se de si mesmo. Sua mãe ouviu alguma coisa em sua voz ao telefone e perguntou o que havia de errado.

— Obiajulu, eu sou sua mãe. Você pode me contar — disse.

E por essa única razão, por essa seriedade no tom dela, ele quase lhe contou. Foi sua incapacidade, em última análise, de formular as palavras, de dar voz a algo tão abominavelmente real dentro dele, e sua incapacidade de imaginar e viver com a reação da mãe, que o fez dizer:

— Estou bem, mãe. Estou só com uma dorzinha de cabeça.

— *Ewo*.[31] Sinto muito, *inu*?[32] Já foi ao médico?

Ele disse que sim e mudou de assunto. A ingenuidade dela, nascida da confiança, o entristecia. Ele decidiu que procuraria o capelão naquela noite. Talvez o visitasse em casa. Não era um lugar que

31. Expressão igbo que manifesta empatia ou pena. (N.T.)

32. "Sério?" (N.E.)

alunos frequentavam normalmente, mas o capelão, ao ouvir as razões de Obiefuna, com certeza entenderia a necessidade de privacidade. Mas e se o capelão não recebesse bem a presença de Obiefuna em sua casa? E se o capelão o mandasse embora com desgosto ou, pior, o expusesse à escola por ter mentido o tempo todo? Alguma coisa na hostilidade feroz do capelão fez essa alternativa parecer mais provável. O capelão também poderia ficar indignado por ele não ter obedecido ao chamado. Obiefuna temia pensar no que aconteceria depois.

Mas ele foi. Deixando o jantar de lado, Obiefuna saiu do complexo escolar e tomou o caminho solitário e arborizado até o bangalô geminado que o capelão dividia com o tesoureiro da escola. A visão do prédio desgastado pelas intempéries (a distância dava para perceber que a tinta amarela estava descascando) encheu Obiefuna de um terror entorpecente. As duplas batidas na porta de madeira foram leves, e ele meio que esperava que não as escutassem. Mas ele ouviu a fechadura girar lá de dentro, e a porta foi aberta bem devagar. A princípio ele não viu ninguém, mas então a viu sair, agachada ao lado da porta, com uma parte do rosto sendo a única visível. Era a primeira vez que ele via de perto a esposa do capelão, e alguma coisa no rosto dela o desconcertava. Teve a sensação de que sua presença a havia perturbado.

— Pois não? — perguntou ela por trás da porta.

— Boa noite, *ma*. Queria conversar com o capelão — respondeu ele.

Então, ela apareceu por completo e parou para assoar o nariz em um lenço, examinando-o o tempo todo.

— Algum problema?

Ele hesitou, debatendo se concordava ou negava com a cabeça.

— Não, *ma*.

Ela olhou para ele por um bom tempo.

— O capelão não se encontra. — Sua voz soou rouca, como se estivesse resfriada, e a mulher parecia segurar a porta com leveza, como se estivesse com medo dela, mas também encontrando apoio nela. — Você... pode entrar e esperar por ele, se for muito importante.

Obiefuna não queria esperar, mas ela já havia se afastado da porta da casa, deixando-a entreaberta, e não havia mais nada a fazer a não ser tirar os sapatos e segui-la para dentro. O corredor estreito levava a uma salinha com poucos móveis. As janelas estavam abertas, mas as cortinas estavam fechadas, dando ao interior do cômodo um tom azulado. Uma fragrância cítrica, como laranjas mornas, pairava no ar.

Ela apontou para uma cadeira.

— Aceita uma água?

Ele fez que não com a cabeça. A cadeira era macia e fria ao toque. Algo no olhar triste e distante dela, em seu ar distraído, fez com que ele se perguntasse se ela estava bem. Quando ela desapareceu através das cortinas, ele se viu inclinado para a frente na cadeira, esforçando-se para ouvir qualquer som. Havia uma aura intransigente na sala que fazia parecer errado estar ali. Ele teve a sensação inquietante de estar espiando pelo buraco da fechadura do banheiro de uma idosa, e uma vergonha íntima acompanhava essa emoção. Olhou para os quadros pendurados na parede. A maioria deles era do capelão, exibindo um sorriso em ternos de três peças, sentado de pernas cruzadas com um capelo e uma beca de formatura, como um homem bem jovem em roupas de tecido no estilo Ankara.[33] Não havia fotos do casamento deles. As únicas fotos dela na parede eram duas tiradas com o capelão: uma em frente a uma faixa com um tema de um culto de reavivamento, a outra deles sentados lado a lado com estampas idênticas, a expressão dela vazia em forte contraste com o sorriso largo do capelão, as mãos pequenas estendidas para a frente e um tanto enterradas embaixo das do capelão. Com sua estatura esguia e seu rosto redondo sem maquiagem, ele poderia se passar por pai dela.

— Qual o seu nome?

Obiefuna se virou assustado e a viu parada ao lado das cortinas, com os braços cruzados sobre o peito, encarando-o fixamente.

— Obiefuna — respondeu.

Ela assentiu devagar com a cabeça, como se estivesse em pensamentos profundos sobre aquele nome. Ela percorreu a curta distância entre eles e se sentou na cadeira ao lado do garoto. Os joelhos dela roçaram nos dele.

— Por que você quer falar com o capelão?

Obiefuna encarou-a. Havia algo quase enigmático em sua postura, no modo como ela olhava diretamente para ele, como se pudesse saber

---

33. Tecido africano de algodão com estampas coloridas e vibrantes, muito usado para roupas tradicionais e modernas na Nigéria. (N.E.)

por que ele estava ali. Aquilo trouxe uma quietude de gelar o sangue ao coração dele, mas a mulher não tinha como saber. Ele conseguia se esconder bem.

— Pode falar comigo, Obiefuna. — O nome dele saiu com firmeza dos lábios dela, como se o conhecesse. Ele se concentrou em contar os padrões listrados do tapete azul. De repente, sentiu uma quentura imensa na sola dos pés, que se escaldariam se ficassem ali por mais um segundo. Ele se assustou com o som repentino do sino da escola. Levantou-se.

— Tenho que ir agora, *ma*.

Ela olhou para ele por mais um tempo antes de concordar com a cabeça. Enquanto ele se dirigia para a porta, ela o chamou de repente, fazendo-o estacar.

— Obiefuna.

Ele virou-se para encará-la.

— *Ma*?

— Não há nada fora do alcance de Deus se você pedir para Ele e acreditar em seu coração que Ele fará.

De onde ele estava, conseguiu ter uma visão melhor do rosto dela. Estava tudo composto nesse momento, mas o que quer que ela tivesse aplicado embaixo das pálpebras não havia escondido totalmente o inchaço. Ele imaginou por quanto tempo ela estivera chorando e se continuaria depois que ele fosse embora. Ela deu as costas para ele e atravessou as cortinas para dentro da casa. Do lado de fora, Obiefuna ficou parado diante das flores mais próximas da entrada por um bom tempo, maravilhado, entre todas as coisas, com a rapidez com que a noite havia chegado.

Obiefuna rezou. Ele se inscreveu para se juntar à unidade dos Guerreiros de Oração, compareceu fielmente a todas as sessões nas noites de sexta-feira, ficando ali até muito depois que todos os outros já tinham ido embora, ajoelhado diante do altar. As orações por libertação em geral eram as últimas, relatadas em sussurros sinceros. Às vezes ele se via em lágrimas enquanto orava, alguma coisa dentro dele se expandia quase a ponto de explodir. A voz da esposa do capelão ecoava em sua cabeça em intervalos estranhos. Ela o tinha entendido. Entre eles, tinha havido uma comunicação silenciosa, uma confiança mútua sem necessidade de palavras. Ele ficou pensando nela. Sabia que ela e o capelão estavam casados havia oito anos e não tinham tido filhos. Alguns meninos do ensino fundamental alegaram ter acordado muitas noites com o som da voz dela, vinda de casa, rezando. Obiefuna também se perguntou se o marido batia nela. Foi a imagem que rapidamente veio à mente: o capelão sendo tão grande e de aparência tão severa, e sua esposa, suave e frágil. Ele usava os punhos ou um cinto de couro? Ele a embalava nos braços depois, dizendo várias vezes que havia sido forçado a machucá-la até ela se desculpar?

Em algumas de suas orações, Obiefuna se refreava até um ritmo de conversa e imaginava Deus tendo arrepios diante das perguntas concisas sobre por que Ele o criaria daquela maneira, sabendo que era um jeito errado de viver. Outras vezes, ele implorava, argumentando que Deus estaria disposto a cuidar dele caso se arrependesse e fosse dócil, se simplesmente pedisse perdão. Afinal, sua compreensão de Deus era que Ele era uma pessoa que perdoava erros. Às vezes acreditava que Deus havia respondido e que ele havia mudado, que algo havia se libertado dentro dele, um peso havia sido arrancado, uma novidade, nascido. E às vezes sentia o silêncio de Deus pairando sobre si, suas orações e seu choro ocasional, meros suspiros patéticos aos ouvidos de Deus. Em uma dessas noites, ele acordou e deu por si no chão do altar. Já passava da meia-noite, a lateral do rosto doía por ter ficado pressionada no chão duro por tanto tempo. Ele se levantou e ficou parado, com as mãos enfiadas nos bolsos, no escuro, em frente ao altar de uma capela vazia, longe de casa. E então ele bateu as mãos nas roupas para se livrar da poeira e voltou para casa.

14.

Obiageli levava uma vida fascinante. Quando jovem, ela estava convencida de que se tornaria uma cantora famosa, submetendo Uzoamaka a longas apresentações de faz de conta sobre o palco, as quais terminavam com Uzoamaka aplaudindo com todas as forças porque não tinha coragem de ser verdadeira com Obiageli. No colegial, ela decidira que seria enfermeira, brincando sobre infligir nos outros a mesma dor das injeções que havia recebido durante a vida. Depois de três reprovações consecutivas no exame do Conselho Conjunto de Admissões e Matrículas, o JAMB, finalmente se formou com um diploma de segunda classe em agricultura, para grande decepção de seus pais. Ela trabalhou nos correios, lecionou por alguns anos em uma escola de segundo grau e ocupou um cargo burocrático no governo local, um emprego garantido para ela pelo homem com quem mantinha um relacionamento havia nove anos, um homem que ela acreditava ser um viúvo sem filhos. Quando soube que a esposa dele estava viva, que seu casamento estava prosperando, além da existência de quatro filhos, o primeiro deles quase da mesma idade dela, ela rompeu com ele e se declarou uma eterna solteirona. Deus e a religiosidade eram sua praia agora.

Uzoamaka não sabia por que havia decidido, entre todas as opções, ir para a casa de Obiageli. Anozie informou-a sobre o retorno programado de Obiefuna para o recesso de fim de ano. A irmã de Anozie não estava disponível durante todo o período, pois estava em Lagos para cuidar da filha e do neto recém-nascido.

— E, francamente, Uzoamaka — acrescentou ele —, isso está ficando ridículo. Você não pode continuar escondendo esta situação dele. Ele vai descobrir de um jeito ou de outro.

Uzoamaka flertou com a ideia de ficar. Repassou mentalmente a conversa, imaginou o rosto dele quando ouvisse a notícia, elaborou cenários alternativos e, no final, dois dias antes da chegada dele, ligou para Obiageli. Esperava uma recusa e, quando Obiageli fez uma pausa depois que ela fez o pedido, Uzoamaka preparou mentalmente suas desculpas, mas Obiageli disse:

— Passou da hora. Já faz muito tempo, *Ada nnam.*

Uzoamaka gostava da casa. Gostava da organização minimalista da sala de estar e da varanda espaçosa onde se sentava quase todas as noites para tomar ar fresco. Gostava mais do fato de estar sempre sozinha e poder ter a liberdade para deixar a mente vagar. Obiageli saía para trabalhar pela manhã antes de Uzoamaka acordar. Quando voltava para casa à noite, ela se ocupava com a casa, sem prestar nenhuma atenção a Uzoamaka. Ia às vigílias às sextas-feiras e voltava de manhã cansada, com os olhos injetados de sono. Ainda assim, Uzoamaka conseguia sentir os olhos de Obiageli sobre ela, a curiosidade dela incomodando-a. Às vezes, ela perguntava a Uzoamaka o que havia de errado.

— Por que acha que tem alguma coisa errada? — retrucou Uzoamaka uma vez.

Obiageli zombou, dando de ombros de um jeito que dizia: *Não é óbvio?*

— Porque, mesmo você tentando ao máximo me evitar, sempre que as coisas ficam realmente ruins, você corre para cá — respondeu ela.

Uzoamaka encarou-a com surpresa silenciosa. A distância facilitava tanto pensar nas pessoas com carinho quanto esquecer o que fez você se afastar delas lá no passado. Ela sentiu a raiva acumular-se devagar dentro de si até se solidificar em uma fúria ofuscante, impelindo-a a marchar para seu quarto e recolher suas roupas dos cabides para colocá-las na mala. No meio do caminho, ela se lembrou de algumas roupas no varal que tinha posto pela manhã e deixou a partida para o dia seguinte. À noite, a pior fase de sua raiva havia passado, e ela conseguiu, por fim, deixar de lado o rancor de Obiageli e admitir a verdade de suas palavras.

Eram tão boas amigas como quando eram crianças. Houve um tempo em que conseguiam facilmente saber o que a outra estava pensando. Mas Uzoamaka passou a maior parte da adolescência longe de Obiageli, trabalhando como governanta para a tia materna, que, por sua vez, pagou por sua educação no colegial. Ela voltou para casa depois de cinco anos e conheceu uma Obiageli grosseira, que começava brigas aleatórias e sem provocação e reagia com uma crueldade nova, ignorando a diferença de três anos entre elas. A deferência dos pais para com Uzoamaka servia apenas para deixar Obiageli ainda mais furiosa. Uzoamaka não conseguia apontar uma razão que fizesse sentido; era difícil imaginar a possibilidade de Obiageli a invejar. Obiageli tinha a pele mais clara, era mais bonita em termos convencionais e tinha educação universitária, um privilégio que Uzoamaka não teve. Uzoamaka às vezes se encontrava na estranha posição de ter que minimizar suas vitoriazinhas inconsequentes, atribuindo crédito imerecido a Obiageli, mesmo que apenas para melhorar de forma positiva a percepção de seus pais sobre ela e, por sua vez, melhorar a percepção de Obiageli sobre Uzoamaka. Mas, no final, não havia como apaziguar Obiageli.

Ainda assim, havia casos em que Obiageli conseguia surpreender Uzoamaka. Apenas Obiageli apoiou sua decisão de se casar com Anozie. Os pais dela já o desaprovaram antes mesmo de conhecê-lo. Embora também fosse igbo, eles não gostaram do fato de ele não ser do seu estado e, quando o conheceram finalmente, munido de detalhes sobre seu trabalho como comerciante e seu apartamento de um cômodo em uma parte decadente da cidade, perguntaram se ela havia sido enfeitiçada.

— Parece que ele realmente precisa de você — disse Obiageli a ela mais tarde, surpreendendo-a. — Veja como estava olhando para você. Como se fosse morrer se alguma coisa o impedisse de vocês se casarem. — Ela deu risada. — *Biko*, vai atrás do homem, *o*! Pelo menos a sua parte você pode fazer.

Durante um ano inteiro após o casamento, seus pais falaram pouco com ela. Foi Obiageli quem ficou por perto, enviando sacos cheios de comida e emprestando dinheiro sempre que Uzoamaka pedia, mesmo que ela também relatasse com alegria a situação aos pais. Quando os abortos espontâneos aconteceram, seus pais viram que estavam com a razão. Foi Obiageli, depois do quarto dia, quem apareceu uma manhã sem avisar e a arrastou para fora da cama, onde ela ficou praticamente imóvel por uma semana, desejando morrer, levou-a ao próprio apartamento, onde, durante as semanas seguintes, ela cuidou de Uzoamaka até que esta se recuperasse.

Poucos dias depois de Uzoamaka decidir ficar, Obiageli voltou do trabalho com uma sacola plástica e um sorriso travesso.

— Comprei *oka* e *ube*[34] para você com a vendedora aqui da rua. Ela é minha cliente e reserva os melhores para mim.

Uzoamaka quase sorriu de volta enquanto tirava uma espiga de milho do saco que Obiageli estendeu. O calor queimava a palma de suas mãos através dos jornais em que estava embrulhado. Obiageli estava despejando água quente em um prato para amolecer as peras, com as quais o milho seria comido. Era o mais próximo de um pedido de desculpas que Uzoamaka receberia.

— Estou doente, Obiageli — disse Uzoamaka.

Obiageli olhou para cima.

— *Ewo*, desculpe. — Ela sentiu a temperatura de Uzoamaka com as costas da palma da mão. — Como você está?

Uzoamaka se afastou, encolhendo-se.

— Não é isso. — Ela respirou fundo e se preparou. — Estão dizendo que é câncer.

Então, Obiageli riu, fazendo um som que não tinha nenhuma alegria. Era quase um cacarejo assustado.

— Você só está indisposta, Uzoamaka!

— Estou em tratamento de quimioterapia — informou Uzoamaka. Teve a sensação de cutucar uma ferida aberta, observando uma reação. — O médico disse que não tenho muito mais tempo.

— Em quem você prefere acreditar? Em Deus ou nos médicos?

— Já está avançado, Obi...

— Cala a boca, Uzoamaka! — gritou Obiageli, levantando-se. As pernas dela ficaram presas nos pés da mesa de madeira à sua frente e foi ao chão, enquanto espigas de milho aterrissavam ao redor dos pés

---

34. *Oka* é milho cozido/assado; *ube* é uma fruta típica da Nigéria, que geralmente se come aquecida junto com o milho. (N.E.)

de Uzoamaka. Obiageli foi ficar perto da janela, de costas para a irmã. Ela ficou parada por um longo tempo com os ombros curvados para a frente e a cabeça baixa. Uzoamaka imaginou que ela estava chorando em silêncio, mas, quando finalmente falou, sua voz era clara. — Você vai comigo ver meu pastor. O diabo é um grande mentiroso.

O pastor era um homem pequeno de cabeça raspada. Uzoamaka passou tanto tempo imaginando suas feições a partir das muitas histórias que Obiageli contava sobre ele que ficou um pouco decepcionada quando se sentou à sua frente. Obiageli apresentou-a como "a única família que me resta". O pastor assentiu de forma piedosa. Uzoamaka preparou-se para se ajoelhar e pedir que ele impusesse as mãos sobre ela, mas ele pediu que estendessem as mãos e fez as orações de onde estava sentado. Aceitou o envelope que Uzoamaka lhe passou com um sorriso tenso e compassivo.

— Ele nem me tocou — disse Uzoamaka a Obiageli durante a viagem de ônibus para casa.

— O quê?

— Seu pastor. Eu vi como as mãos dele tremiam quando ele pegou o envelope de mim. Deu um jeito para que nossas mãos não se tocassem.

Obiageli olhou para ela por um bom tempo e, em seguida, suspirou.

— Não vai funcionar se você não acreditar, Uzoamaka.

Agora, Obiageli cantarolava baixinho, sentada ao lado da irmã em um táxi a caminho do mercado. Havia algo diferente nela. Mesmo durante as rezas de todas as noites na semana, de mãos dadas, com Obiageli amarrando e expulsando demônios de gerações anteriores, Uzoamaka sentia o terror de Obiageli. Três noites antes, Obiageli começou a chorar no meio das orações, e Uzoamaka ficou ali observando, pensando em como a dor tinha o poder de humilhar até mesmo os menos caridosos. Sabia então que tinha tomado a decisão certa ao ir para lá e adiar contar a história para Obiefuna nesse meio-tempo. Que ele tivesse mais alguns meses de feliz inconsciência, que não tivesse que acompanhar por muito tempo enquanto ela desaparecia lentamente.

— Você se lembra do Achalugo? — perguntou Obiageli, surpreendendo Uzoamaka.

— Quem?

— Achalugo, *naw* — insistiu Obiageli. — Da aldeia. Aquele que costumava se vestir como mulher.

— Que toca o *ogene*?

— *Gbam*! — exclamou Obiageli.

— O que tem ele?

— Hum? Nada, *o*. Fiquei ouvindo as músicas dele na minha cabeça o dia todo. — Obiageli riu. — Lembra que eu costumava dançar para ele?

Uzoamaka deu uma risadinha. Como não se lembrar? Obiageli nunca a deixaria esquecer essa lembrança. Ela disse:

— Gostaria de saber onde ele está agora.

Obiageli deu de ombros.

— A última vez que ouvi falar dele, ainda estava naquela cabaninha na vila. Quanto talento desperdiçado!

Uzoamaka concordou com a cabeça. Lembranças dele inundaram sua mente: ela conseguia imaginá-lo de blusa decotada e saia curtinha e com aquele acessório duro de cabeça. Sua maquiagem era incomparável. Não havia ninguém que ela conhecesse à altura de suas habilidades como artista. Seu toque no *ogene* não tinha igual, seu talento tão misterioso quanto sua vida. Era o favorito do chefe da aldeia, que com frequência o convidava para se apresentar no palácio e, às vezes, na praça da aldeia. Certa vez, Uzoamaka tentou se juntar ao seu grupo de dança. Nunca foi boa de dança, mas acompanhou Obiageli até a audição. Nesse momento, ela se lembrou de que o traje que lhe foi dado era apertado demais no peito e feito de um tipo de tecido que raspava na sua pele. Ela foi um fracasso na dança, errando os movimentos e ficando para trás o tempo todo, até que pediram que saísse. As outras meninas riram tão alto que Uzoamaka desapareceu no mato e se debulhou em lágrimas. No meio do caminho, ouviu o farfalhar das folhas, o som de passos se aproximando, então se endireitou e enxugou os olhos. Demorou um momento para reconhecer Achalugo. Com seus maneirismos, o rosto sem barba e muito maquiado sob a luz fraca do entardecer, ele poderia ter se passado por qualquer outra mulher.

— Por que está chorando? — perguntou para ela. Tinha uma expressão séria no rosto.

Ela cravou o calcanhar no chão sem responder.

— Então, você não sabe dançar, não é? É o fim do mundo, por acaso? Se você não é boa em uma coisa, vai encontrar força em outra, *oburo ya*? — A voz dele tinha um tom agudo engraçado, ou talvez simplesmente não fosse o que ela esperava dos homens. — Limpe os olhos, *biko*. Vem para cá para se divertir conosco!

Ele segurou a mão dela e a levou de volta para a praça. A gentileza dele permitiu que ela retornasse à audição como espectadora, sem sentir vergonha, para ignorar a exultação de Obiageli depois de ter sido selecionada para a equipe. Já fazia uma eternidade, e a lembrança do encontro era bem difusa, mas voltou à mente dela uma vez, em 2005, quando chegou em casa do trabalho ao som de música vindo da sala de estar. Naquela época, ela já sabia do talento de Obiefuna, de seu fascínio pelo Psquare, o grupo de irmãos gêmeos idênticos cujas músicas dominavam o rádio. (Às vezes, ela observava enquanto Obiefuna, de apenas treze anos, tentava imitar seus passos de dança. Ele usaria Ekene como substituto para imitar o grupo, e ela assistia com diversão enquanto Ekene se atrapalhava com as danças, totalmente perplexa sobre o porquê de ele estar fazendo aquilo de qualquer maneira.) Anozie, com seu gosto austero, desaprovava as músicas, mudando de estação sempre que tocavam, e proibia os meninos de ouvi-las. Naquele dia, ela olhou pela janela da sala de estar e, de repente, Achalugo veio à tona de um jeito poderoso ao ver Obiefuna dançando, o suor cobrindo sua pele nua enquanto ele se movia de um lado do quarto para o outro, gritando a letra da música "Busy Body". Estava desobedecendo Anozie e podia ter sérios problemas se fosse descoberto. Mas estava dançando, fazendo com facilidade algo que Uzoamaka só conseguia sonhar em fazer. Algo na alegria de seu rosto, a pura liberdade, fez Uzoamaka permanecer onde estava por mais um momento. Ele fazia um movimento suave para frente e para trás, retorcia a cintura para os dois lados com uma flexibilidade impossível e girava sem esforço no ar. Naquele momento, ela vislumbrou o rosto sorridente dele, testemunhando a felicidade absoluta que irradiava e, contra sua vontade consciente, Uzoamaka viu como seu coração cantava.

15.

O rádio do carro estava sintonizado em uma estação que tocava *highlife*.[35] Ao lado dele, do assento do motorista, seu pai acenava com a cabeça conforme o ritmo tocando. Obiefuna encostou o rosto na janela, observando o trânsito lento e os vendedores ambulantes abrindo caminho entre os carros para anunciar seus produtos. Quase havia esquecido de como era a agitação de uma cidade próspera. Ekene estava esparramado no banco de trás, dormindo, seu ronco tão alto que podia ser ouvido apesar da música. Eles o pegaram de surpresa. Havia acordado naquela manhã da partida com toda a intenção de ir para a casa de sua tia. Já estava familiarizado com o caminho até a casa dela e não precisava mais que o pai o buscasse. Então, quando foi informado, enquanto se vestia, de que um homem e um garoto parecidos com ele estavam querendo vê-lo, ele reagiu com descrença. Mas Ekene apareceu pessoalmente na segunda convocação e acrescentou que, naquele momento, seu pai estava aos poucos perdendo a paciência. Quando chegaram em casa, estava escuro. Seu pai fez o sinal da cruz, saiu do carro e se virou para pegar a bolsa de Obiefuna no porta-malas. Obiefuna seguiu-o escada acima. Enquanto o pai brincava com as chaves da porta, Obiefuna se virou para Ekene.

---

35. Gênero musical originário de Gana, Serra Leoa e Nigéria nos anos 1920. (N.T.)

— A mãe ainda está no trabalho a essa hora?

Foi seu pai quem respondeu.

— Obiefuna — disse ele —, sua mãe não está em casa.

Ekene não sabia onde ela estava. Ele havia voltado da escola uma tarde e ela já não estava mais lá. Ele imaginou que ela estivesse visitando a tia Obiageli. Ele não sabia quando ela voltaria. Obiefuna ficou intrigado com a estranheza daquilo. Por que ele estava ali agora? Por que a mãe dele estava fora, logo agora? Seu pai não oferecia as respostas, sendo rude com ele na única vez em que insistiu demais. Naquele momento, Obiefuna procurou pistas em seus olhos para verificar se ele havia contado para ela. Quando estava para cair no sono, era acordado por flashes de sua mãe o empurrando de um penhasco, renunciando a ele como filho. Quando, um mês depois, ele completou dezoito anos, ela não ligou para cantar para ele como sempre fazia. A ocasião, geralmente monumental na imaginação de Obiefuna, passou quase despercebida por todos, exceto pelo comentário tardio de Ekene, dois dias depois: "Seu aniversário foi anteontem, *abi*? Parabéns atrasado, *o*!". Podia ter sido o aniversário mais triste de todos, exceto que, na semana seguinte, seu pai o surpreendeu ao chegar em casa com um pacote que ele entregou a Obiefuna sem cerimônia, como se o telefone Nokia, que estava na moda, fosse um presente tolo, desinteressante.

Obiefuna foi tomado pela alegria de reencontrar os amigos da vizinhança. E, com o telefone, ele podia manter contato com os amigos da escola. Ekene sondava-o com frequência em busca de histórias de sua casa, e Obiefuna fazia suas vontades, lisonjeado por seu interesse, enfeitando a maioria das histórias para causar impacto, apreciando a emoção nos olhos de Ekene. De vez em quando pensava em Aboy, distraído, e imaginava onde ele estaria. Depois daquela primeira visita, Aboy não fizera mais contato com ele; não que Obiefuna, na verdade, esperasse que ele fizesse isso. Visitas de acompanhamento eram feitas por seu pai, visitas breves que pareciam terminar assim que começavam, com uma precisão nítida. Certa vez, enquanto fazia uma tarefa para pegar combustível para o gerador, ele encontrou Dibueze no posto de gasolina.

— Você não é filho de *oga* Anozie? — perguntou Dibueze, avaliando-o com admiração exagerada. — Você cresceu um bocado, não?

Obiefuna sorriu, afável. Quando perguntou por Aboy, Dibueze franziu a testa ligeiramente.

— Ninguém viu mais ele depois que se mudou.

— Ele se mudou?

— Foi. Não fica mais aqui conosco. — Dibueze fez uma pausa. — Conseguiu um dinheiro e se mandou.

Obiefuna tentou não perder tempo com a amargura na voz dele.

— Sabe onde ele está agora?

— Não onde mora, não. Mas ele vende materiais de construção na Ikeokwu — respondeu Dibueze.

Obiefuna ouviu enquanto ele explicava onde ficava. Ficou surpreso que Dibueze pudesse manter um controle tão próximo sobre alguém com quem não tinha mais boas relações. Também ficou surpreso ao saber que Aboy havia escolhido um local não muito longe de seu pai. Imaginou se tinham se encontrado nos últimos meses. Provavelmente sim, já que o mercado era tão pequeno; se alguma palavra tivesse sido trocada, o encontro teria sido muito estranho. Ele foi procurar Aboy no dia seguinte. Dibueze descreveu uma mulher que vendia bananas-da-terra assadas na esquina, e ela indicou a loja de Aboy. Um grande pedaço de madeira plano fora montado na frente da porta, cravejado de pregos e de onde pendiam escovas, serras e outros materiais de construção. Ele encontrou Aboy dentro da loja. Havia mudado muito, com fios de cabelo nas laterais do rosto. Estava sentado na única cadeira da loja com uma garota no colo.

— Obiefuna? — gritou ele com uma nota aguda na voz que, naquele instante, pareceu falsa para Obiefuna. Aonde tinha ido sua autoconfiança? Mostrou todos os dentes em um sorriso. — Como vai? — perguntou Aboy. Ele se levantou da cadeira, parecendo esquecer a garota, fazendo-a escorregar do seu colo, mas ficou ao lado dela, com a mão esquerda envolvendo a lombar dela. — Quanto tempo! — continuou Aboy, com aquele brilho animado ainda presente em seus olhos. Como você está?

— Tudo bem — disse Obiefuna, sem rodeios. Tinha sido um erro, ele não deveria ter ido.

— Entre e sente ali — pediu Aboy, gesticulando na direção da cadeira. — Como está o seu pai? E sua mãe? O que vai beber?

Mas Obiefuna manteve os olhos na garota. O delineador havia borrado seu rostinho. Tinha o ar cautelosamente extravagante de uma garota que estava aprendendo a explorar sua sexualidade. Talvez fosse a primeira vez que se sentava no colo de um garoto. Parecia evitar os olhos de Obiefuna, e ele imaginou se ela entendia exatamente por que ele olhava para ela. Aboy ficou para fora da porta. Obiefuna conseguiu ouvi-lo gritando instruções para alguém na porta ao lado para trazer uma garrafa de Pepsi rapidamente.

— Gelada, *o*! — enfatizou.

Obiefuna virou-se para a porta.

— Ai, ai, Obi! — Aboy falou, meio que correndo, cobrindo a curta distância até alcançar Obiefuna. Ele agarrou o pulso do garoto. — Aonde você vai? Entre, vamos conversar, *naw*. Já faz tanto tempo!

Obiefuna flagrou-se fitando aqueles olhos que antes eram tão tímidos quando ele abriu a porta pela primeira vez naquela noite de outubro para deixá-lo entrar em casa. O que o surpreendeu, pois a raiva viria depois, não foi o fato de ter sido traído, mas o fato de Aboy parecer alheio à traição, cheio de alegria. Agora tinha uma loja própria, abastecida de forma moderada com produtos. Por fim, estava vivendo seu sonho. Ao redor deles, o comércio prosperava, os comerciantes chamavam os clientes em voz alta, e Obiefuna sabia que logo começariam a atrair a atenção. Imaginou por um instante Aboy se ajoelhando ali mesmo, em público, implorando que ele voltasse, mandando a garota sair da loja, explicando a cena e dizendo que tinha sido um casinho passageiro. Mas já conseguia sentir o aperto das mãos de Aboy se afrouxando, talvez também estivesse ciente de que as pessoas estavam começando a encará-lo, e Obiefuna sabia que ninguém se ajoelharia, nem mandaria ninguém sair, nem explicaria nada. Logo o aperto ficou tão frouxo que Obiefuna conseguiu soltar seu pulso, e ele se virou para ir embora, ouvindo a última palavra que ouviria de Aboy: seu nome, "Obiefuna". Mas ele não se virou.

Os garotos no campo estavam divididos sobre qual clube teria mais chances de conquistar o título do ano na Premier League. Era o começo da temporada, com apenas algumas partidas em andamento. O consenso geral era de que o Manchester United provavelmente continuaria sua impressionante sequência de três títulos de 2008 e 2009. Obiefuna assistiu à primeira partida no centro de exibição com Ekene, na qual o Chelsea venceu o Hull City por dois a um, e, com a habilidade cada vez mais admirável de Drogba, ele pensou em não descartar o Chelsea como potencial azarão. Ele disse isso no meio da discussão. Um silêncio repentino instalou-se após seu comentário, com alguns dos garotos concordando, surpresos. Foi aí que Chikezie disse:

— Se as pessoas estão falando, você só repete, né?

Os meninos soltaram suas risadas mecânicas. No meio disso, a voz de Ekene ressoou nos ouvidos de Obiefuna. O sol estava mais forte, e ele já conseguia sentir um lado do rosto queimando. Com os olhos em Obiefuna, Chikezie recebeu o cigarro que estava sendo passado de mão em mão, parecendo satisfeito como sempre. Obiefuna deu uma olhada para Ekene. Ele também estava com aquele sorriso afetado e relaxado no rosto que vinha depois de uma boa risada. Talvez a piada realmente tivesse sido engraçada. Talvez ele também tivesse rido se não fosse o alvo da ridicularização. Obiefuna levantou-se da grama e contornou o semicírculo, parando ao lado de Chikezie, ciente de que todos os olhos estavam voltados para ele.

— Quero que você repita o que acabou de dizer — disse Obiefuna.

Chikezie inclinou a cabeça para cima para encará-lo. Havia parte surpresa e parte diversão em seu rosto.

— Que foi? Quer brigar comigo?

— Só quero que você repita o que disse.

Alguém assobiou. Chikezie fez uma careta. Pareceu hesitar por um momento, inseguro, mas o silêncio que se seguiu ficou denso com a expectativa, por isso Chikezie também se levantou de onde estava sentado. Ele demorou a tirar os talos de grama morta que haviam grudado em seu short.

— Eu falei que você não sabe nada sobre futebol. Só está aqui conosco por causa de Ekene. Devia estar em casa brincando de *oga* com as meninas do seu quintal.

O grupo de garotos deu risadinhas, fazendo sons de provocação. Obiefuna respirava pela boca. Chikezie encarou seus olhos; ele percebeu, mesmo naquele momento, que Chikezie queria evitar esse confronto tanto quanto Obiefuna. Ainda assim, não recuou, confiante em sua crença de que Obiefuna o faria. Talvez tenha sido apenas esse fato bruto, talvez tenha sido o ápice de uma raiva que fora crescendo devagar ao longo de todos os anos anteriores. Ou talvez tenha sido o som da voz de Ekene rindo, quase indistinguível dos outros, que fez Obiefuna atacar Chikezie de repente. Atingiu o osso, e seu punho doeu imediatamente. Chikezie cambaleou para trás, por um momento atordoado. Uma expressão de surpresa surgiu em seu rosto, mesmo quando assumiu uma postura de briga e investiu contra Obiefuna, atingindo-o em cheio no queixo. A luta foi breve; em pouco tempo Obiefuna sentiu mãos os separando. Ele olhou para Chikezie já distante, lutando para se libertar das mãos dos garotos que o seguravam. Obiefuna voltou à grama para pegar seus chinelos. Endireitou-se depois de calçá-los e se virou para sair, perguntando-se pela primeira vez para onde Ekene teria ido. Os outros garotos estavam por perto, observando-o com expressões alarmadas, e ele acompanhou o olhar deles até as grandes gotas de manchas escuras em sua camisa azul-celeste, tocou a ponta do nariz e viu seus dedos ficarem vermelhos de sangue. Olhou para Chikezie de novo, e lá estava ele, calçando suas botas com todo o zelo, tentando voltar ao jogo. Obiefuna tirou os chinelos. Atacou sem pensar, inseguro de suas intenções, só se dando conta de si mesmo quando Ahmed o interceptou no meio do caminho. A dor lancinante em seus ombros, causada pela força do aperto de Ahmed, quase o fez desmaiar. Ahmed estava gritando em seus ouvidos, ordenando sua suspensão por tempo indeterminado. Obiefuna sentiu náuseas. Olhou lá para Chikezie de novo e, com a visão turva, em meio à comoção, sentiu, por fim, uma pequena vitória diante do medo que havia se formado nas feições de Chikezie. Seu coração palpitava dolorosamente contra o peito; se sentia tonto por causa do calor. Obiefuna livrou-se das mãos de Ahmed e, num impulso, se virou de lado, e lá estava Ekene, com as mãos na cintura, olhando para ele com silenciosa admiração. Obiefuna cuspiu na grama e pegou os chinelos com uma das mãos. Não parou de andar até chegar em casa.

Durante dias, eles se esquivaram, falando muito pouco além das interações mais inevitáveis. Criaram territórios não declarados no quarto compartilhado, evitando o espaço um do outro. Na noite da briga, enquanto jantavam juntos, Ekene estendeu a mão para tocar o queixo de Obiefuna, projetando-o para cima para verificar a extensão do dano; Obiefuna deu um tapa na mão do irmão e, em seguida, se levantou e saiu do quarto, parando na sacada com vista para o pátio. Não era razoável esperar coisa nenhuma de Ekene; sua intervenção, se tivesse havido alguma, teria piorado a humilhação. Ainda assim, observar como foi fácil Ekene ficar ali sentado, rindo com estranhos, imaginar o quanto parecia indistinto dos outros. Obiefuna relembrou momentos da infância, quando a mãe o encarregava, na saída para a escola ou o parquinho, da responsabilidade de cuidar de Ekene. "Você sabe que ele é seu irmãozinho", ela lembrava Obiefuna, uma informação redundante, mas que ainda assim demonstrava a confiança na capacidade dele de protegê-lo. No fim das contas, claro, Ekene nunca precisara de cuidados, já que tinha o dom de fazer amigos e de se enturmar sem esforço nenhum. Obiefuna não entendia como era tão fácil para Ekene, por que seu corpo parecia se sintonizar com naturalidade com algo que era uma ciência complicada para Obiefuna.

Ao ver Ekene indo para o campo sozinho nas semanas seguintes, chegando em casa pouco antes do jantar, Obiefuna sentiu uma coisa parecida com alívio, sabendo que Ekene não ficaria aflito com sua presença. Ele permanecia enclausurado no quarto, fingindo estudar. Sentia falta da mãe. Não entendia como, mas tinha a sensação de que a presença dela naquele momento teria tornado tudo melhor. Ele vagou pelo quintal, observando da sacada as crianças mais novas da vizinhança brincarem de *swell* e *oga*.[36] Ele havia descoberto uma pequena colônia de formigas perto da parede do apartamento e passava as noites observando a trilha de formigas subindo e descendo, fascinado pelas breves paradas que faziam no processo para se comunicarem umas com as outras. Era lá que Ekene o encontrava todas as noites; seus olhares eram breves e, embora Ekene nunca tivesse dito uma palavra para ele, Obiefuna imaginava se as rugas na testa franzida eram de decepção.

36. Nesse contexto, *swell (suwe)* e *oga* são os correspondentes nigerianos da amarelinha e de pular corda/elástico. (N.T.)

Certa noite, um dia antes do fim das férias escolares de Obiefuna, Ekene voltou do campo, bola na mão, e se ofereceu para ensiná-lo a correr.

Obiefuna levantou-se do chão para ficar da mesma altura que ele. Ainda retinha uma pitada de raiva contida da luta, o que às vezes o fazia querer socar a parede. Naquele momento, o rosto de Ekene parecia a parede perfeita. Ele podia sentir seu coração palpitando contra o peito, seus punhos fechando e abrindo por conta própria, como se tivessem uma vontade separada do restante do corpo.

— Não me insulte, Ekene. Por favor.

— Só quero te ensinar a correr direito — disse Ekene. — Sabe, sem parecer uma galinha.

Ele desviou o olhar. Seu sorriso era estranho, atípico de sua autoconfiança de costume. Então, Obiefuna percebeu que aquilo era um pedido de desculpas, do único jeito que Ekene sabia formular. Saíram para o quintal e começaram a corrida. Obiefuna observou com toda a atenção que conseguiu reunir enquanto Ekene demonstrava, seus dedos levemente curvados levantando a bola com graça delicada. Havia graça também em seu sorriso, na gentileza quase seráfica de seu rosto e na maneira como os braços dançavam ao redor do corpo enquanto ele se movia sem esforço para manter o equilíbrio, às vezes trocando os pés, às vezes virando de costas, mas ainda conseguindo de alguma forma manter um ritmo contínuo. Obiefuna teve menos sucesso quando tentou. A bola não se curvava à vontade de sua mente e não ficava na ponta de seus pés como acontecia com Ekene, e ele cambaleou em sua busca de equilíbrio, girando perigosamente em um ponto em que quase torceu o tornozelo. Ekene disse a ele para ser menos vigoroso, menos rápido em dar um passo à frente, para tirar a mente do processo e seguir o fluxo.

— Estou tentando! — retrucou Obiefuna de uma vez, chutando a bola com toda a força. Ela quicou pelo quintal e aterrissou em uma vala. Obiefuna sentou-se no chão com os joelhos dobrados em direção ao peito. Sua cabeça começou a latejar.

Ekene saiu correndo e voltou com a bola, quicando-a no chão para livrá-la da gosma que estava grudada nela. Ele se abaixou para se sentar ao lado de Obiefuna. Encostou o ombro nu em Obiefuna, quente contra a pele do irmão.

— Sou um inútil — disse Obiefuna.

— Para com isso, não foi tão ruim assim — retrucou Ekene.

Obiefuna olhou de soslaio para ele.

— Tudo bem, foi ruim — admitiu Ekene, com o riso subindo borbulhando pela garganta. Obiefuna inclinou-se para cuspir. Era tarde da noite, o sol quente cobria sua pele de um jeito desconfortável. Ekene balançava uma garrafa de água entre os dedos, mas havia pouca água nela, e Obiefuna sabia que sua sede só pioraria se ele tomasse apenas um gole. Não tinha força de vontade para se levantar e entrar em casa.

— Lembra que você ganhava todos aqueles prêmios nas competições de dança? — perguntou Ekene. — Minha nossa, eu tinha tanta inveja de você. Eu pensava: "Como ele faz?". Parecia um idiota tentando imitar você.

Obiefuna virou a cabeça para encará-lo.

— Por que você não dança mais, Obi?

Obiefuna suspirou. Ele se lembrou dos momentos dos quais Ekene falou, impressionado pela luminosidade da memória. Alguns dos eventos tinham acontecido ali mesmo, no quintal. Houve uma época em que ele era a estrela do show, quando os espectadores gritavam seu nome como um cântico. Ele se lembrou da alegria nos olhos da mãe quando ela o exibia aos outros pais enquanto colocava outro presente em cima da geladeira, onde todos pudessem ver. Ele se recordou também da desaprovação do pai, da mão voando em seu rosto, incutindo nele uma vergonha que o acompanhava desde então.

Obiefuna sentiu-se agora numa ascensão involuntária, e Ekene o puxava para cima.

— Dance, Obi — disse ele. — Vamos, me mostre que você ainda sabe.

Obiefuna agarrou as mãos de Ekene e firmou os pés no chão para impedir o movimento oscilante do irmão. Ele se soltou. Sentiu-se tonto e com a cabeça leve. Seus olhos começaram a girar.

— Estamos velhos demais para essa bobagem, Ekene — disse ele. Não conseguiu evitar sorrir.

— Não tem ninguém olhando — garantiu Ekene.

— Esqueci a maioria dos passos.

— Não importa, o que você fizer está bom para mim.

— Não tem música...

— E por que você tem a mim aqui? — perguntou Ekene. Ele começou a bater palmas e a pisar forte para criar uma batida improvisada: — *Onye ga gba egu iya! Ga gba egu iya! Obiefuna ga gba egu iya!* [37]

A princípio Obiefuna riu da escolha da música, da postura cômica de Ekene, da ideia absurda, mas Ekene continuou, sem se deixar abater, e assim Obiefuna deu um passo à frente e em seguida outro. Seus passos eram canhestros, desajeitados, uma imitação ruim da lembrança. Mas ele também estava consciente de um relaxamento nos membros, do vento nos ouvidos, de uma sensação familiar de liberdade. Dançou, alheio ao calor dos raios de sol, às janelas abertas, às cabeças curiosas que espiavam para observar. Dançou até os joelhos doerem e ele despencar no chão, rindo e se esforçando para respirar. O sol do fim da tarde estava acima dele, seu brilho tão quente e radiante que fazia os olhos arderem. E, ainda assim, ficou relutante em se sentar ou olhar ao redor. Ekene pairava sobre ele, bebendo água da garrafa e sorrindo com satisfação. Pela primeira vez, Obiefuna pensou no quanto Ekene era maravilhoso, como tudo era brilhante, luminoso e belo. Sentiu como um delicioso mergulho na cabeça, o ar que flutuava ao redor secava o suor de sua pele e o acalmava. Mais tarde, Ekene jogou água nele, chamou-o de "frangote" e riu quando ele fez uma careta de brincadeira. Quando Ekene o levantou, pousando a mão sobre seu ombro e inclinando-se para sussurrar: "Muito bom!", já estava anoitecendo, e Obiefuna estava tomado por uma sensação de admiração diante da perfeição do mundo naquele instante, e ele estava cansado, sonolento e com sede. Lá em cima, conseguia ouvir o sonoro canto dos pássaros.

---

37. Canção tradicional, comumente usada como expressão de escárnio diante de uma situação embaraçosa para alguém: "Quem vai enlouquecer de vergonha? Ele vai enlouquecer de vergonha! Obiefuna vai enlouquecer de vergonha!". (N.T.)

16.

Uzoamaka estava sozinha, sentada no banco comprido da sala de espera. Os outros bancos estavam completamente ocupados; o dela estava vazio exceto por ela mesma, mas por duas vezes alguém tinha se aproximado do assento ao lado dela, mudado de ideia no meio do caminho e trocado de lugar. Mais de uma vez ela flertara com a ideia de ir ao banheiro para examinar seu reflexo, ver o que fazia as pessoas terem tanto medo dela, mas era uma tarefa muito difícil, e em um minuto Anozie sairia do consultório médico armado com uma nova lista de medicamentos, informações sobre ajustes no estilo de vida em termos de saúde e sua determinação em vê-la melhorar. A atitude dele em relação a ela naqueles dias a fazia sentir, às vezes, como se estivesse sendo cortejada. Havia nele um estado de alerta do qual ela nem sempre tivera consciência, um desejo instintivo de auxiliá-la, uma propensão à paciência que ela quase havia esquecido que ele tinha.

— Seu marido é diferente — comentou uma enfermeira com Uzoamaka em uma de suas visitas. Na sala ao lado, através de uma porta de vidro transparente, elas observavam Anozie anotar alguma coisa que o médico enunciava devagar.

— Como assim? — perguntou Uzoamaka.

— Bem, a senhora sabe, ele é um marido presente — respondeu ela. — Muitos deles não são. — Uzoamaka continuou encarando-a com um olhar interrogativo. A enfermeira hesitou, parecendo sopesar as palavras, antes de prosseguir. — Na maioria das vezes, quando damos esses diagnósticos, a pessoa que está sempre rondando e dormindo em uma cadeira, ignorando os horários de visita e, geralmente, sendo um incômodo para os médicos é a esposa. Poucos homens conseguem aguentar.

— Você acha que eu devia ser grata? — questionou Uzoamaka, mas desejou ter amenizado o tom áspero da voz.

Mas a enfermeira não ligou.

— Não. Só acho que vale a pena observar que ele é bem diferente dos homens que conheci em todos os meus anos de carreira. — Ela juntou suas coisas e se levantou para sair. — E, acredite em mim, *nne*,[38] é uma carreira longa.

As palavras da enfermeira grudaram na cabeça de Uzoamaka. Ela percebeu que tinha sido fácil não dar valor à lealdade de Anozie. Nem era preciso dizer que ela faria o mesmo por ele se os papéis se invertessem, e não lhe ocorreu pensar em gratidão como uma coisa que devesse sentir. Ainda assim, ela sabia, mesmo que apenas por conhecimento prévio, que a enfermeira tinha razão. Lembrou-se de um antigo vizinho que tinham, um pastor cuja esposa havia morrido durante o parto do nono filho deles, concebido porque a família do pastor insistira em ter um menino. A morte dela tinha chocado a vizinhança. Fora a primeira vez que Uzoamaka se viu lamentando sinceramente a perda de alguém que ela conhecia tão pouco. Algumas semanas após o funeral, o pastor foi visto saindo com outra mulher, com quem se casou mais tarde, e por muitos meses a opinião da vizinhança ficou dividida entre as pessoas que acreditavam que ele tivera participação direta na morte da esposa e aquelas, incluindo Uzoamaka, que o absolviam de qualquer ilegalidade, mas, antes de mais nada, ridicularizavam sua falta de amor por ela. Mais tarde, Uzoamaka se perguntaria sobre o que exatamente havia achado obsceno. Será que o homem havia se casado novamente, apesar das circunstâncias que cercaram a morte da esposa? Ou o casamento ocorrera em um momento inoportuno, demonstrando a capacidade do homem de se recuperar de uma tragédia tão grave em tão pouco tempo? Ou será que ele havia mesmo se casado de novo?

---

38. "Mãe", um termo respeitoso em igbo para outra mulher, mas também pode ser um termo para mulheres no mesmo nível, como um "querida" ou "colega". (N.T.)

Nos últimos tempos, ela havia começado a se preocupar com Anozie. Agora, parecia uma ovelha perdida para ela; não havia dúvidas em sua mente de que a morte dela deixaria o marido arrasado. Ela não conseguia imaginá-lo se casando com outra mulher poucas semanas após sua morte. Mas, se havia uma coisa que ela sabia naquele momento, era que nunca deveria pensar, nem por um momento, que ela realmente sabia como a mente de um homem funcionava. Estavam casados havia exatamente vinte e dois anos e haviam construído lembranças suficientes para encher uma sala. Quanto tempo mais até que as lembranças dela desaparecessem, até que aqueles vinte e dois anos se esgotassem e o deixassem sem nada, finalmente livre, capaz de olhar para outra mulher com desejo?

Afinal, o tempo fora gentil com ele. Ainda tinha as linhas finas da juventude. Ela era capaz, mesmo agora, de olhar para ele e sentir uma onda de desejo, da mesma forma que sentira quando o vira pela primeira vez, vinte e dois anos antes. Ela era a novata em treinamento no salão, e ele era o aprendiz recém-contratado a caminho de abrir um negócio próprio, e, de alguma forma, essa novidade mútua se transformou em um sinal auspicioso para Uzoamaka. A loja dele ficava no fim da rua onde ela trabalhava, mas bem perto de uma *mama put*[39] onde as meninas do salão almoçavam. Uzoamaka oferecia-se para entregar comida em nome da barraca e o cumprimentava ao passar pela loja de Anozie, levando consigo aquela breve e comum lembrança dele pelo restante do dia. No começo ele nem percebeu, quase não deu importância à paixonite dela. Ela tinha notado que, com apenas vinte anos, era jovem demais para ele (ele era oito anos mais velho), mas isso não a impediu de investir nele de cabeça erguida, às vezes surpreendendo a si mesma com seu desespero. Nada importava para ela, nem a aparente falta de dinheiro dele, nem o sotaque carregado da roça, nem mesmo o fato de ele ter uma namorada na época, uma mulher mais velha que Uzoamaka às vezes via pelas redondezas. Ela enviara cartas, mesmo que ele nunca tivesse respondido, e passou a aparecer aleatoriamente para conversar, até que ele a convidou para dançar no clube do centro

39. Barraca que vende comida nigeriana de rua ou a mulher que faz e vende essa comida. (N.T.)

da cidade em uma noite de abril, o que terminou com ela acordando na cama dele na manhã seguinte, um pouco dolorida entre as pernas, mas animada por uma ridícula sensação de realização.

Ela sabia que devia amá-lo pela fé em sua recuperação, por sua insistência na fantasia de envelhecerem juntos, sua recusa em imaginar uma situação diferente. Ainda assim, às vezes ela sentia uma pontada de impaciência diante do que lhe parecia uma fraqueza incomum, uma propensão à abnegação, uma tendência a sonhar acordado. E quando ele lhe dizia: "Se você continuar pensando que não vai sobreviver, então não vai", ela escondia um sorriso, porque desde quando ele tinha virado uma pessoa que se envolvia com pensamentos motivacionais banais como esse? "E talvez seja isso que você deseja, não é?", insistia ele, determinado a conseguir uma reação dela no momento, que ela não daria, nem saberia como dar. "Acha que morrer vai te fazer melhorar de algum jeito, *abi*? Então, vamos lá, morra!"

Mais tarde ele se desculpava e dizia que estava apavorado, e ela suspirava sem falar nada porque não havia como fazê-lo entender que às vezes era reconfortante pensar na morte dela como uma escolha que ela estava fazendo, e não como um destino inevitável do qual não conseguiria se desviar.

17.

As flores estavam em plena floração; as árvores, recuperando-se da queda da estação anterior, faziam brotar folhas tenras e verdes. Era a nova temporada, e a expectativa, renovada depois do feriado. No campus, para muitos dos garotos do terceiro ano do ensino médio, havia uma sensação palpável de euforia ofegante, uma embriaguez pelo status de quase formados. Para Obiefuna, foi diferente. Ele passou pelos períodos seguintes com uma sensação persistente e nebulosa de desconforto. Havia "chegado" de certa forma, pois estava agora na turma mais antiga do seminário, seu último ano, mas não sentia nada da euforia que esperava sentir, nenhuma ansiedade pelo que estava por vir. Observava com uma sensação de distanciamento os meses que se seguiram, enquanto os colegas faziam a contagem regressiva para os últimos dias, enquanto definiam suas estratégias para os exames finais do ensino médio, comparavam notas sobre as garotas de sua escola irmã que viriam se juntar a eles para os exames. A maioria dos garotos havia contrabandeado celulares para dentro da escola e agora passava o tempo depois da meia-noite em longas ligações com as garotas. Apelidos foram rabiscados nas paredes, novos uniformes foram comprados e guardados em caixas, para serem desenterrados no primeiro dia dos exames.

Obiefuna ainda não estava acostumado a ser chamado de "veterano" e a não ter que se submeter a outra pessoa, a ser o primeiro a se levantar e sair da capela no final do culto, a ser considerado "responsável".

Todos exceto ele haviam mudado de classe, e agora eram mencionados no passado. Em março, entregaram seus cargos de monitores para a turma seguinte. Obiefuna havia declinado da honra de ser convidado a recomendar um sucessor, mas aprovara a seleção final de um garoto quieto e decente que ele conhecia apenas de vista. O menino apertou suas mãos e lhe agradeceu, com um sorriso tão cheio de promessas que Obiefuna precisou pedir licença e ir ao banheiro, onde se encostou na parede e começou a chorar.

De alguma forma, as histórias chegaram até ele. O Veterano Papilo ainda não havia sido admitido na universidade, e o Veterano Kachi teve um desempenho tão bom nos exames do ensino médio que recebeu uma bolsa de estudos de uma universidade no Chipre. Ninguém sabia nada sobre Pardal.

— Provavelmente está preso, passando de mão em mão — brincou Jekwu, na única vez em que Obiefuna ousou perguntar.

O problema com a formatura era a perspectiva incômoda de confrontar o futuro, de ter que responder à pergunta: o que vem depois? Obiefuna não sabia. Estava programado para fazer os exames externos em maio e não tinha a mínima ideia do que queria estudar na universidade. Não sabia o que havia lá fora. O seminário tinha sido fácil: sua ameaça havia se tornado familiar, o truque de sobrevivência, aprendido com o tempo. E era fácil passar despercebido ali, vestido com um uniforme como cem outros garotos. Obiefuna lembrou-se de uma coisa que seu pai diria para ressaltar a importância da discrição. "Todos os lagartos se deitam de bruços, por isso não conseguimos saber qual deles está com dor de barriga." Em poucos meses, Obiefuna se formaria e seria lançado ao mundo; seria como um lagarto, forçado a deitar de costas, convidando o mundo a dar uma espiada em sua barriga dolorida.

Em algumas noites, a voz da esposa do capelão chegava até ele; suas palavras, "Não há nada fora do alcance de Deus se você pedir para Ele e acreditar em seu coração que Ele fará", traziam um conforto breve e flutuante. Certa vez, enquanto voltavam para casa depois das aulas noturnas, Obiefuna se desviou do caminho, dando uma desculpa vaga a Jekwu, e foi em direção à casa do capelão. O carro estacionado na garagem indicava que ele estava em casa. Obiefuna estendeu a mão para bater, mas a porta cedeu sob os nós de seus dedos, abrindo-se para o corredor. Obiefuna olhou ao redor antes de entrar, saboreando por um momento o frescor da casa e aquele leve aroma cítrico. A sala de estar estava um pouco bagunçada, como se alguém a tivesse abandonado no meio de uma arrumação. Ou como se alguém a houvesse saqueado. Talvez a casa tivesse sido roubada. De repente, em rápida sequência, Obiefuna notou as almofadas espalhadas pelo chão, a ausência humana no quarto, o mal-estar em suas entranhas. Ele se virou para a porta, com o coração palpitando nos ouvidos, e, por um momento louco, imaginou a esposa do capelão, ou pior, o próprio capelão, pegando-o no flagra. Ele conseguiu imaginar a cadeia de eventos resultante: o choque do capelão ao encontrá-lo ali aos poucos se transformando em alerta quando visse o estado da sala de estar e conclusões precipitadas. Ele estava na metade do corredor quando ouviu o som. Obiefuna ficou paralisado e tentou ouvir de novo. Ficou esperando por um bom tempo até que suas pernas adormecessem e questionou-se se imaginara aquilo, e então o som se repetiu. Era como o grunhido de alguém com dor. Obiefuna agachou-se e sentiu uma pressão forte na bexiga. Devia ter ido embora com Jekwu. Talvez o capelão tivesse sido baleado pelos ladrões em seu quarto. Ainda estavam ali? Sairiam e atirariam nele também? Ele observou com ansiedade a porta entreaberta do corredor, consciente do instinto de passar por ela e não parar de correr até estar bem longe dali, e, de qualquer modo, sabendo que nunca conseguiria obrigar seu corpo a fazê-lo. Tentou ouvir passos, alimentando uma esperança passageira e tola de que o corredor estivesse escuro o suficiente para escondê-lo. Como não havia ninguém por perto, ele se arrastou em direção ao quarto, odiando a claridade da sala de estar. Já conseguia ver o capelão na sua fantasia, esparramado no chão, dando o último suspiro em cima de uma poça do próprio sangue. Conseguia imaginar-se em frente à capela, sendo exaltado como o aluno decidido e engenhoso que salvara a vida do capelão. Estava a um joelho de distância da porta do quarto quando ouviu o grunhido de novo, seguido por uma respiração rouca. Ele parou e se virou para a porta de onde o som tinha vindo. Era o banheiro. Com o coração palpitando forte nos ouvidos, ele se levantou e olhou pela porta entreaberta.

O capelão estava parado no meio do banheiro, com uma das mãos segurando a banheira, a outra ensaboada e se movendo furiosamente para cima e para baixo em seu pênis ereto. Havia alguma coisa na maneira como seu rosto se contorcia, como se estivesse com uma dor intensa. Soltou um último grunhido e se apoiou na parede para recuperar o fôlego. Com os olhos fechados, a respiração mais pausada e o pênis aos poucos se esvaziando na palma da mão, parecia estar em uma paz imperturbável. Obiefuna quis recuar e correr, mas percebeu quase imediatamente que não conseguiria se mover, mesmo que sua vida dependesse disso. E não o fez nem mesmo quando o capelão ligou a banheira para lavar as mãos e o rosto, nem mesmo quando o capelão se enxugou com uma toalha, nem mesmo quando o capelão abriu a porta momentos depois e o encontrou parado ali.

Ele imaginou se o capelão o mataria. Parecia fácil para o homem pular nele e estrangulá-lo com aquelas mãos enormes ou bater em sua cabeça com alguma coisa pesada até que ele ficasse inconsciente, enterrando seu corpo em algum lugar no jardim. Um caso simples de estudante desaparecido. Não passaria pela cabeça de ninguém que o capelão em pessoa tivesse cometido o crime. Em retrospecto, ele se questionou por que não lhe ocorrera ficar com medo, como tinha sido fácil para ele sentar-se ali na almofada macia, seguindo as ordens do capelão, e observá-lo se vestir, andar pela sala de estar até fechar a porta principal e, por fim, se acomodar ao lado de Obiefuna.

— Você não viu nada — começou o capelão.

De perto, Obiefuna podia ver que seus olhos eram bem pequenos, vermelhos e misteriosos, olhos capazes de assassinar. Em seguida, ele assentiu. A sensibilidade havia voltado às suas pernas, mas ele aceitou, com calma resignação, que não poderia ir embora. O capelão olhou para ele por um bom tempo e, na sequência, fechou os olhos e expirou, aquele único ato parecendo drenar completamente sua energia. Quando voltou a abrir os olhos, ainda estavam vermelhos, mas cansados; o olhar assassino neles havia desaparecido.

— Qual é o seu nome, meu filho?

— Obiefuna.

— Obiefuna — repetiu o capelão, fazendo o nome dançar na língua. — Às vezes o diabo nos ataca em nosso estado mais fraco e nos força a cometer pecados, mesmo quando não queremos.

Obiefuna assentiu de novo. A única coisa em que conseguia pensar era que precisava urinar.

— Veja bem — continuou o capelão, com a mão estendida como se fosse tocar Obiefuna, depois fez uma pausa.

Por segundos, sua mão ficou erguida no ar, e então ele a levou ao próprio rosto e começou a chorar. Obiefuna recuou ao ouvir o som: um ruído áspero e engasgado que parecia vir do fundo do estômago e ficar preso na garganta.

— Sinto muito, meu filho. Sinto muito — continuou o capelão entre soluços. Parecia tão pequeno naquele momento, o homem enorme e assustador com quem Obiefuna estava familiarizado era quase uma lembrança tênue. Ele imaginou se o capelão ficaria alarmado caso ele se levantasse e fosse até o banheiro para urinar. O capelão ergueu o rosto depois de um tempo; um muco viscoso escorria de seu nariz, e ele não fez nenhum esforço para limpá-lo.

— Não consigo me conter. Quero parar. Mas não consigo.

Mesmo na penumbra, Obiefuna conseguia distinguir a expressão de súplica desesperada nos olhos do capelão. Obiefuna conhecia o desespero. Estava familiarizado com a sensação de empalidecer embaixo de um peso maior que o seu. Obiefuna inclinou-se para a frente e tocou o braço do capelão.

— Me conte — disse ele.

Ele sentiu o capelão ficar rígido sob a palma de sua mão. Por fim, ele limpou o muco que escorria pelo seu nariz, espalhando-o por todo o queixo, e Obiefuna desejou que ele tivesse simplesmente deixado ele ali mesmo. Com olhos marejados, o capelão o encarou. Obiefuna imaginou que o capelão estava tentando recuperar a compostura e quase esperava que o homem se recuperasse a ponto de pedir que ele saísse. Ou, por fim, cedesse ao instinto de matá-lo. Mas o capelão lhe contou. O que começara como um exercício em grupo com alguns amigos quando era jovem e ignorante se tornara um hábito viciante. Certa vez, ele havia se tocado até o clímax atrás de um altar enquanto pregava o sermão da noite. Quanto mais tentava se conter, maior era a força que o impulsionava. E ele havia tentado. Jejuara por semanas e só usava dispositivos que não estavam conectados à internet. Chegou a queimar as mãos.

— A dor me deixou incapacitado por uma semana inteira — explicou a Obiefuna. — Fiz o mesmo na semana seguinte, antes que os ferimentos estivessem totalmente curados.

Então, o pensamento surgiu em Obiefuna, pequeno, mas importuno, incomodando sua mente. Qual tinha sido o título do sermão do capelão naquele domingo? Ele vasculhou o cérebro pela palavra que o capelão havia usado, surpreso ao ver como ela lhe escapava por completo. Era uma palavra única e simples, sem nenhuma importância, mas que o assombrava havia meses. Então percebeu, com um sobressalto repentino, que o capelão estava falando basicamente sozinho naquele dia. Conseguia se lembrar de que o capelão estava muito choroso no altar, como se estivesse ofendido pessoalmente. A reviravolta dos acontecimentos era absurda demais; ele teve vontade de rir.

— Acho que Deus o trouxe até aqui, meu filho — disse o capelão. — Ele precisava de outra pessoa para me lembrar da minha vergonha.

Obiefuna manteve a cabeça baixa. Tinha ido até lá para se confessar com o capelão, chegara carregado de remorso, esperando receber a absolvição. Havia sido posto em uma posição para a qual não estava preparado e era indigno. Deus tinha que ter um senso de humor estranho.

— Meu filho — o capelão tocou a mão que Obiefuna colocou em seu braço —, você não pode contar a ninguém o que viu.

Obiefuna olhou para ele de novo. Estava escuro demais para ver seu rosto, mas havia algo desolado naquela voz que despedaçou o coração de Obiefuna. Queria dizer ao homem que preferiria se jogar do último andar do complexo de salas de aula a dizer uma palavra a alguém. Mas falou:

— Não vou contar.

— Obrigado, meu filho, obrigado — disse o capelão várias vezes. Ele se inclinou na direção de Obiefuna como se fosse abraçá-lo, mas enterrou o rosto nos ombros dele, tremendo enquanto chorava. A cabeça do capelão era pesada, e logo os ombros de Obiefuna doeram embaixo daquela pressão. Sua bexiga, insuportavelmente cheia agora, começava a latejar, mas com o peso da cabeça do capelão em seu ombro ele não conseguia se mover. Olhou fixamente para o vaso em miniatura na mesa central, desprovido de flores, enquanto seu colarinho ficava úmido com as lágrimas e o muco do capelão. Precisava se levantar e ir ao banheiro para urinar. Precisava sair pela porta e nunca mais voltar. Mas Obiefuna não se moveu. Permaneceu onde estava.

18.

O telefone tocou no meio do jantar. A política de Uzoamaka era ignorá-lo, porque ela sabia que era Obiageli, que ligava de vez em quando para "dar uma checada e ver como você está". Na última vez que conversaram, Obiageli falou sobre planejar uma viagem à montanha com seu pastor para uma sessão de jejum e oração de uma semana por Uzoamaka. Ela perguntou se a irmã queria se juntar a eles, e Uzoamaka respondeu que preferia não gastar sua energia vital limitada em uma cansativa sessão de oração. A pretensão era ser engraçada, mas Obiageli não riu.

Após o terceiro toque, Uzoamaka se levantou e foi até a sala atender a ligação. Sabia que Obiageli tinha boas intenções. Às vezes era mais fácil não ter que lidar com seu ar deprimente. Ela atendeu, preparando-se para a ladainha de preocupações expressas em tom discutível do outro lado da linha.

— Está sabendo que Achalugo morreu? — perguntou Obiageli depois do primeiro alô.

O telefone escorregou um pouco da mão de Uzoamaka, e ela o agarrou com mais força com as duas mãos para mantê-lo no lugar.

— Qual Achalugo? — perguntou, embora só tivesse conhecido um em toda a vida.

— Ué, aquele que você conhece!

Uzoamaka enterrou a cabeça nas mãos. Atrás dela, sua família continuava o jantar, e o som de colheres batendo em pratos invadiu sua consciência. Ela imaginou um brilho repentino de esmalte vermelho brilhante, uma peruca velha mas bem conservada, uma voz sonora cantando. Ao telefone, a voz da irmã sumiu.

— Disseram que ele ficou doente por muito tempo — continuou ela. — Aids, provavelmente. Vai saber. — Ela fez um som de cuspe. Uzoamaka ouviu um estalar de dedos. — Ele nunca acabaria bem mesmo.

Uzoamaka respirava de maneira uniforme. Era típico de Obiageli ser emocionalmente limitada. Devagar, elas voltaram para a saúde de Uzoamaka, e, enquanto ela dava atualizações descontraídas sobre suas consultas médicas, distraiu-se com o som de uma canção, um som claro de risadas agudas ecoando. Depois que desligou, permaneceu sentada, olhando para o chão, calada.

— Está tudo bem? — perguntou Anozie da sala de jantar.

Uzoamaka fechou os olhos e expirou. Em seguida, fez que não com a cabeça.

Mais tarde, quando Anozie saiu do chuveiro para se juntar a ela na cama, ela lhe contou sobre Achalugo. Enquanto falava, ficou impressionada com sua incapacidade de resumir a vida dele. Eram muitas coisas ao mesmo tempo, de modo que tudo o que ela dizia, cada aspecto da vida dele que relatava, parecia apenas raspar a superfície. Não conseguia pensar nele sem pensar nos ajustes de seu *ogene*, na sensualidade de sua voz quando convidava todos a dançarem ao som de sua melodia. Ninguém sabia ao certo como ele havia chegado a esse estilo. Pelo que qualquer uma de suas colegas conseguia se lembrar, ele sempre estivera ali, exatamente do jeito que era. Ela achava que ele era órfão, tendo perdido os pais na Guerra de Biafra.[40] Conhecia um dos tios dele, um rico empresário que havia tentado muitas vezes, sem sucesso, interná-lo em um hospital psiquiátrico, e sabia que a futilidade dessa ação se devia, em grande parte, à intervenção da aldeia. Enfatizavam que ele não representava perigo para ninguém. Ele morava sozinho em sua cabaninha perto da praça da vila. Quando não estava se apresentando, era um homem muito pequeno, de porte indefinido, que não tinha nenhuma

40. Guerra Civil da Nigéria, que durou de 1967 a 1970. (N.T.)

semelhança com a figura gigantesca que fazia até o mais insensível dos críticos dar um passo inconsciente para a frente em admiração ao som. Provavelmente havia morrido sozinho naquela cabana, sem ninguém ao seu lado.

— Isso afetou você de verdade — comentou Anozie.

Ela lhe contou sobre as audições de dança, e as palavras dele sobre encontrar outra coisa em que fosse boa.

Ele assentiu, todo distraído, e levantou as cobertas para se juntar a ela na cama.

— Nem todo mundo pode ser bom nas mesmas coisas. A vida é variedade. É um princípio importante — falou Uzoamaka.

Anozie ficou deitado, imóvel, quieto por um bom tempo, e ela se perguntou se ele havia adormecido, mas em seguida ele questionou:

— Estamos falando de Obiefuna, não é?

Uzoamaka respondeu:

— Mandá-lo embora, Anozie. Afastá-lo no primeiro instinto, sem pensar duas vezes.

— Tudo o que eu fiz foi para o bem dele.

— Uma mentira repetida muitas vezes não se transforma em verdade.

— Ora, o que isso quer dizer, Uzoamaka?

— Não use suas boas intenções para justificar suas ações. Deve ter tido uma parte de você que queria puni-lo de um jeito estranho para ajudá-lo, talvez, mas a ideia era puni-lo antes de mais nada.

Ele a encarou. Mesmo no escuro, ela conseguia enxergar os olhos dele percorrendo rapidamente os contornos de seu rosto, procurando um significado em sua declaração, e aí ela percebeu que ele começava a compreender, viu a pele do seu rosto relaxar em um leve espanto.

— Você sabia.

Ela suspirou.

— Ele nasceu de mim, Anozie.

— Você sabia — repetiu ele, como se ela não tivesse falado nada, como se ele não conseguisse acreditar na própria descoberta. — Esse tempo todo você o defendia e me fazia parecer o inimigo, e você sabia?

Ela imaginou se ele iria chorar. Havia uma parte dela que queria abraçá-lo e dizer que estava tudo bem. *Você não é o pior dos pais. Ninguém te ensinou a amar um filho que fosse diferente.*

— Durante todo esse tempo eu pensei: "Se ela soubesse, iria entender" — continuou Anozie. — Eu te dei todo o benefício da dúvida. Achei que você, mais que ninguém, sabia o que era certo e errado. Então, me diga, você acha que ter um filho homossexual é o ideal? Acha que fiquei feliz por ter que mandá-lo embora?

Uzoamaka expirou. Pensou se Ekene poderia ouvi-los do quarto dos meninos. Por que ela havia demorado tanto para fazer isso? Que tipo de mãe ela era?

— Sinceramente, Anozie, não me importa como você se sente. No fim das contas, só tem uma pessoa sofrendo de verdade aqui, e não é você nem eu.

— Mas ele é meu filho — retrucou Anozie, seu tom de voz se igualando ao dela. — É minha obrigação ser firme com ele.

— Uma criança não queima a palma da mão com carvão em brasa que seu *chi*[41] ali coloca — disse Uzoamaka. — Você precisa saber quando começar a brincar de Deus, Anozie.

— Ah, então agora cai tudo em cima de mim e do que eu faço. Mas e você? Você nem vai vê-lo mais.

Uzoamaka recuou, pois teve a sensação de ter sido atingida no rosto.

Anozie falou:

— Não foi minha intenção. Só que não estou pensando muito bem agora. — Ele estendeu a mão para segurar a dela. — Por favor, não fique brava.

Mas ela nem sequer teve coragem de ficar brava. O que sentia naqueles dias era cansaço.

Mais tarde, quando estava quase dormindo, sentiu Anozie se aconchegar perto dela. Ele disse, com uma voz quase tão baixa quanto um sussurro:

— Eu não me importo com ele menos do que você, Uzoamaka.

Ela fechou os olhos e disse, sem se virar:

— Uma coisa é amar uma criança, mas outra coisa completamente diferente é essa criança se sentir amada. O menino é jovem. Ele vai receber muitos "mas" ao longo da vida. O lar é o último lugar onde uma criança deveria se sentir amada com condições.

---

41. O espírito de uma pessoa, a força vital, o anjo protetor, o próprio Deus na cosmologia igbo. (N.T.)

19.

Desde o primeiro dia do recomeço, mais de dois anos antes, Obiefuna tinha marcado como importante a segunda semana de março de 2010 em seu calendário mental. A competição esportiva entre as casas do seminário ocorria apenas uma vez a cada três anos, e, nos meses que a antecediam, os rapazes não conseguiam falar de outra coisa. Obiefuna imaginou que, entre os muitos motivos para tanto, estava o fato de ser uma oportunidade rara de contato com as meninas do campus-irmã, que eram convidadas tanto para participar quanto para observar os garotos. Coagido por Jekwu, que era o monitor de saída da Casa Azul, Obiefuna participou da categoria preliminar de corrida dos veteranos de cem metros e, para sua surpresa, foi selecionado para representar a casa. Passava longas noites praticando com seus companheiros de equipe sob o comando do sr. Offor, que era o diretor, e ainda mais horas praticando sozinho com um cronômetro. Foi informado que um de seus oponentes era da Casa Amarela, um garoto do segundo ano chamado Wole, que, no estilo clássico de Usain Bolt, costumava se divertir atrasando a saída enquanto treinava, mas, de um jeito ou de outro, acabava vencendo seus oponentes. Na semana anterior aos esportes entre casas, Obiefuna treinou sem parar até que seus joelhos e costas doeram e o sr. Offor ordenou que ele esperasse até sexta-feira, preocupado que pudesse se esforçar demais e ficar com febre. Na manhã do evento, assistiu às primeiras corridas da lateral do campo com Jekwu. Rejeitou a água que Jekwu lhe ofereceu, mantendo o olhar fixo em Wole o tempo todo. As meninas da escola-irmã chegaram antes da corrida e estavam reunidas ao redor de um toldo, assistindo aos jogos sob os olhares severos das matronas. Por fim, chegou a hora da corrida. Obiefuna caminhou em direção à pista, odiando o sorriso no rosto de Wole. Os outros três meninos das casas restantes passaram um atrás do outro. Obiefuna agachou-se, seguindo as instruções do treinador, e olhou para a pista que se estendia à sua frente. Quando o apito soou, ele estava perfeitamente ciente, e de certa forma aliviado, de que Wole não havia considerado sua hesitação habitual. Obiefuna sentiu as pernas se arrastarem embaixo dele, desconectadas da mente. Por um tempo, não percebeu nada, apenas vivenciou a sensação de estar correndo. Na frente dele não havia ninguém. Atrás dele, conseguia ouvir a respiração ofegante dos outros corredores tentando alcançá-lo. Ele ganharia o ouro. Faltavam apenas alguns metros. E então, de soslaio, ele viu Wole alcançá-lo e passar em alta velocidade. Obiefuna fez um esforço de última hora, mas Wole parecia possuído por um espírito. Obiefuna terminou em segundo por pouco. Pôde ver a alegria dos seus colegas de casa. Ao redor dele, ouviu gente gritando seu nome e achou que conseguiu distinguir a voz de Jekwu. Ignorou a glicose que lhe foi oferecida e foi em frente para receber sua medalha. Gostou do peso firme dela puxando seu pescoço. A leva seguinte de atletas já estava ocupando suas posições. Obiefuna apertou a mão do diretor e dos monitores da casa antes de ir até a torneira perto da casa para lavar os pés. Estava curvado, esfregando-se, quando sentiu que alguém estava por perto. Ele olhou para cima e viu Wole.

— Boa corrida — disse o garoto.

— Obrigado. Você também.

— No começo pensei que você ia ganhar, e eu não ia aceitar, então eu…

Obiefuna ficou de pé e fitou os olhos de Wole.

Wole percebeu o olhar.

— Hum, estou indo — disse, afastando-se.

Enquanto Obiefuna voltava para a lateral do campo para assistir ao restante das corridas, ouviu seu nome de novo, dessa vez em uma voz feminina. Ele se virou na direção do som e ficou um tanto alarmado ao ver um grupo de garotas aglomeradas ao redor do laboratório.

De longe, conseguiu avistar a famosa Abelha ocupando o centro das atenções, como era de esperar. Quem poderia conhecê-lo? Ele ficou observando até que uma das garotas emergiu do grupo e começou a se mover em sua direção. Demorou um momento para ele reconhecer Rachel. Obiefuna sorriu. O quanto havia mudado em menos de dois anos, da garota magra e modesta que vira naquele dia com o Veterano Papilo para uma mulher jovem, mais roliça, carnuda. Não era a mais bonita das garotas, mas havia ficado interessante. O nome dela não era desconhecido no campus masculino.

— Rachel — disse ele, resistindo à vontade de abraçá-la, ciente de que olhos os observavam de todos os lados.

— Ah, Obi! Como você está alto! — Ela ria alto, gargalhando, olhando para ele com admiração. Até a timidez dela havia desaparecido. — Você não pergunta mais de mim.

— *Haba,*[42] Rachel.

— *Eziokwu*[43] — bufou ela. — Não parece nada mal. Com sua pequena *bia bia.* — Ela estendeu a mão para puxar a pouca barba embaixo do queixo dele. — Eu estava contando às minhas amigas que você foi maravilhoso na pista.

Ele riu, satisfeito.

— Obrigada.

— Como você está? — perguntou ela.

Ele deu de ombros, tentando parecer à vontade.

— Melhor agora, que você me chamou aqui.

Ela fez uma careta.

— Ah, mas não fui eu que quis te chamar — disse ela, inclinando a cabeça levemente na direção do grupo, com os olhos brilhando de malícia.

Obiefuna olhou para o grupo e quase sorriu pela rapidez com que desviaram o olhar. Tentou adivinhar pela linguagem corporal quem havia pedido para chamá-lo, mas, para ele, todas pareciam idênticas, ou talvez ele não fosse bom em ler essas coisas. Depois de olhar por tempo demais, Rachel deu um tapa de leve no braço dele.

---

42. Interjeição que pode denotar surpresa, choque, raiva etc. (N.T.)
43. "É verdade." (N.T.)

— Ora, Obi. Presta atenção. Ninguém encara uma moça tão abertamente.

— Qual delas? — perguntou ele, voltando o olhar para Rachel.

Ela estalou a língua de brincadeira, gostando de seu papel como potencial cupido.

— Aquela de verde.

— Tem três meninas de verde, Rachel.

Ela revirou os olhos.

— A bonita.

Obiefuna olhou para o grupo de novo, o riso subindo por sua garganta diante da insinuação, mas esse riso morreu quando ele viu o que ela queria dizer. Mesmo a curta distância, ele ficou impressionado com a redondeza do rosto da garota, com um sorriso fixo enquanto ouvia Abelha. Seu cabelo estava cortado rente à cabeça, e suas curvas finas eram delineadas por roupas esportivas. Como não a notou antes? Agora ele via que era ela, não Abelha, quem chamava a atenção do grupo. O minicírculo parecia ter se formado ao redor dela.

— Então... — Rachel arrastou a pronúncia da palavra. — Quer que eu fale com ela?

Obiefuna pigarreou. O sol queimava sua nuca.

— Claro.

Rachel deu uma piscadinha para ele e se afastou. Obiefuna sentiu uma onda de gratidão por ter usado uma dose generosa de desodorante naquela manhã antes da corrida. Mesmo encharcado de suor, ainda estava perfumado. Observou Rachel falando com o grupo, de costas para ele. Gesticulava de forma intermitente, sem se virar para ele nenhuma vez. Nenhuma das garotas olhou para ele enquanto ela falava, até que ele começou a questionar se ela estava mesmo falando dele. Não entendia a necessidade de uma longa explicação quando tudo deveria ter sido pré-arranjado.

Por fim, a garota olhou para ele, e de longe ele sentiu os joelhos prestes a ceder. Respirou fundo algumas vezes para quando ela fosse até ele, mas foi Rachel quem se virou e caminhou de volta até ele, dando uma corridinha.

— Ela concordou em falar com você.

Ele olhou para Rachel com total confusão, e aos poucos a ficha foi caindo para ele. Embora a garota o tivesse procurado, ela precisava sentir que ele estava atrás dela. Estava lhe dando a dica para dar o primeiro e grande passo.

— Certo, por favor, peça para ela vir até aqui — pediu ele.

Rachel olhou para ele, boquiaberta.

— Não! É você que tem que ir falar com ela.

— No meio de todo mundo? — O pensamento o encheu de terror.

Rachel perguntou:

— Você nunca fez isso antes? — Ela o observou com uma expressão sincera e provocadora. Mas ele percebeu uma curiosidade confusa e genuína na voz dela. Ele queria tomar um pouco d'água.

— Elas vão deixar vocês sozinhos se você pedir com educação — garantiu Rachel, voltando para o grupo.

Obiefuna suspirou. Ele passou a mão pelos braços para alisar os pelos. Esperou até que Rachel estivesse de volta ao grupo antes de avançar, com passos lentos e preocupado que a postura calculada e relaxada que ele assumiu enquanto caminhava parecesse relaxada demais. Quando se aproximou, ele imaginou se a risada repentina das garotas era direcionada a ele. Ficou a alguns metros de distância do grupo e tentou manter as costas retas.

— Oi — cumprimentou ele, mas as meninas continuaram conversando como se não percebessem sua presença. Ele buscou o olhar de Rachel, e ela lhe deu um aceno encorajador com a cabeça. Ele pigarreou e tentou novamente, mais alto: — Licença.

As meninas olharam para ele. A expressão delas era de leve perplexidade, como se o estivessem vendo pela primeira vez. Apenas a garota continuou desviando o olhar.

— Oi — repetiu ele de forma geral, e em seguida se dirigiu a ela especificamente: — Posso falar com você rapidinho, por favor?

Ela olhou para ele.

— Comigo?

— É.

Ela hesitou, querendo que ele soubesse que ela havia hesitado. Ela olhou ao redor do grupo como se buscasse a aprovação das outras. Obiefuna teve a sensação de uma areia preciosa escorrendo entre seus dedos.

— Tudo bem — disse ela por fim, afastando-se do grupo para se juntar a ele. Ele a acompanhou até a sombra de uma mangueira mais próxima do laboratório, ciente de que, com as mãos cruzadas atrás do corpo, a figura que ele representava era mais de um acompanhante do que de um possível par.

Os dedos dela, pequenos e com unhas bem cortadas, brincavam com a bainha da blusa. Ela exalava um perfume floral inebriante. Obiefuna pensou se ela recuaria se ele estendesse a mão e a entrelaçasse com a dela. O que ele podia dizer para ela? Que falas a deixariam deslumbrada sem parecerem exageradas? Ele quis que Jekwu estivesse ali com ele, pois ele saberia o que dizer.

— Aonde estamos indo? — perguntou ela de repente.

Ele parou de uma vez e olhou para ela, perplexo. Olhou para trás e viu que tinham passado pela mangueira e se distanciado.

— Hum. — Ele pigarreou de novo. — Não sei, dar um passeio, eu acho?

Ela riu baixinho.

— Um bem longo — disse. — Prometi às minhas amigas que só andaria até uma distância segura.

— Você está segura comigo — disse ele, ficando surpreso consigo mesmo.

Ela encarou o rosto dele, com os olhos misteriosamente sombrios, e em seguida sorriu, o que ele só pôde interpretar como um sorriso de compaixão. Ela já havia escutado aquilo antes. Teria sentido repulsa? Achou-o decepcionantemente superficial? Ele pensou em se desculpar, mas até mesmo essa ideia parecia ridícula.

— Você correu bem hoje — comentou ela.

Então, ela o observou. De repente, ele quis voltar à corrida e conquistar a medalha de ouro. Com ou sem Wole.

— Valeu.

— Posso ver? — perguntou ela, apontando para a medalha em volta do pescoço dele.

— Claro.

Ele tirou o cordão do pescoço e o segurou na mão por um segundo constrangedor, sem saber se entregava para ela ou se o colocava em volta do pescoço da garota. Como se percebesse seu dilema, ela abriu um sorriso doce e inclinou a cabeça na direção dele. Obiefuna quase riu, corado pelo calor, e colocou a medalha em volta do pescoço dela. Os dedos dele roçaram levemente o queixo da menina.

Ela segurou a medalha na mão, girou-a para um lado e para o outro, e a única coisa em que ele conseguia pensar era em seu suor repousando naquele pescoço liso e limpo.

— Parece de verdade — murmurou ela, estudando-o cuidadosamente enquanto ele a observava. Quando ergueu os olhos, percebeu que ele a estava encarando, e ele desviou o olhar, envergonhado. — Então, Senhor Sem Nome... — começou. Ela inclinou a cabeça para o lado, observando o rosto dele, querendo que ele soubesse que ela estava brincando.

Ele sorriu.

— Obiefuna.

Ela retribuiu o sorriso.

— E eu sou Sopulu.

O nome demorou um momento para fazer sentido. Obiefuna sentiu o sorriso desaparecer de seu rosto. Então, ela era *a* Sopulu. A mesma da qual Jekwu havia falado, a mesma da qual todo mundo parecia estar falando. Lá estava ela, bem na frente dele, girando a medalha dele no pescoço, convidativa. Ele imaginou se era uma pegadinha grosseira, um desafio, talvez. Imaginou-a caindo na gargalhada de repente diante das esperanças despertadas nele. Imaginou as outras garotas correndo até eles, divertindo-se, admiradas, impressionadas com o quanto ela fora longe para desempenhar seu papel.

E quando, naquele momento, foram interrompidos por um chiado e Obiefuna se virou para ver as garotas acenando para Sopulu, ele entrou em pânico, achando que seus medos tinham se tornado realidade. Mas Sopulu não riu. Parecia, no mínimo, decepcionada. Então, Obiefuna percebeu que o sinal tinha sido um aviso: as matronas estavam agora em patrulha ativa para capturar garotas perdidas. Sopulu virou-se para ele com um sorriso de desculpas.

— Que azar — disse. — Talvez na próxima vez.

Ela estendeu a mão em volta do pescoço para tirar a medalha, e ele estendeu a dele para recebê-la, e, ao fazer isso, suas mãos roçaram o cotovelo dela, e ela parou os movimentos e olhou para ele. Obiefuna deixou as mãos caírem ao lado do corpo no momento em que ela soltou a medalha, e ele a observou voltar para o peito dela como se nunca tivesse estado em outro lugar. Ele sentiu um ronco no estômago e pensou se devia tocá-la, mas ela já havia se afastado dele com um pequeno aceno, depois ele se contentou com um último meneio, observando-a caminhar de volta para suas amigas.

A rapidez com que a notícia se espalhou antes do amanhecer surpreendeu Obiefuna. No intervalo, uma horda de garotos se apinhou em sua mesa, querendo saber detalhes de seu encontro com Sopulu. Ele a conhecia do lugar de onde viera? Talvez fossem parentes? Compartilharam a mesma escola, pai ou mãe entre os veteranos em algum momento? Era como se simplesmente não aceitassem considerar a possibilidade de um cenário mais íntimo.

— Provavelmente alguma coisa de ex-monitor da escola — comentou Philip, meio interrogativo, num tom de desafio. Obiefuna ouviu a história de que desejava com ardor Sopulu desde os dias do ensino fundamental, recusando-se obstinadamente a reconhecer a rejeição dela ano após ano.

Obiefuna ignorou todos eles. A seriedade com que o sondavam o incomodava, mas, de certa forma, ele gostava das especulações, do ar de mistério que agora parecia ter adquirido com seu silêncio insistente e da compreensão tranquila de que agora fazia parte daquele mundo. Era um dos garotos, não apenas por causa de um envolvimento com uma garota do outro campus, mas porque era com a garota mais cobiçada. Foi por isso que, quando recebeu a carta de Sopulu dois dias depois, entregue por uma aluna do primeiro ano em um envelope com aroma adocicado, deixou que os meninos ao redor vissem o nome escrito nela com sua caligrafia inclinada com elegância.

— Será que não foi você que escreveu para você mesmo? — insinuou Philip, provocando risos gerais, embora Obiefuna pudesse perceber que nem mesmo Philip acreditava nisso.

Ele leu a carta sob o manto da noite, os grilos do lado de fora da janela e um ronco ocasional de um de seus colegas de quarto os únicos sons ouvidos. Ela havia usado uma caneta extravagante, e a tinta brilhou quando refletiu a luz da lanterna e exalou um doce aroma floral.

Obiefuna,

Que nome interessante. Estou pensando: Obim efugo,[44] *e você teria que devolvê-lo para mim. Eu me lembro de ter visto você em nosso campus quando veio carregar beliches, e precisei perguntar para as meninas quem você era. Não fiquei surpresa quando soube que você está conosco desde o primeiro ano. Eu teria lembrado do seu rosto no exame do fundamental. Gosto dos seus olhos. Gosto de você. Escreva para mim.*

Sopulu

Ele dobrou a carta e a colocou em sua caixa. Pensando melhor, ele a tirou da caixa e a levou para o seu armário, colocando-a embaixo do saco de açúcar, onde Sabido ou qualquer outro garoto não conseguiria pegá-la sem a chave dele. Ele se lembrou do dia do qual ela falou. Na semana anterior à transferência de cargo de monitor, ele foi até o campus feminino do outro lado da rua quando o sr. CY instruiu ele e Edet, o monitor de trabalho, para selecionarem e supervisionarem alguns alunos do fundamental que seriam encarregados de substituir os beliches quebrados da seção masculina por beliches não utilizados da seção feminina. Como ele não a vira naquele dia? Como ele era o único que não sabia da existência dela? E como ela, dentre todos os garotos da turma dele, o escolhera? Jekwu disse que o único com quem ela havia namorado no passado fora Makuo, um casinho durante o exame para o ensino médio que terminara durante as férias prolongadas. Como poderia se contentar com ele, um óbvio rebaixamento se comparado a Makuo? Ele também ficou imaginando o que as amigas dela pensavam dele. Embora tivessem conversado com ele naquele dia, Obiefuna sentia uma incerteza silenciosa que pendia para a desaprovação, exceto por Rachel. Como poderia esperar impressionar uma garota como Sopulu se basicamente não tinha nada

44. "Meu coração está perdido", que é o contrário do nome de Obiefuna, "Que meu coração não se perca". (N.T.)

a oferecer? Nem dinheiro, nem uma beleza estonteante, nem mesmo charme. Conseguia imaginar os benefícios de associar-se a ela: uma elevação de status entre os colegas de classe, um respeito renovado aos olhos dos Grandões. Talvez não o recebessem bem em sua turma, especialmente considerando o histórico de Sopulu com Makuo, mas seriam forçados, mesmo assim, ainda que involuntariamente, a reconhecer seu valor adquirido. E lá estava ela, o prêmio absoluto. Ele pensou nela nos dias seguintes, o doce sorriso cintilando diante de seus olhos enquanto ele caminhava para a aula, enquanto lavava roupa, enquanto tomava banho com esponja. A voz dela ecoava em sua cabeça, invadindo seus pensamentos aleatoriamente. E ele entrava nas salas ciente dos olhos que o observavam e o acompanhavam, ciente dos sussurros que o seguiam quando saía. Sopulu lhe trouxe reconhecimento entre seus pares. Parecia que com ela, ou com a ideia dela, os colegas dele finalmente o enxergaram, e ele ficou ao mesmo tempo grato e ressentido pelo poder de Sopulu. Certa vez, ele ergueu os olhos enquanto buscava um livro em uma estante na biblioteca e deparou com os olhos de Makuo. A fúria fria neles intrigou Obiefuna. A versão da história que ele tinha ouvido descrevia o término como algo consensual, com Makuo se gabando depois de ter tomado a iniciativa porque descobrira que ela não era tudo isso, sem dúvida apreciando a mensagem não dita: ele era o único capaz de magoar uma garota como Sopulu. Obiefuna imaginou nesse momento se havia mais alguma coisa naquela história. Makuo havia tomado um fora? O olhar levemente assustador que ele lançou para Obiefuna era ciúme porque ele ainda a queria? Ou era simplesmente decepção com a escolha do substituto e com a maneira como aquilo refletira no seu próprio valor?

Obiefuna relia a carta com frequência, saboreando a ternura de cada frase, uma sensação de formigamento percorria seu corpo até os dedos dos pés. Desejou que fosse mais longa. Desejou que durasse para sempre. O pedido dela para que ele respondesse o enchia de um vago terror. O que ele escreveria? O que poderia dizer para ela? Ele pensou em pedir ajuda a Jekwu, conseguia ver Jekwu chegando a uma resposta apropriada de primeira. Mas sabia também que a resposta de Jekwu seria um truquezinho superficial e meloso. Obiefuna queria alguma coisa diferente, incomum. Queria dar a ela algo em que pensar por dias a fio.

Uma semana inteira se passou, e a carta dela permaneceu no armário dele, sem resposta. Muitas vezes, na calada da noite, ele elaborava respostas para ela na mente, descartando-as imediatamente por serem longas demais ou curtas demais, ou não tão sinceras assim. Uma vez ele acordou antes do amanhecer pensando nela e pegou seu caderno, rabiscando sem parar para pensar. Foi na releitura que ele percebeu o que tinha feito, o que estava fazendo o tempo todo. As outras cartas no caderno, densas de melancolia e carregadas de saudade, com um quê de acusação, todas tinham sido escritas para Aboy. O absurdo daquilo o surpreendeu. Ele estava segurando nas mãos a carta de uma das garotas mais bonitas que já vira e tudo em que conseguia pensar agora era no rosto de Aboy bem perto do seu, sorrindo enquanto ele dormia. Obiefuna amassou a carta de Sopulu no punho e a enfiou na boca, mastigando até que virasse quase uma papa para evitar que alguém a pegasse do lixo. Ele aceitou o fato de que nunca mais responderia a ela.

Com o passar dos dias, meio que esperou uma segunda carta dela, entristecido com a perspectiva. E então riu de sua tolice presunçosa. Claro que ela nunca mais escreveria para ele. Seu orgulho ficara ferido pelo fato de que, provavelmente pela primeira vez na vida, ela havia sido ignorada. Por isso ela o manteria para sempre no coração em um espaço reservado para aqueles por quem nutria a mais íntima má vontade.

Mas quando a viu de novo, quase um mês depois, parada na porta do escritório do reitor na companhia de uma enfermeira-chefe e algumas outras garotas, a expressão dela não demonstrava o desdém que ele havia previsto. Era pior, um vazio irreconhecível, como se ela não o tivesse visto, como se, para ela, ele jamais tivesse existido.

Obiefuna ficou surpreso com a rapidez com que o tempo passou. Parecia-lhe que num momento estavam fazendo simulados de provas preparatórias, aglomerando-se ao redor do quadro de avisos para conferir os resultados, na esperança de terem se saído igualmente bem nos principais exames do ensino médio, e no momento seguinte era a última semana de abril, e eles estavam enviando suas listas de disciplinas para o reitor, contando nos dedos os dias até os exames finais em maio. Ele passou uma tarde entediante de quinta-feira no pequeno escritório da Unidade de Orientação e Aconselhamento, que estava abarrotado de livros e cheirava muito forte a cânfora. O conselheiro, um homem magro, com cabelo branco ralo e barba cheia, olhos pequenos espreitando por trás de óculos de aro grosso, parecia precisar de orientação. Ele repetia as mesmas perguntas básicas várias vezes e demorava muito para entender coisas simples. Então, Obiefuna não contou ao homem sobre a confusão que sentia sobre sua escolha real de estudar medicina, o que impressionaria sua mãe, ou engenharia, para agradar seu pai, ou sobre sua falta de uma instituição preferida. Disse ao homem que estudaria biologia na universidade estadual em Porto Harcourt, arrependendo-se no mesmo instante, pois aquilo fez o homem começar um longo discurso sobre como, com suas notas, ele poderia melhorar.

O primeiro dia do exame do ensino médio o encheu de ansiedade. Havia passado a noite inteira lendo e mesmo assim se sentiu ainda mais despreparado pela manhã. Na aula prática de física, ficou olhando para a fileira de meninas até que o fiscal perguntou se ele precisava de uma saia para se juntar a elas. Mais tarde, ficou pairando ao redor do bebedouro, inclinando-se para bater levemente nele quando sentiu uma pancada forte no traseiro. Ele se virou e encontrou Rachel. Ele a tinha visto mais cedo naquela manhã e quase esperava que fizesse algo assim em breve.

— Ei — disse ele.

— Você sabe que ela é aluna de artes, certo?

— O quê? — perguntou ele.

— Ai, por favor! — Ela revirou os olhos. — Não ache que não percebemos que você estava olhando de um lado para o outro, procurando. Em algum momento fiquei preocupada, pois você podia misturar as coisas erradas e botar fogo neste lugar.

Obiefuna riu. Mesmo em seu estado tenso, Rachel conseguia fazê-lo se sentir leve.

— Ela não está aqui, Obi — disse ela depois de um tempo. — Você vai vê-la quando escrevermos nosso primeiro trabalho geral na segunda-feira, matemática?

— Ah — suspirou Obiefuna. Faltava quase uma semana. No total, teriam que fazer apenas quatro trabalhos obrigatórios juntos. Ele não sabia se sentia alívio ou decepção.

Rachel estava observando seu rosto.

— Eu esperava mais, Obi — disse.

— Rachel, sinto muito mesmo. Não planejei nada disso.

— Como assim?

— Quer dizer, simplesmente foi demais — respondeu ele, suspirando. Ele sabia que não estava fazendo nenhum sentido. Como conseguiria fazer com que ela, ou qualquer pessoa, entendesse? Rachel estava olhando para ele, com a cabeça um tanto inclinada para um lado, pronta para receber sua explicação, mas ele não falou mais nada, apenas manteve os olhos no chão, até que as amigas a chamaram, quando ela deu um último suspiro de decepção e foi se juntar a elas.

Na segunda-feira seguinte, Obiefuna observou de seu assento a chegada das meninas e avistou Sopulu com facilidade no meio da multidão. Os números dos assentos estavam rabiscados com giz nas mesas, e ela caminhou até a frente, onde se acomodou sem problemas, e ele foi tomado por uma estranha saudade do que poderia ter sido. Desejou que ela não o tivesse procurado. E, então, ele desejou, de maneira mais racional, que tivesse sido criado para ser capaz de reconhecer e agir de acordo com o afeto de uma garota bonita e sonhadora, não apenas se sentir lisonjeado. Ele gostava dela, só queria que ela entendesse que não era do jeito que ela queria.

O último dia chegou cedo demais. Obiefuna passou a noite revisando seu livro de educação cívica em um salão silencioso lotado de colegas de classe e ficou meio sonolento pouco antes do exame. Achou as perguntas fáceis, perguntas de senso comum sobre corrupção e cidadania, e preencheu as respostas com rapidez, passando a folha de teste rabiscada com suas respostas para o colega de assento atrás dele, que o estava importunando o tempo todo, por um tempo se divertindo com a ironia. Finalmente, o sinal tocou para a entrega e um grito repentino soou, machucando seus ouvidos. Por todo lado, os meninos batucavam nas carteiras e dançavam, as meninas riam e se abraçavam. Obiefuna sentiu-se tonto. O fim havia chegado. Os três anos que passara ali lhe renderam lembranças suficientes para durar a vida inteira. Ele sentiu uma calma repentina envolvê-lo, ofuscando seu instinto mais enlouquecido de gritar, rasgar a camisa, subir nas carteiras e pisar forte até que rachassem embaixo de suas sandálias. Sentiu uma batidinha vinda detrás e, quando se virou, Jekwu o envolveu em um abraço tão forte que suas vias aéreas ficaram bloqueadas por um tempo. Jekwu cheirava levemente a desodorante e suor, e Obiefuna sentiu uma nostalgia crescente que fez seus olhos lacrimejarem. Jekwu aliviou o abraço e segurou o queixo de Obiefuna com as duas mãos, rindo na cara dele.

— Nós conseguimos, Obi!

— Conseguimos — repetiu Obiefuna em uma voz mais baixa. O que havia de errado com ele? Era o momento pelo qual ele havia vivido, um momento com que ele havia sonhado desde o primeiro dia. Estava feliz por ter terminado, por estar passando para uma nova e auspiciosa fase da vida, e, ainda assim, só conseguia dizer as palavras num sussurro. Sentiria falta de Jekwu. Sentiria falta de Sabido. Sentiria falta daquele lugar, com suas regras rígidas, dormitórios lotados e banheiros pútridos. Jekwu inclinou-se como se fosse abraçá-lo de novo, mas ele o segurou pelos ombros e sussurrou em seu ouvido:

— Ela está vindo, Obi.

Obiefuna ficou tenso. Respirou fundo antes de se virar. Sopulu caminhava em sua direção com sua graça habitual, com a medalha dele na mão. Ele viu as amigas dela agrupadas em um canto, observando. Jekwu deu-lhe um tapinha encorajador nas costas e se afastou. Sopulu parou na frente dele.

— Olá — disse ele.

— Só vim devolver isto. — Ela estendeu a medalha para ele com uma expressão impassível.

Ele estendeu a mão para pegá-la e, em seguida, segurou a mão dela. Ela olhou para ele, olhos firmes, mas ele conseguiu sentir os braços dela se afrouxando e sabia que ela não se afastaria.

— Nem consigo dizer o quanto eu sinto, Sopulu.

— Você nem teve a decência de me rejeitar pessoalmente.

— Eu nunca rejeitaria você.

— Claro. — Ele percebeu que ela estava irritada, mas determinada a manter a compostura, como sempre. Ela não permitiria que ele a visse correr atrás. — Será que a sua carta se perdeu no caminho? Ou talvez você não tenha recebido a minha?

— Recebi. Significou tudo para mim e eu tentei responder. Eu só... — Ele hesitou, respirando com calma. — Eu não consegui.

Enquanto antes sentia um afrouxamento, o que ele sentiu nesse momento foi um aperto. Ela o encarava com olhos que não eram mais firmes.

— Por quê?

Pela seriedade na voz dela, pela firmeza com que segurava a palma da mão dele e pelos olhos confiantes e simpáticos que percorriam todo o rosto de Obiefuna, parecia certo contar a verdade para ela, desabafar, independentemente das consequências.

— Na verdade, eu não... — começou ele, e então sua coragem desapareceu, e ele baixou os olhos. — Tem... outra pessoa.

— Ai — disse ela apenas. Obiefuna manteve os olhos no chão. Era um absurdo. Quantas vezes uma garota como Sopulu demonstraria interesse em alguém como ele? Ela não era o tipo de pessoa que precisava competir. Ele foi tomado por uma vontade estúpida e delirante de rir. — Lá de onde você veio? — perguntou ela.

Ele olhou para ela e concordou com a cabeça.

Ela sorriu para ele, e ele pensou de novo em como era irreal ter que passar pela vida com a aparência dela, com a pele lisa e cor de caramelo no rosto e o cabelo cacheado emoldurando a testa.

— É muito bonitinho isso, de verdade — disse ela. — Ainda bem que terminamos os exames, certo? Você vai encontrar com ela de novo.

Por um momento ele ficou confuso, sem ter certeza de a quem ela estava se referindo, então lhe ocorreu que Sopulu havia presumido que quem quer que o tivesse deixado com saudade era uma garota.

— Não, ela... foi embora. — Ele terminou com um suspiro. Parecia tão adequado. Foi embora.

Ela afastou a mão da dele e a levou até o queixo do garoto. Ele imaginou por um instante se ela iria se aproximar e beijá-lo. Por um segundo, desejou que ela fizesse isso. Estava ciente de que as amigas dela estavam olhando para eles, ciente de que todos estavam olhando para eles.

— Sinto muito, Obi. Eu não sabia.

Ele quis lhe dizer que estava tudo bem, mas sentiu as lágrimas se prendendo em sua garganta, fazendo seus olhos tremerem, por isso ele simplesmente assentiu e pousou a mão sobre a dela em seu queixo.

Ela acariciou o rosto dele, sorrindo, e foi quando ela enxugou os olhos dele que Obiefuna percebeu que uma lágrima havia deslizado.

— Vamos lá, seja homem — provocou ela com uma risadinha, e ele não conseguiu evitar abrir um sorriso. Por fim, ela se afastou dele e acenou para se despedir. Ele a observou caminhando na direção de suas amigas. Ele conseguiu perceber uma carranca no rosto de Abelha. Quando saíram pela porta, Rachel se virou para ele e deu uma piscadinha.

20.

Assim que Obiefuna abriu os olhos, duas coisas ficaram evidentes para ele. O colchão embaixo dele era tão mole que causava desconforto, com um cheiro impessoal, embora familiar. Ao erguer o corpo para se sentar, foi atingido por uma enxaqueca lancinante que deixou sua visão turva por um tempo. Ele levou as mãos à cabeça, a língua parecia pegajosa. Ao redor, o zumbido alto de vozes misturadas penetrava seu crânio, agravando ainda mais a dor de cabeça. Obiefuna caiu de costas na cama.

— *Olodo*,[45] finalmente acordou — disse uma voz.

Obiefuna abriu os olhos e viu o rosto de Jekwu sorrindo para ele. Sua boca cheirava a cigarro. Obiefuna inclinou-se de lado para vomitar.

— Ei, nada disso. Já fez uma bagunça daquelas ontem à noite — repreendeu Jekwu.

Obiefuna encarou-o.

— Ontem à noite?

Jekwu riu.

— Meu Deus, não lembra! Estava bebendo como um carro velho. Meus colegas de quarto ficaram muito impressionados.

Obiefuna recostou-se mais uma vez na cama. Sentiu a textura de uma lixa na língua.

— Que horas são?

— Meio-dia e quarenta e seis.

---

45. Pessoa burra, ignorante, não inteligente, que tira notas baixas. (N.T.)

— Ai, meu Deus...

— O que me lembra — disse Jekwu — que Ronald vai chegar daqui a pouco para pegar o colchão. Então, levanta daí.

Obiefuna franziu a testa. Ronald era o Filho da Escola de Jekwu, um menino pequeno e sorridente que sempre se oferecia para lavar a roupa de Obiefuna.

— Só vamos embora amanhã, Jekwu. Vai dormir no quê hoje à noite?

— Na verdade, vou embora hoje à noite — respondeu Jekwu.

— O quê? Por que a pressa?

Jekwu ficou em silêncio.

— Jekwu?

— Só preciso estar em casa hoje. Meu pai insistiu.

Obiefuna sentou-se para fitar os olhos de Jekwu.

— Jesus, você mente como um descarado.

Jekwu levantou-se da cama com uma risadinha desconfortável.

— O que está acontecendo? — perguntou Obiefuna.

— O quê? Nada!

Obiefuna estendeu a mão para agarrar o pulso de Jekwu.

— Não confia mais em mim?

Jekwu deu uma olhada para ele e voltou a se sentar.

— Nós planejamos uma coisa para nossa noite de variedades — disse ele depois de um momento.

— O quê?

Ele suspirou.

— Festus.

Obiefuna olhou para ele, as sobrancelhas erguidas.

— Foi tudo fácil demais para ele, cara — comentou Jekwu, dando de ombros.

— Como assim? — questionou Obiefuna.

Jekwu olhou ao redor da sala para descartar a possibilidade de bisbilhoteiros antes de se inclinar para mais perto.

— Queremos dar uma lição nele. Talvez quebrar alguns ossos, entendeu? Mantê-lo sob controle.

Obiefuna soltou o pulso de Jekwu e se recostou na cama. As noites de variedades eram o mais próximo que o seminário chegava da ilegalidade; com a partida marcada para o dia seguinte, os códigos civis eram extraoficialmente relaxados, e, nas poucas horas que antecediam as férias, acertavam contas antigas e pregavam brincadeiras grosseiras: Obiefuna testemunhara os olhos e a boca de um garoto sendo tapados com cola enquanto ele dormia, outro teve todas as roupas encharcadas em água, mas, embora às vezes houvesse um exagero, havia um senso geral e fundamental de humor não cáustico, mesmo que extremo, nada com a intenção de deixar uma cicatriz permanente.

— Você vem comigo nessa, Obi? — disse Jekwu com uma pergunta que não era uma pergunta.

Obiefuna encarou as próprias mãos. Lembrou-se do rosto de Festus naquela noite escura, iluminado pelo luar, no que agora parecia ter ficado uma vida inteira para trás. Ele se ajoelhara, humilhando-se, para dar prazer a alguém que não o tocaria com um pedaço de madeira em público. Ainda assim, ironicamente, para ele havia sido uma espécie de vitória.

Jekwu olhava para Obiefuna, franzindo a testa, novas perguntas formando-se na mente.

— Obi?

Obiefuna concordou com a cabeça.

Obiefuna ficou parado, com as costas retas. Era uma noite movimentada, ouvia-se o rugido das vozes a distância. Ainda assim, confinado naquele pequeno espaço entre duas goiabeiras, escondido da vista por altas folhas de grama, Obiefuna se sentia isolado do mundo. Imaginou se os outros garotos estavam sentindo a mesma coisa. Embora não pudesse vê-los, estava ciente de sua presença, espreitando no escuro, aguardando sua presa. Obiefuna não conseguia mais lembrar qual era o plano. Ele se arrependeu de não estar usando relógio. Muito tempo havia se passado, e suas pernas estavam quase dormentes quando ele ouviu o suave barulho da grama molhada enquanto passos se aproximavam. Ele ouviu o rouco "Tem certeza?" de Festus. Estava escuro demais para enxergar de onde Obiefuna estava, e ele ficou parado, prendendo a respiração, mesmo que provavelmente não estivesse alta o suficiente para ser ouvida.

Então, a voz de Jekwu:

— Tire a roupa.

Uma risadinha, e Festus disse:

— Tire você.

Mais risadinhas. O som de um tilintar metálico quando o cinto foi retirado. Obiefuna fechou os olhos. Sentiu um fluxo de urina na bexiga e uma vontade insuportável de se aliviar ali mesmo. Sua cabeça parecia enorme, inchada a ponto de explodir. Ele mordeu o lábio com força até sentir gosto de sangue. E, então, sem pensar, ele saiu do seu esconderijo. Os garotos haviam tirado a camisa, e apenas suas regatas brancas ficaram imediatamente visíveis. Eles pularam de susto quando ele apareceu, e cada um correu para uma goiabeira. Foi fácil diferenciá-los pelas feições, mesmo no escuro: Jekwu demonstrou surpresa e irritação, Festus, pura perplexidade e terror. Os poucos momentos seguintes ocorreram em uma rápida sequência. Os outros garotos saíram correndo dos esconderijos; embora incomodados, ainda estavam firmes, determinados a atingir seu propósito. Obiefuna contou seis. Ficou a vários metros de distância e observou enquanto derrubavam Festus com um golpe certeiro. Ele observou quando o primeiro golpe atingiu o rosto de Festus, seguido de uma rápida sucessão de socos e chutes. Observou Festus resistir, os braços frágeis se debatendo acima da cabeça, seus gritos ecoando com clareza. Eles o espancaram até ele não mais resistir, até seus gritos terem sido reduzidos a um gemido. Jekwu não participou. Assim como Obiefuna, ele também observava, com braços cruzados sobre o peito e um sorriso no rosto. E, quando a surra parou, foi ele quem liderou o caminho de volta. Obiefuna seguiu-os, mas, no meio do caminho, se virou para olhar Festus caído no chão. À luz fraca das estrelas, parecia estranho, encolhido como uma tartaruga. O som dos grilos e dos sapos perfurava o silêncio da noite. Obiefuna voltou até onde Festus estava e se agachou sobre ele. Seus olhos estavam fechados, mas ele os abriu depois de um momento, e eles pousaram na forma sobre si, apáticos. Além de sua respiração suave, Festus não emitia nenhum som. Permitiu que Obiefuna limpasse a sujeira de seu rosto, tirasse a areia que grudava em seu cabelo e o vestisse com sua camisa. Não ofereceu resistência quando Obiefuna encaixou um braço embaixo do dele para ajudá-lo a se levantar. E, quando por fim se levantou, Festus recuou para respirar fundo e cuspiu no rosto de Obiefuna. Atingiu em cheio o queixo. A força e o inesperado da ação fizeram

Obiefuna cambalear para trás, perder o equilíbrio e cair no chão. Ele tocou a gosma em seu queixo esquerdo, quente contra sua pele, de um jeito repulsivo, atordoado demais para falar.

— Pode mentir para si mesmo que é um deles — disse Festus. Ele se abaixou, seu rosto tão próximo de Obiefuna que este conseguia sentir seu hálito. — Você os chama de amigos, mas facilmente podia ter sido você aqui hoje, Obiefuna Ani.

Obiefuna continuou a olhar para ele. De onde estava sentado, sob o olhar de Festus, sentia-se menor, mais fraco, como se fosse ele, e não Festus, quem tivesse aguentado aquela surra coletiva. Esperou que o garoto o chutasse, numa tentativa de ter a sua desforra, mas Festus, abrindo um sorrisinho sinistro, simplesmente se virou para pegar os chinelos do chão e saiu cambaleando pelo gramado.

PARTE TRÊS

21.
Porto Harcourt, 2010

Ele parecia o mesmo, o sorriso exatamente de como ela se lembrava, o suor perpétuo se formando ao redor das sobrancelhas, o jeito como aqueles olhos brilhavam enquanto ele a encarava. Seu menino. Ela acordou naquela manhã com um nó no estômago que persistiu mesmo depois que o sol brilhou no alto do céu. Ela passou o dia na varanda, com vista para o quintal, sentindo o coração, ao mesmo tempo, disparar e se apertar ao menor som vindo do portão, uma estranha mistura de alívio e decepção quando outra pessoa entrava por ele. Então, ela adormeceu, o rosto dele na cabeça, claro, e de repente lá estava ele diante dela, puxando o ombro dela em um movimento suave, seu doce rosto sorridente encarando-a.

— Mãezinha — chamou ele.

Uzoamaka olhou para ele. Já fazia tanto tempo. Ela o recebeu nos braços e aninhou o nariz no pescoço dele. Ele trazia algumas cicatrizes no rosto de um surto recente, e ela não conseguiu identificar aquele cheiro desconhecido nele. Afastou-se dela para examiná-la com cuidado. Ela conseguia avistar as perguntas nos olhos dele, acariciando-lhe o rosto.

— Só estou cansada, *nnam.*[46] Tem comida na cozinha para você. Vá guardar sua bolsa lá dentro.

---

46. "Meu pai", "meu querido", "meu chapa", "meu camarada", para homens adultos. (N.T.)

Ele assentiu e endireitou o corpo.

— Cadê todo mundo?

— Seu pai foi para a loja. Ninguém sabe aonde seu irmão vai num sábado.

Obiefuna riu. Como ela sentira falta daquele som.

— Vou dar uma olhada no campinho — disse ele. — Acho que vou lá dar um susto nele.

Ela concordou com a cabeça. Enquanto ele se trocava dentro de casa, ela ficou atenta aos sons. Ele saiu da sala vestindo apenas short e camiseta. Havia emagrecido muito, mas, de alguma forma, parecia mais alto.

— Até daqui a pouco — disse.

Ela assentiu de novo com a cabeça e o observou seguindo até a porta. Quando ele estava indo embora, ela chamou:

— Obiajulu.

Ele se virou para encará-la.

— Bem-vindo de volta — disse ela.

Por um instante ele pareceu confuso, até esboçar um sorriso lento e intrigado, assentir com entusiasmo e descer as escadas correndo. Ela acompanhou quando ele saiu do pátio em uma corridinha, com o vento rodopiando ao seu redor. Ela nunca o tinha visto tão livre.

Ele costumava acordar cedo, mas hoje em dia Obiefuna ficava encolhido na cama, dormindo profundamente, horas depois de Ekene ter saído para a escola. Uzoamaka supôs que fosse o efeito inevitável da mudança de ambiente. Ainda assim, incomodou-se um pouco ao notar essa mudança significativa na rotina dele e imaginou se aquilo indicava alguma coisa maior. Ele tinha crescido longe dela, assim como ela crescera longe dos próprios pais, e agora ela carregava a incômoda sensação de estar a um passo de realmente conhecê-lo. Ela o observou enquanto ele a observava, viu os questionamentos se acumularem nos olhos do rapaz. Ofereceu respostas rápidas quando ele perguntou, mesmo sabendo que ele não acreditava nelas. Ela lhe perguntou detalhes sobre o seminário, e ele saciou sua curiosidade, descrevendo suas aventuras na escola. Ela se lembrou, enquanto ele falava, agora com entusiasmo familiar, da maneira como contava um evento da infância quando voltavam do salão para casa, sua insistência em recriar as cenas até as impressões, como se estivesse determinado a transportá-la para o momento real; lembrou que esse sempre fora um ponto alto do dia para ela. Assim, ela desempenhava seu papel e o agradava, exagerando na alegria por ele ter sido nomeado monitor da escola, na solidariedade quando ele descreveu uma corrida que havia perdido, no desgosto quando ele entrou em detalhes sobre as casas superlotadas e os banheiros pútridos.

— E seus amigos? — quis saber Uzoamaka. — Fez algum?

Ele lhe disse que era colega de todo mundo.

— Então, não conseguiu fazer amigos próximos? — pressionou Uzoamaka. Ela estava pisando em território escorregadio. Assim que botasse em palavras, não haveria como voltar atrás. Já conseguia ver os pelos dos braços dele se arrepiando.

— Amigos próximos? — perguntou ele.

Ela poderia ter rido nesse momento, entrado em uma conversa mais leve e poupado o filho e a si mesma de ter que discutir o assunto. Em vez disso, Uzoamaka ergueu o corpo, firmou-se.

— Isso — disse ela. — Como Aboy.

Ela observou que ele recuava, pressionando as costas contra o assento atrás dele, como se pudesse desaparecer ali caso se esforçasse o suficiente. Achou que viu o rosto dele ficar pálido e pensou se deveria pegar um copo d'água para o filho.

— Mãezinha... — disse ele.

— Está tudo bem — aquiesceu Uzoamaka quando ele não continuou. Ela pensou em estender a mão para tocá-lo, mas a parte do corpo dele que estava mais próxima dela - seu joelho direito - não estava ao seu alcance, e ela teve a sensação de que qualquer movimento evidente dela seria interpretado como violência e o alarmaria. Então, ela se contentou com um sorriso. — Eu entendo.

Não foi surpreendente quando ele começou a evitá-la. Era furtivo, ou pelo menos tentava ser, saindo dos cômodos no minuto em que ela entrava, fazendo suas refeições na cozinha apenas quando tinha certeza de que ela estava fora, ficando escondido no quarto por dias inteiros. Nas poucas vezes em que ela o encontrou, ele nem sequer olhou para ela. Era educado, mas evasivo, respondendo a ela com gestos e movimentos corporais desajeitados e, nos casos em que as palavras eram absolutamente necessárias, ele as entregava em monossílabos gaguejados. Uzoamaka achava que estava preparada para aquilo, achava que entendia o medo dele, a vergonha de ser o que era e, principalmente, o sentimento de tê-la decepcionado. No entanto, ficava triste ao vê-lo se retrair, pensar nela como qualquer coisa que não fosse alguém que estivesse ao seu lado. Seu coração ficou despedaçado na única vez em que ela o ouviu comunicando seu tédio a alguém pelo telefone e ele falou que estava "preso em casa", com essas palavras. Em setembro, um mês após seu décimo nono aniversário, ele lhe disse que havia sido admitido na Universidade de Porto Harcourt e precisaria se mudar muito em breve; e ela entendeu seu sorriso, ouviu um tom de alívio na voz dele e, apesar do orgulho de sua conquista, ficou magoada ao pensar que ele considerava sua saída de casa, sua saída de perto dela, uma espécie de liberdade.

Duas semanas depois da conversa, enquanto ela descascava batatas na bancada da cozinha para o mingau do jantar, Obiefuna falou atrás dela:

— Você me odeia agora?

Uzoamaka ficou tensa e largou a faca. Ele sabia que não devia assustá-la daquele jeito. Ela se virou para encará-lo.

— Só se você tiver feito alguma coisa errada — disse ela com cuidado. Ele estava de costas para ela, segurando a maçaneta da porta com a mão direita, preparando-se para falar mais. Uzoamaka virou-se de novo e pegou uma batata.

— Você não estava aqui da última vez que vim para casa — disse Obiefuna. Ela ouviu um tom de acusação na voz dele.

— Fui ver sua tia Obiageli.

— Você foi embora um dia antes de eu chegar. Ekene me disse que você veio três dias depois que eu voltei para a escola.

Uzoamaka fechou os olhos e respirou fundo. Percebeu que havia cometido um erro. O que tinha ouvido como acusação era, na verdade, desespero, medo, um pedido de desculpas.

— Sou eu, mãezinha, não é?

Uzoamaka virou-se de novo para encará-lo. Ele havia se afastado da porta e agora estava bem diante dela. Era sempre uma surpresa contemplar as feições dele nos últimos tempos. O modo como ele havia crescido a surpreendia. E ela percebeu que, em sua fixação pelos aspectos físicos dele, havia deixado o lado emocional passar despercebido. Ela o havia cristalizado na mente como seu garotinho do passado, tão simples em seu temperamento. Mas aquele garoto não tinha a capacidade de olhá-la nos olhos e exigir respostas, apenas aceitava as coisas como eram. Aquele que estava diante dela, esse rapaz de dezenove anos que lhe parecia apenas vagamente familiar, não se esquivaria da verdade, não choraria até ficar com febre por causa de alguns hematomas no braço dela.

Por isso, Uzoamaka disse, pensando no presente que Anozie dera ao filho em seu aniversário de dezoito anos, e no que ela tinha agora para lhe dar:

— Estou com câncer, Obiajulu. Já em estágio avançado. Talvez me restem apenas alguns meses.

Até a casa havia mudado. A sala de estar, que antes era ampla e sempre parecera ter um espaço infinito, parecia tão pequena agora, com móveis amontoados e atrapalhando o caminho, que durante os primeiros dias após sua chegada ele continuou a esbarrar nas coisas. O quarto havia perdido o brilho, a tinta descascava das paredes e grudava na camisa quando se encostava nelas. A janela do quarto estava quebrada, metade do vidro havia se estilhaçado na última tempestade, explicou Ekene, e em seu lugar agora havia papelão, que deixava entrar um pouco de água sempre que chovia. Ekene havia crescido mais no último ano, ficando uns trinta centímetros mais alto que Obiefuna, com pelos crespos nas laterais do rosto e estourando de rir a todo momento. Obiefuna não conseguia mais imaginar o garoto desengonçado e de aparência azeda que havia deixado em casa, com a expressão sempre séria. Em seu ombro havia uma cicatriz causada pelo cinto, onde seu pai o chicoteara depois que ele chegou em casa tarde da noite, vindo do campo, cheirando a bebida. Obiefuna não conseguia imaginar Ekene lidando com álcool, mas não podia falar mais nada de Ekene. O garoto que antes era fácil de ler e que ele conhecia tinha desaparecido; em seu lugar havia um adulto brotando, em cada centímetro, uma cópia do pai. Estava banido do campo naquele momento, embora, segundo Ekene, tivesse impressionado o treinador da última vez que jogara, e uma academia em Gana estivesse quase a caminho de contratá-lo. O incidente com a bebida havia sido a gota d'água em uma série de contratempos, e o pai não queria nem ouvir falar de contratação nenhuma.

— Mas você pode falar com ele, Obi — implorou Ekene —, talvez ele te escute.

Obiefuna retrucou:

— Por que ele me escutaria, caramba?

— Ah, você é o bom filho agora — respondeu Ekene. — Ele fala de você hoje em dia como se andasse sobre ouro.

Obiefuna bufou, desviou o olhar. Agora que Ekene havia posto em palavras essa observação, ela parecia mais real. Ele imaginava que a cortesia com que o pai o estava tratando nos últimos tempos fosse coisa da sua cabeça. Parecia uma afeição relutante, respondendo às suas saudações com certo carinho. Quando seus resultados do exame do ensino médio foram divulgados, uma mistura decente de notas A e B, seu pai abriu um sorriso tão amplo que Obiefuna temeu que a pele do rosto ficasse alterada para sempre, e, em seguida, passou mais de uma hora repreendendo Ekene sobre o quanto era diferente de seu irmão mais velho. Por isso, e por causa do desespero nos olhos de Ekene, e porque sabia que o mais novo ficaria ressentido com ele para sempre se nem mesmo tentasse, Obiefuna abordou o pai com esse pedido em nome de Ekene, acrescentando a promessa de pessoalmente garantir que isso não afetaria a preparação de Ekene para o exame do ensino médio no ano seguinte. O pai deles pareceu pensar apenas por um instante antes de dizer que sim. Obiefuna acompanhou Ekene ao campo no primeiro dia, recebendo apertos de mão dos garotos e dando respostas descontraídas às perguntas sobre a escola. Ekene ficou para trás no primeiro tempo, cometendo vários passes errados e perdendo pênaltis, até que o treinador ameaçou tirá-lo do campo e colocá-lo no banco por muitas partidas futuras. No segundo tempo, Ekene estava de volta à forma, empregando as muitas habilidades pelas quais era conhecido, deixando três zagueiros para trás com um único drible e marcando o gol da vitória entre as traves. No alvoroço que se seguiu à sua vitória, enquanto era alçado nos ombros de seus companheiros de equipe, Ekene olhou para Obiefuna com uma expressão que ele só pôde interpretar como amor.

Ele se sentira em casa, realmente feliz por estar de volta, até que sua mãe falasse sobre Aboy. Enquanto estava sentado diante dela naquele dia, com o peito doendo devido à força dos batimentos cardíacos, a única pergunta em sua mente era quando ela havia descoberto e como. Mas, quando ela sorriu ao final e disse que estava tudo bem, ele teve a resposta nos olhos dela. Claro que ela sempre soube. Ele fizera o melhor que pôde para se esconder, para protegê-la da decepção. Ainda assim, ela sabia desde sempre e ainda o chamava de seu filho. O tempo que passaram separados a havia mudado, suavizado e endurecido ao mesmo tempo, facilitado para ela aceitá-lo de um jeito casual e deixado ainda mais fácil contar a notícia que alteraria para sempre a vida e o senso de direção dele.

E, de repente, a vida dele mudou. A revelação de sua mãe se tornou real, uma coisa enorme e malévola, sempre presente na sala, provocando-o, aterrorizando-o. Obiefuna ficou acordado por longas horas, mesmo com o barulho dos grilos enchendo seus ouvidos. Ele ouviu Ekene dormir, roncando desbragadamente. Ekene sabia. "Eu queria te contar, Obi", confessou ele mais tarde. "Juro! Mas você sabe, ela me fez prometer que não contaria."

Obiefuna disse que entendia, mas não tinha entendido absolutamente nada. Sempre achara que a maneira como as pessoas lidavam com notícias trágicas nos filmes era irreal, pois continuavam a vida, suas rotinas, inalteradas. Não entendia como Ekene conseguia ir ao campo todos os dias e impressionar a todos com suas habilidades, carregando a informação que tinha, não entendia como seu pai conseguia reunir motivação para acordar todas as manhãs e ir para a loja para mais um dia vendendo, como se tudo estivesse normal. E sua mãe. Ele vivia agora em estado de vigilância perpétua. Ele a observava enquanto ela se ocupava do dia, preparando o café da manhã e o almoço e arrumando a mesa sozinha, tudo isso enquanto cantarolava uma canção de Chinyere

Udoma que expressava gratidão pelas muitas bênçãos surpreendentes de Deus, uma ironia extraordinária. Imaginou o câncer devorando-a de dentro para fora, imaginou o corpo dela falhando. Era a pior forma de traição. Ele queria estar perto dela, queria ajudá-la a lutar contra o que estava por vir, adiar aquilo de alguma forma, e, ao mesmo tempo, ele não suportava ficar perto dela. Achava o entusiasmo forçado dela sufocante, sentia-se irritado e depois culpado por conta da alegria artificial dela e de sua resignação fácil. E, embora sentisse pena, uma parte dele quase se ressentia dela. Pois, depois de tudo dito e feito, apesar de sua incapacidade de evitar, ela o deixaria sozinho para lidar com o mundo.

Os amigos dele entraram em contato. Obiefuna não tinha planejado o que dizer. Até então, ele havia aperfeiçoado o estado de dupla personalidade, e, com Sabido e Jekwu, por mais que gostasse deles, sabia que não devia se deixar vulnerável para eles, devia controlar os aspectos de si mesmo aos quais eles tinham acesso. Ainda assim, de alguma forma, Jekwu ouvira alguma coisa na voz dele e o pressionara até que Obiefuna lhe contasse. Jekwu tinha contado a Sabido, e agora eles ligavam para ele com frequência para saber como ele estava. Ele odiava falar com os dois, odiava o tom de comiseração em sua voz enquanto falavam com ele. Sua mãe ainda estava viva, conseguia andar sem ajuda e até mesmo realizar algumas tarefas domésticas, nas quais insistia. Às vezes, olhando para ela, considerava a possibilidade de um diagnóstico equivocado, um exagero cético de um médico, uma manobra dela para orquestrar uma brincadeira cruel com ele. Às vezes, quando todos tomavam café da manhã juntos à mesa de jantar, alguém contava uma piada e, no momento em que riam, Obiefuna se sentia, mesmo que temporariamente, em casa. E havia também os dias em que a casa ficava em um silêncio ecoante, e o câncer parecia estar no auge de sua força. Obiefuna começou a correr para clarear as ideias. A rápida rajada de vento em seus ouvidos, os olhares curiosos dos transeuntes e o toque ocasional de buzinas de alerta o faziam se sentir vivo. Certa vez, voltou para casa e encontrou a porta destrancada e a mãe dormindo em seu quarto. Ele tirou os tênis de corrida e foi até o banheiro para se lavar. Nu, ele pairou sobre o balde, olhando para a superfície de água que refletia a expressão vazia em seu rosto. Seu coração palpitava suavemente contra o peito. Obiefuna sentiu uma queimação nas partes baixas. Imaginou os lábios de Aboy curvando-se em um sorriso sonolento. Lembrou-se da sensação suave das mãos limpas de Pardal em sua pele, do calor de sua respiração enquanto ele gemia o nome dele. Recordou-se do Veterano Papilo, seu torso gracioso e musculoso, sentiu o aroma fresco e amadeirado de sua colônia. Da porta ao lado, podia ouvir a respiração da mãe, que soava aos seus ouvidos como um arfar. Seu pênis estava quente e duro contra a palma da mão, e a princípio seus movimentos foram lentos, indecisos, e em seguida, depois que havia ensaboado as mãos, ficaram mais rápidos, mais propositais. Sentiu que estava inchando até o ponto da explosão. E, bem no auge do clímax, ele despencou contra a parede, escorregando até o chão ladrilhado. E, enquanto estava sentado, tremendo com a força dos soluços, a voz do capelão chegou até ele, a palavra flutuando sem esforço em sua lembrança depois de todos aqueles meses de busca: *condenada*. Que som agradável e, ainda assim, tão punitivo. Tão vividamente condenatório.

22.

O campus da universidade era tão grande que deixava Obiefuna nervoso. Acostumado à pequenez do seminário e à tranquilidade recente de casa, achou a universidade parecida com um vilarejo barulhento, o mundo real em todos os sentidos, um grande país, incalculável e misterioso, com caminhos que se estendiam até suas pernas doerem. Obiefuna passou as primeiras semanas esforçando-se com os ajustes, tentando memorizar locais, diferenciar os prédios da faculdade sem olhar placas e descobrir onde embarcar nos ônibus circulares. Ainda não havia processado por completo as implicações de estar ali. Seu ingresso em si havia sido uma surpresa. Foi Rachel quem o informou de que a lista havia sido divulgada, interrompendo-o no meio de uma faxina de sábado. Ela telefonou, atormentada, para dizer que havia ficado de fora, e Obiefuna se manteve na linha por tempo suficiente para consolá-la, com o coração palpitando no peito diante das próprias perspectivas. Pegou um ônibus até o campus da universidade e passou vários minutos empurrando a multidão de outros candidatos que se aglomeravam ao redor do quadro de avisos, mas lá estava seu nome, exibido em destaque no número doze, no Departamento de Optometria, ao lado de seu número de inscrição no exame de admissão, anunciando seu novo status.

A mãe olhou para ele sem entender nada quando ele parou na frente dela com uma mala. Então, ela disse:

— Está indo embora?

— Para a universidade, mãezinha — respondeu Obiefuna. — Lembra?

— Claro. — Ela desviou o olhar por um momento e se voltou para ele com um sorriso. — Estou muito orgulhosa de você, meu filho.

Agora, ele estava lá. Tinha sido difícil chegar. Enquanto juntava suas coisas, olhava as acomodações disponíveis no campus e embarcava, naquele último dia, no ônibus em direção à universidade, pensava sem parar na mãe. Imaginava o rosto dela durante as aulas, seu sorriso paciente, ouvia a voz firme e determinada com que ela lhe prometia que ficaria bem. Ela estava se tratando com um médico no hospital público no bairro de Mile 1. Ele a acompanhara em uma de suas consultas, e ela segurara sua mão o tempo todo, com a cabeça inclinada para o lado, recostada no ombro do garoto, como se precisasse retirar força dele. Ele sentia uma dor entorpecente no ombro devido ao peso da cabeça da mãe, estranhamente parecida com a do capelão, uma pessoa implorando para ser salva. E, embora tivesse prometido a si mesmo que não faria isso, começou a chorar no táxi, no caminho de volta para casa, e ela simplesmente ficou sentada ali, olhando para a frente, impassível.

Na universidade, tentou se entregar a uma nova rotina: caminhava por longas trilhas para ir às aulas, lia seus livros na biblioteca e aproveitava os tutoriais gratuitos oferecidos pelos alunos do segundo ano. Depois de contribuir muito para uma apresentação sobre doenças oculares comuns, foi eleito representante da turma. Fez novos amigos, foi eleito secretário de uma nova organização igbo e se acostumou a encontrar um rosto conhecido sempre que saía, mesmo naquele campus tão grande. Porém, por mais que tentasse se distrair, pensava na mãe, preocupado com ela. Ela lhe disse, num tom de voz que quase soava como repreensão, para se preocupar apenas em tirar boas notas, pois ela ficaria bem. Nos primeiros fins de semana, de forma diligente, ele pegou um ônibus do campus para uma viagem de meia hora para vê-la em casa, até que seu pai por fim interveio, a pedido da mãe, e instruiu Obiefuna a ficar na universidade e estudar nos fins de semana. Ela lhe garantiu que estava se cuidando, experimentando um novo medicamento, e que já se sentia melhor de algum jeito, disse ela, e ele se esforçou para acreditar nela. No início ele ligava todos os dias, prendendo a respiração até ela atender, e ficava aliviado quando ouvia seu cansado "Obiajulu" do outro lado da linha. Mas logo, conforme o semestre foi ganhando força, suas ligações diminuíram cada vez mais. Ele recebeu um tipo estranho de auxílio de seus colegas de quarto, onze garotos que se apinhavam para morar em um espaço originalmente feito para seis. Prontamente compartilharam suas provisões com ele, o envolveram em suas atividades e o levaram para festinhas no campus, mesmo que ele tivesse que sair no meio delas. Um deles, Mike, o apresentou a uma garota, e eles conversaram um pouco antes que a sintonia diminuísse; suas respostas às mensagens e ligações dela ficaram mais raras, e então ele trombou com ela uma noite depois da aula, caminhando de mãos dadas com um garoto que ele reconheceu como um veterano. Ela telefonou para ele mais tarde naquela noite e, como ele a ignorou, ela deu a notícia do término por mensagem.

Obiefuna olhou para a mensagem por um tempo antes de apagá-la e ir para a cama. Na manhã seguinte, acordou com uma sensação estranha no estômago e dor de cabeça. Na aula, ficou como empoleirado na cadeira, olhando fixamente para o professor sem compreender nada. Seu telefone vibrou durante toda a aula com uma ligação da mãe. Por fim, ele saiu para atender a ligação, mas era apenas Ekene no telefone.

— Obiefuna?

Ele suspirou.

— Estou perdendo uma aula importante. É melhor que seja urgente.

Silêncio.

— Ekene?

— Obiefuna — repetiu Ekene, respirando fundo. — É a mamãe.

PARTE QUATRO

23.

A sala era quadrada, pequena e sem personalidade: bem iluminada, com lâmpadas fluorescentes brancas e lustres elegantes pendurados no teto, realçando as pequenas pinturas coloridas emolduradas que cobriam as paredes brancas. Obiefuna estava em pé ao lado com uma taça de vinho intocada na mão direita e a esquerda afundada no bolso enquanto olhava fixamente para a pintura à sua frente, transmitindo, ele esperava, a quantidade de melancolia apropriada para um amante da arte exigente. Sentia-se vestido demais com sua túnica branca engomada e imaculada e sapatos de couro, ao lado de estranhos vestidos em estilo casual que acenavam com aprovação para as pinturas, soltavam exclamações repentinas, e suas palavras e atividades, um borrão confuso. Patrick tinha insistido em escolher as roupas para a ocasião, muito envolvido na alegria de poder finalmente expor seu trabalho naquela galeria. E Obiefuna havia acatado, após uma breve discussão, exatamente como ele sabia que aconteceria.

Agora, Patrick estava na outra ponta da sala conversando com o dono da galeria. Mais cedo, Obiefuna o observara enquanto ele conduzia potenciais compradores até a parede onde duas de suas obras estavam expostas, falando animadamente sobre as pinturas, uma delas um desenho de duas figuras dançando; a outra, um retrato nu de um corpo feminino sem cabeça. Eles ouviram com sorrisos educados, concordando como se as palavras dele tivessem o maior significado, e em seguida se viraram. À medida que a noite avançava, Obiefuna percebeu que o charme adquirido por Patrick estava se dissipando, pois ele não conseguia mais manter a atuação. Saía a cada um ou dois minutos, sob o pretexto de tomar ar fresco ou usar o banheiro, e enfiava uma agulha no braço ou dava um trago em um cigarro de maconha, e voltava transtornado, e a noite para ele, para os dois, acabava.

Eles haviam se conhecido no 2go.[47] Obiefuna não achava Patrick atraente, com o corpo magro e dentes amarelados por causa das drogas. Mas ele fora implacável correndo atrás de Obiefuna, que se viu motivado pela curiosidade sobre ele. Não era para durar. Apenas uma aventura passageira, uma maneira de distrair a mente. No entanto, por mais curioso que parecesse, essa foi a razão por que ele ficou. A morte da mãe, apenas um ano antes de conhecer Patrick, deixara um buraco no seu coração, e, entorpecido pela tragédia, humilhado pela dor, ele pouco exigia da vida. Mais que isso, era assombrado pela monotonia. Cada respiração que dava parecia uma provocação, cada rosto que via, cada voz que ouvia, era muito familiar, muito reminiscente do que havia perdido, lembrando-o muito do quanto sua vida havia sido alterada. De modo que ter Patrick, despretensioso e excêntrico como era, parecia uma distração revigorante. Durante os oito meses caóticos que se seguiram com Patrick, mesmo nos piores dias, quando ele realmente temia por sua segurança perto de Patrick, Obiefuna ficava de certa forma grato a ele pelas noites quentes que criava com maconha e álcool, a tão procurada fuga da realidade.

O funeral tinha transcorrido sem incidentes. Obiefuna ficara com os olhos secos nos dias que antecederam o ocorrido, olhando para o nada, com uma sensação de distanciamento, para a procissão de pessoas que vieram prestar suas condolências. Eram uma mistura de pessoas que ele conhecia e aquelas das quais não sabia nada: seus vizinhos, alguns amigos de seus pais, as clientes de sua mãe do salão. Eram amigáveis e simpáticas, diziam coisas gentis sobre sua mãe, referindo-se a ela no passado. No dia do funeral, Ekene se recusara a ir vê-la uma última vez,

---

47. Rede social para aplicativos móveis africana de muito sucesso de 2007 a 2020; hoje não é mais tão presente. (N.T.)

e Anozie sugeriu que Obiefuna também não fosse, mas ele tinha insistido, pois, naquele momento, o ato lhe pareceu a coisa mais importante do mundo. Permaneceu ao lado do caixão, observando-a. Ela estava vestida de forma simples com um vestido azul e um chapéu feito de um lindo tecido Ankara com estampa de borboletas, um presente de Anozie. De perto, parecia apenas adormecida, com os lábios apertados como se estivesse prestes a abrir um sorriso. Ele queria estender a mão para tocá-la, mas o pai o cutucou gentilmente por trás, e ele percebeu que estava atrasando a fila. Obiefuna seguiu em frente, com a mão do pai pousada no ombro, impedindo-o de se virar, como se o protegesse da situação; e, assim que saíram do cômodo, as cortinas se fecharam, e Obiefuna ficou ali, olhando fixamente para o nada.

Ele passara pelo culto com uma dose adequada de estoicismo, abrindo um sorriso agradecido aos simpatizantes que apertavam seus ombros e lhe diziam para lidar com a perda como homem. Ele quase conseguira passar incólume. Mas bem no cemitério, no momento em que lhe ofereceram uma pá para recolher a terra e jogá-la na cova, em cumprimento aos ritos do pó ao pó, ele sentiu aquela masculinidade adquirida deslizar. O peso da pá na mão, o som da terra vermelha batendo no caixão, o mar de olhares tristes sobre ele, tudo pareceu demais. Foi por Ekene, semanas depois, que ele soube de sua queda ao chão depois de entregar a pá ao padre, de seus violentos movimentos no chão enquanto o pai tentava contê-lo, da lama que grudara em sua roupa e cabelo, mesmo quando o pai tentava levantá-lo e o mantinha em pé com força em um abraço.

Agora, quase dois anos depois, ainda estava se acostumando à dor, ao fato de que nunca mais veria a mãe. Também havia feito as pazes com a realidade de que a vida nunca voltaria a ser o que era. Havia algo de irracional e estranho com relação à perda. Nunca melhorava de fato, nunca ia embora de fato. Às vezes ele se surpreendia com a intensidade da dor, de vez em quando se manifestando fisicamente na forma de uma pontada no peito. Tinha um jeito de se esconder, apenas um pouco distante da consciência, surgindo de repente, sem aviso, geralmente em momentos inadequados. Às vezes ela o pegava no meio de uma gargalhada, lembrando-o de que não poderia compartilhar aquela felicidade com a única pessoa que ele mais amava no mundo, e, no intervalo de um instante, ele sucumbia mais uma vez àquela sensação de afogamento contínuo, sem nunca chegar ao fundo.

— Visão espetacular, não? — disse uma voz atrás dele.

Obiefuna virou-se e viu um homem de meia-idade de óculos. Tinha as duas mãos enfiadas nos bolsos da calça apertada, de modo que andava como se estivesse se arrastando um pouco.

— Notei que estava admirando há algum tempo — comentou o homem. Sua voz era firme, mas cadenciada, como se pudesse dar ordens e começar a cantar ao mesmo tempo. Ele deu um passo à frente em direção à luz, e Obiefuna percebeu que havia calculado mal a idade dele. "Bonito" talvez fosse um exagero para descrevê-lo, mas era o tipo de homem que atrairia um olhar mais demorado.

— Sim — confirmou Obiefuna, embora mal tivesse notado a pintura.

— Tem um olho bom — disse o homem. Seu tom era de admiração. — Me diga, o que você acha dela?

— É linda — respondeu Obiefuna.

O homem assentiu devagar, com um sorriso plácido no rosto, como se estivesse decepcionado com a superficialidade de Obiefuna. Ele começou a falar sobre a pintura, o conceito simples, porém de tirar o fôlego, a atenção cuidadosa aos detalhes. Achou-a extremamente expressiva. Era o tipo de arte com potencial para valorizar ao longo do tempo, caso a pessoa se interessasse mais por esse lado das coisas.

— O senhor compraria? — questionou Obiefuna.

O homem fez uma pausa. Pareceu um pouco surpreso.

— Bem, eu compraria. Mas parece que você gosta dela.

— Ah, não preciso disso — disse Obiefuna.

— Não gosta de arte? — Ele pareceu pessoalmente ofendido.

— Pelo jeito, não tanto quanto você.

Então, ele riu, a rapidez do ato pegando Obiefuna de surpresa. Ele tirou os óculos, limpou as lentes com um paninho parecido com um lenço de papel e depois os recolocou. Obiefuna nunca tinha visto nada mais sedutor.

— Então, qual é a sua praia?

Obiefuna respondeu:

— Estudo optometria. Terceiro ano.

— Ah, os olhos — disse ele, com uma expressão carinhosa e irônica, dando uma olhada casual em Obiefuna. — Estudante de optometria e aspirante a amante da arte? Poderia ser muito pior.

Eles riram juntos, e em seguida houve silêncio.

— Foi um prazer conhecê-lo... — disse o homem, fazendo uma pausa incentivadora.

— Obiefuna.

— Obiefuna — repetiu. — Sabe de uma coisa? — começou ele, deslizando para diminuir o pequeno espaço entre eles. — Por que não me passa seu telefone e me deixa te ensinar uma coisa ou outra sobre arte?

O nome dele era Miebi. Crescera em uma vila não muito distante, mas se mudara para a cidade para cursar a universidade quando jovem e ali ficou. Morava sozinho, em uma residência de dois quartos nos arredores do centro da cidade. A casa tinha um charme tranquilo e discreto, cercada por uma espessa névoa de árvores e flores que atraía pequenos pássaros multicoloridos até o jardim da frente.

— É para onde eu venho para fugir da loucura e do custo alto da cidade de vocês — explicou Miebi no primeiro dia da visita de Obiefuna, com uma risada leve. Atrás da casa, mantinha uma fazendinha, composta por um galinheiro e vários pequenos lagos em recipientes plásticos que abrigavam bagres de tamanhos variados. No primeiro dia, sentaram-se lado a lado no sofá da sala de estar de Miebi, conversando sobre arte, política e seus programas de TV favoritos, rindo das semelhanças de seus interesses, e em seguida se inclinaram para reduzir o espaço já pequeno entre eles, traçando padrões nas costas das mãos um do outro, o calor irradiando de seus corpos. O beijo, quando aconteceu, deixou Obiefuna sem fôlego, e ele tirou a camisa com uma facilidade que o surpreendeu, estendendo a mão para Miebi com um desespero que parecia estranho. Na cama, exploraram os corpos um do outro; explodindo de desejo, mas completamente nus, eles pararam, hesitantes, sem saber como prosseguir. Até aquele momento não haviam discutido sobre sexo, e parecia estranho começar naquele momento. Eles ficaram deitados de barriga para cima, um ao lado do outro, respirando devagar, num silêncio vazio, mas satisfatório, até que Miebi riu, parecendo nervoso, e murmurou:

— Rápido demais, hein? Vamos dar tempo ao tempo.

Na segunda vez, Miebi estava sem preservativos, então ficaram deitados no colchão largo, sem camisa, mas com a calça vestida, a cabeça se tocando enquanto olhavam para o teto.

— Na verdade, não estou a fim — disse Miebi.

— Não está a fim de quê?

— De sexo. Quer dizer, com penetração. Sou mais o cara da pegação. — De novo, ele riu com nervosismo. — Sou estranho, eu sei.

Obiefuna levantou-se até ficar ligeiramente sentado, com os cotovelos para trás apoiando seu peso, e se virou um pouco para olhar para o rosto de Miebi. Tinha que ser amor, essa sincronia de gostos e desgostos, de qualidades, de preferências sexuais. Ele beijou o nariz de Miebi e disse:

— Acho que sou estranho também.

Nas semanas seguintes, semanas que passou no apartamento de Miebi quando não estava na universidade, ele se acostumou à vida de Miebi, adaptando-se perfeitamente à periferia, incapaz de se imaginar em outro lugar. Na primeira noite que passou lá, ele dormiu depois de tocar o alarme estridente de Miebi, acordando alguns minutos depois das onze da manhã e encontrando o outro na sala de jantar, digitando em seu notebook.

— Bom dia — disse Miebi quando o viu. — Estava preocupado, começando a achar que você havia morrido. — Ele riu. — Dormiu demais, não ouviu nem meu alarme nem o seu.

Obiefuna sorriu. Sentou-se diante de Miebi, na outra ponta da mesa, que estava posta para uma pessoa. Era uma manhã de sábado. Não conseguia se lembrar dos eventos completos da noite anterior, mas a noite de sono o deixara lúcido e totalmente revigorado. O chão esfriava a sola de seus pés, e ele sentiu a fadiga agradável que acompanha um bom descanso. Miebi observou-o enquanto levava colheradas de ovos mexidos até a boca. Obiefuna se acostumaria com aquilo, sem dúvida.

Depois disso, ele começou a passar mais noites lá e logo estava pegando o ônibus da casa de Miebi para a universidade. Aos poucos, seus pertences pessoais começaram a se acumular na casa de Miebi e, depois de alguns dos dias de semana cada vez mais raros que ele passava em seu dormitório, ele voltou no fim de semana e encontrou uma parte inteira de guarda-roupa desocupada para ele, cabides vazios para seu uso e uma mesinha de leitura montada em um canto do quarto onde poderia trabalhar. Obiefuna começou a dormir mais, estudava sozinho em silêncio absoluto e tirava notas mais altas nas provas. Miebi acordava mais cedo, antes do amanhecer, para correr e depois dedicava uma ou duas horas à fazenda antes de tomar um banho e sair para o trabalho. Obiefuna reajustou o alarme para tocar alguns minutos depois do de Miebi, para que ele pudesse observá-lo da janela enquanto trabalhava. A princípio Obiefuna se ofereceu para ajudar, mas logo ficou claro para ele que Miebi, acostumado a uma rotina aperfeiçoada ao longo do tempo, era mais eficiente sozinho, por isso Obiefuna se contentava em observar Miebi andando de um lado para o outro no quintal com um propósito determinado. Parecia estar atento ao ambiente que o cercava, coletando ovos recém-postos para colocá-los nas caixas da cozinha, deixando as galinhas saírem das gaiolas para andarem por ali e, ocasionalmente, pegando uma galinha que cacarejava para inspecioná-la mais de perto. Ele incluía Obiefuna de outras maneiras: pedindo a opinião dele sobre certos procedimentos, contando curiosidades aleatórias e fatos interessantes sobre os animais que criava e fingindo franzir a testa quando via algo desagradável na fazenda, o que provocava ataques de riso em Obiefuna. Alimentava os peixes por último, o simples ato de reunir a ração e dispersá-la na água, enquanto eles se sacudiam sem parar, batendo as nadadeiras e derramando água, parecendo arte para Obiefuna. Aprendeu algumas coisas com Miebi. Ele explicou que era importante trocar a água constantemente, pelo menos três vezes por semana, para reduzir a possibilidade de eles consumirem os próprios resíduos, o que prejudicaria seu crescimento; exaltou as maravilhas de um simples tratamento com solução salina como remédio local no caso de um pequeno surto de doença. Mais que o novo conhecimento transmitido, Obiefuna se comovia com a luz que surgia nos olhos de Miebi quando ele detalhava um conceito fascinante, com a nova cadência da voz quando ele demonstrava seu notável conhecimento dos animais. Por esse motivo, Obiefuna passou a amar a fazendinha. Mas, mais que isso, ele amava a ideia da fazendinha. O fato de Miebi, engenheiro elétrico com mestrado, manter uma fazenda meticulosamente administrada e alimentar sonhos maiores de expansão em um futuro próximo, dedicando-se à gestão em tempo integral e considerando um segundo mestrado em pecuária, refletia alguma coisa em seu caráter, alguma coisa sustentável e, em última análise, maravilhosa, que Obiefuna amava. Também amava o ar que o cercava, a facilidade com que vivia, sua vida simples, sua alegria. Durante todo o tempo, Obiefuna nunca sentia que estava buscando, mas com Miebi ele sentiu o alívio peculiar de finalmente ter encontrado. Todos aqueles longos anos de incerteza e tropeços, e lá estava Miebi, com seus olhos gentis e confiantes, seu jeito fácil, sua maneira suave e sincera de falar.

Às vezes, Obiefuna pensava em Patrick. A noite na galeria fora a última vez que Obiefuna o viu. Ele ainda tinha alguns pertences pessoais no quarto de Patrick e de vez em quando, a caminho da universidade, quando o ônibus passava pelo bairro dele, flertava com a ideia de descer. Deixou as ligações de Patrick sem resposta e apagou suas mensagens de texto sem as ler. Esperou algumas semanas até apagar o número de Patrick. Por alguns dias, Patrick não ligou, e então, numa tarde, o telefone de Obiefuna tocou. Ele estava no corredor do lado de fora de uma sala de aula, esperando uma palestra terminar e, por um segundo distraído, não reconheceu o número. Então, com uma mão pousada sobre a orelha esquerda para bloquear um pouco do ruído, perguntou quem estava do outro lado da linha.

— Você virou a página mesmo, não é? — disse Patrick depois de uma breve pausa, e, em seguida, interrompeu a ligação.

Obiefuna contou a Miebi sobre Patrick. Ele não se conteve, descrevendo as noites de maratonas de fumo; a vez em que acordara tarde da noite encharcado no próprio suor, dominado pela náusea e convencido de que morreria. Estavam aninhados na cama, as costas de Obiefuna encostadas no peito de Miebi, a respiração quente de Miebi na lateral do seu rosto.

— Aqui você está bem — comentou Miebi, com uma voz em que Obiefuna acreditava.

Sentia, com Miebi, uma leveza do ser, uma tendência a rir mais, um estado de sorriso permanente. Às vezes se flagrava olhando Miebi, apaixonado, exatamente como naquele primeiro dia. Miebi o pegava olhando e fazia uma careta, ou erguia uma sobrancelha brincalhona para perguntar "Que foi?". Ou suspirava de um jeito dramático e dizia: "Eu sei. Minha beleza é de tirar o fôlego, *abi*?", e Obiefuna soltava uma risada. Parecia que Miebi havia entrado em sua vida exatamente no momento em que a porta fora aberta; e, em momentos misantrópicos ocasionais, sentado ao lado de Miebi enquanto ele dirigia, ou debaixo dos lençóis, ou à mesa de jantar, ele tentava imaginar cenários alternativos sobre o que poderia estar fazendo com sua vida se não estivesse ali, mas nenhum deles parecia bom. Certa vez, Miebi perguntou o que ele estava pensando, e ele respondeu:

— Sinto como se você tivesse me salvado. — E, depois de uma pausa estranha, Miebi riu, como se Obiefuna estivesse brincando.

Obiefuna sentia como se Miebi estivesse esperando por ele. Miebi estava acostumado a viver sozinho, mesmo assim abriu espaço para Obiefuna com facilidade, criando um lugar tão amplo e integrado para ele que Obiefuna não teve a sensação desconcertante de uma grande mudança na vida. No início, manteve-se no quarto que lhe foi atribuído no dormitório, em pânico com a ideia de abrir mão dele, da implicação de que ele, pela primeira vez, pertencia totalmente a alguém. Por fim, a decisão não foi dele, e, na vez seguinte que ele passou por lá para uma visita, descobriu que o quarto havia sido ocupado por invasores, pois seus colegas de quarto achavam que ele havia voltado para casa. Mais tarde, perceberia que não havia se dado ao trabalho de corrigir as suposições deles, porque já pensava na casa de Miebi como seu lar. A casa era aconchegante, acolhedora e estranhamente familiar, dando-lhe a sensação de que sempre vivera ali. De manhã, ficava na cama até muito depois de Miebi ter ido trabalhar, lendo um livro ou jogando no iPad de Miebi. A casa tinha um ar tranquilo e brilhava graças à limpeza minuciosa feita pelo faxineiro, um garoto de pele incrivelmente escura chamado Moses, que chegava todas as manhãs logo depois que Miebi saía, entrando na casa com as próprias chaves. Além de um educado bom-dia para Obiefuna, nenhuma outra palavra era trocada enquanto ele cuidava de suas tarefas, movendo-se de cômodo em cômodo com uma discrição robótica, saindo assim que terminava e deixando a casa em um estado arejado de calma com aroma de lavanda. Obiefuna passava o resto do dia assistindo a séries na DStv[48] e andando na bicicleta de Miebi pelas ruas estreitas e inclinadas, aproveitando a leve brisa que passava por seus ouvidos e as pessoas que lançavam olhares desinteressados para ele e continuavam sua vida. À noite, Miebi chegava em casa do trabalho, seus olhos cansados brilhavam ao ver Obiefuna, ansioso para sair do carro e ir para seus braços. Para ele, havia uma concentração constante, pronta para entrar em ação ao menor sinal. A vida de Miebi era definida pela ordem, e ele andava pela casa com uma familiaridade fácil, mas cortês, como se ele próprio fosse um mero visitante. Ele limpava tudo depois de cada refeição e guardava as roupas no momento em que as tirava. Sempre se vestia com roupas casuais, mesmo quando ficava em casa: roupas macias e confortáveis, que tinham o seu cheiro. Mantinha o volume da televisão baixo e olhava para a tela quando o noticiário passava, acabando por adormecer, sempre, precisamente dez minutos depois de começar a assistir, com a cabeça pendendo para o lado enquanto roncava baixinho. Na cama, dormia com as duas mãos entre as coxas, curvado como um embrião. Ele cantava junto com Bruno Mars, Adele e Onyeka Onwenu nos fins de semana enquanto preparava o café da manhã, virando panquecas na frigideira e comemorando quando pousavam do outro lado em uma girada perfeita. Sua alegria tinha uma pureza tão infantil, tão simples e livre de amargura, que fazia Obiefuna ter vontade de chorar.

Aos domingos, Miebi recebia em sua casa um grupinho de amigos mais próximos, que chamava de família ideal. Eles chegavam pouco depois do meio-dia, muitas vezes com minutos de diferença, alguns ainda vestidos com as roupas da igreja, vindos diretamente de um culto. Obiefuna ficou impressionado com o charmoso Tunde, assistente social de uma ONG de saúde sexual, com seu rosto perfeitamente oval e dentes brancos em forte contraste com a pele escura, que anunciou, logo após as primeiras apresentações, que era prostituto. "Para o caso de alguém achar essa informação útil", disse, com uma piscadela. Obiefuna fez uma pausa antes de rir. Era uma brincadeira; mesmo

48. TV via satélite na África Subsaariana. (N.T.)

assim ele olhava para cima de vez em quando para encontrar os olhos de Tunde, examinando-o de alguma forma, como se ele fosse um artefato exótico. Obiefuna também se sentiu atraído por Patricia. Era a única mulher no grupo e alternava entre camisetas grandes, shorts masculinos e vestidos finos que acentuavam sua silhueta. A confusa vida amorosa dela era dissecada de maneira divertida em cada reunião. Obiefuna ficou maravilhado com a amplitude da experiência dela, os detalhes escabrosos que ela fornecia alegremente, desde o famoso gerente de banco que gostava de ser comido por ela às vezes até a jovem que ela havia conhecido na internet e que a perseguira pessoalmente por semanas, ou até o jovem líder religioso que se vestia engraçado de sua agora ex-igreja com quem tivera um breve relacionamento sexual, rompendo-o quando ele, ao descobrir que ela também fazia sexo com mulheres, havia passado uma hora inteira citando as Escrituras que garantiam a condenação eterna para sua alma.

— Ué, vocês não estavam transando? — perguntou Edward. O sotaque do povo ịjọ coloria suas palavras, e Obiefuna o compreendia apenas alguns segundos depois que falava. Sua insistência alta contrastava com a calma e a introspecção de seu parceiro, Chinedum, que parecia ser, desconsiderando Obiefuna, o mais novo do grupo.

Patricia riu.

— Exato. Ele não conseguia reconhecer a ironia, mesmo que ela o atingisse na cara.

— Homens héteros são uma espécie diferente de absurdo, hein? — provocou Kevwe. Houve um revirar de olhos geral. Obiefuna descobriria mais tarde que ele era o único homem heterossexual no grupo e tinha o hábito de colocar um aviso no caso de uma generalização ou menosprezo percebido da heterossexualidade.

— Que porra, dá um tempo, K. — soltou Patricia, com uma risada bêbada. Passaram a outros assuntos, tomando vinho em taças altas enquanto falavam, saltando de política para Hollywood, de cultura pop para esportes. Ficavam completamente à vontade na casa de Miebi, mais familiarizados com ela, Obiefuna percebeu, do que ele. Eles se sentavam nos braços dos sofás, de pernas cruzadas no chão de ladrilhos, de costas para a parede, enquanto comiam em pratos de comida com que eles mesmos haviam se servido. Provocações eram trocadas, e zombarias sutis, ditas entre as frases. Caíam na gargalhada de repente com os significados ocultos de frases enigmáticas ou ao relembrar alguma coisa que acontecera muito tempo antes. Obiefuna achava tudo aquilo difícil de acompanhar, mas, de qualquer forma, ficou contente em ser levado pela calmaria das vozes, divertindo-se com o vigor com que discutiam com os apresentadores de notícias na TV e com suas avaliações da moda das pessoas. Riam dos sotaques falsos dos apresentadores, liam em voz alta postagens de blogs cheias de animação e elogiavam ou rejeitavam manchetes.

— Obiefuna deve estar achando mesmo que estamos bebendo demais — comentou Patricia, sorrindo, enquanto pegava a taça da mesa.

Obiefuna teve um sobressalto e ficou tímido, pois todos os olhos na sala se fixaram nele por um momento. Ele arrumou o corpo e pigarreou.

— Não. Na verdade estou me divertindo aqui.

Miebi estendeu a mão para segurar a dele, e, pela primeira vez, no meio de outras pessoas, Obiefuna não sentiu a necessidade consciente de se afastar.

— Onde vocês se conheceram mesmo? — perguntou Edward. A pergunta era dirigida a Obiefuna. Foi a primeira vez que Edward falou diretamente com ele desde o primeiro e hesitante "E aí?" quando foram apresentados.

Foi Miebi quem respondeu, sorrindo para Obiefuna como se estivesse falando para ele:

— Foi na inauguração da galeria em Trans Amadi. Lembra, aquela para a qual comprei ingressos e você furou comigo?

— Daí ele foi com você? — perguntou Edward, sem dar importância à piada de Miebi. Seus olhos enterraram-se nos de Obiefuna.

A sala ficou em silêncio. Todos olharam para Edward. Estava com a taça posicionada nos lábios; seus olhos fixos em Obiefuna acima da borda. Vermelhos, mas claros. Ao lado dele, Chinedum se inclinou para pousar a mão em seu joelho.

— Obiefuna pagou o próprio ingresso, Edward — respondeu Miebi depois de um tempo, com uma voz fria e equilibrada.

Edward fez uma pausa e assentiu devagar e deliberadamente. Pareceu prestes a dizer mais alguma coisa, mas deu de ombros e tomou um gole da taça.

Mais tarde, Chinedum disse:

— Adorei seu short.

— Obrigado — agradeceu Obiefuna. Eles se afastaram dos outros nesse meio-tempo, Obiefuna precisando clarear a mente, e Chinedum se juntou a ele na sacada.

— Desculpe pelo Edward — pediu Chinedum. — Ele fica assim às vezes, especialmente quando envolve Miebi. Ele não quis te importunar, na verdade.

— Como assim? — questionou Obiefuna.

— Hum... — Chinedum fez uma pausa, sem saber se ele deveria contar essa história. — Miebi pode ser muito generoso, às vezes de um jeito imprudente, sabe? E isso já teve consequências. Sabe, gente que quer se aproveitar da bondade dele. Como o ex dele, se é que posso chamá-lo de namorado, o Jeffery. Foi um desastre. Quase levou Miebi à falência enquanto dava em cima de cada um de nós, até da Patricia.

— Ai, minha nossa.

— Foi difícil para Miebi. Em algum momento um de nós pensou em se mudar para cá, só para ficar de olho nas coisas. Ele e Edward têm uma longa história, sabe? Por isso Edward leva um pouco mais para o lado pessoal que o restante de nós.

Obiefuna assentiu, entendendo.

Chinedum observou seu rosto.

— Mas você, dá pra dizer que é diferente. Tem um bom nariz.

— Nariz?

— Isso. Tem um formato perfeito, não como aquele idiota de pele ruim e nariz no formato de um selim de bicicleta. Nunca entendi o que Miebi viu nele.

Obiefuna riu. Mais tarde, depois que o grupo foi embora e a casa ficou silenciosa de novo, ele tomou um banho frio e ficou acordado na cama. Lá fora, Miebi realizou uma inspeção tardia na fazenda. Obiefuna seguiu o som do seu assobio ocioso, tentando adivinhar a música. Estava quase caindo no sono quando ouviu o toque suave do telefone de Miebi. Obiefuna olhou para o telefone por um tempo antes de atender. Teve acesso sem precisar digitar uma senha, surpreso com a falta de privacidade de Miebi. Era uma mensagem de Edward, uma declaração final para uma conversa mais longa. Obiefuna deixou o telefone cair de volta na cama e, depois de um tempo, pegou-o novamente. A conversa era conflituosa, a de Edward, longa e repleta de emojis de desaprovação, com respostas esparsas e aparentemente cansadas de Miebi. Obiefuna viu seu nome em uma das mensagens e se sentou na cama. Ele rolou para cima até o início da conversa.

Nada mal. Ele tem uma constituição boa.

Você acha? É tão fácil amar ele.

Kkkk, por favor. Acho que você que se apaixona facinho.

Edward, não comece.

O quê? Sou o único que notou que o menino parece que saiu das fraldas ontem?

Tudo bem, senhor, quero que saiba que Obiefuna tem vinte e um anos. E é mais maduro emocionalmente do que muita gente por aí.

Com certeza. E aí está você, faltando três anos para fazer quarenta e deixando uma criança te sugar.

Kkkk, olodo. *O menino não pediu nada.*

E precisa? Aposto meu último dólar que você dá tudo pra ele.

Edward...

Olha, eu entendo. Você está faminto por diversão, e o menino parece saber como agradar o papai. Mas quando você vai aprender a parar por aí? Ele foi morar com você só duas semanas depois de se conhecerem? Para com isso, cara, parece que você não aprendeu nada.

Não posso falar disso com você agora. A fazenda precisa de mim. Tenho que ir.

KKK, você é que sabe.

Obiefuna deixou o telefone cair na cama e encarou a parede. Sentiu-se estranhamente calmo, embora suas mãos tivessem começado a tremer. Em seguida, sentiu-se sujo, como algo sem valor, deixado sobre um cepo e pechinchado sem nenhuma barganha significativa em vista. Do lado de fora, podia ouvir o som de galinhas cacarejando e a risada repentina de Miebi ecoando. Não era necessário criar uma cena. Não daria essa satisfação a Edward. Levantou-se da cama de forma lenta e metódica e foi buscar sua bolsa no armário que agora parecia seu, e o vazio que sentiu ao tirar suas roupas dali era estranho e ecoante. Apenas quando começou a juntar suas coisas na bolsa ele percebeu o quanto tinha no quarto e foi tomado por uma sensação de pavor ao pensar em nunca mais ver aquela casa. Esperou até que a palpitação no coração diminuísse e Miebi saísse para uma corrida tardia para se levantar e ir embora.

Nos dias seguintes, ao se deslocar entre as aulas e o dormitório onde agora era, essencialmente, um invasor, sentia-se tomado por um vazio interior, e sua pele formigava de desgosto e constrangimento. Mais do que isso, estava cheio de raiva. Não era razoável nem necessário ficar obcecado pelas opiniões de um estranho qualquer. No entanto, por mais que tentasse, não conseguia ignorar aquelas palavras. Como Edward se atrevera a dizer aquelas coisas sobre ele? O cara não sabia de nada. E como Miebi conseguia aceitar aquela calúnia, apresentando para o outro apenas defesas capengas? Ignorou as ligações de Miebi e deixou as mensagens sem resposta. No dormitório, era friamente educado, mas evasivo, com os colegas de quarto; o relacionamento fácil que antes compartilhava com eles havia ficado tenso. Logo, porém, o pior de sua raiva se dissipou, e ele não tinha mais nada além de saudade de Miebi. Sentia falta de acordar com o som do canto do galo. Sentia falta do cheiro quente dos lençóis de Miebi, do chão frio e da geladeira zumbindo o tempo todo, do ambiente da sala de estar. Sentia falta do calor do corpo de Miebi em suas costas enquanto dormiam, da respiração de Miebi no lado de sua orelha. Sentia falta da comida de Miebi, de sua essência, da luz em seus olhos. Repassou cenas em sua mente, de Miebi imerso na rotina da fazenda, seus passos lentos e deliberados, sua rotina metódica, seu andar seguro. Nas aulas, as palavras dos professores eram abafadas por sua imaginação, misturando-se umas às outras, sem resultar em nada concreto, e no fim de cada dia ele saía da sala de aula e quase rumava para o local onde pegaria um táxi até a casa de Miebi; mas aí, lembrando-se de que não podia mais ir até lá, um nó se formava e ficava em sua garganta. E então, no dia em que saiu para ver o carro de Miebi, embora tivesse uma vontade momentânea de ignorá-lo e continuar andando, ele caminhou até a lateral do carro e se sentou no banco do passageiro.

— Vou te levar até seu dormitório para pegar suas coisas e te levar para casa — disse Miebi com aquela voz gentil e um pouco rouca da qual Obiefuna sentia falta.

Obiefuna, olhando para o nada à frente, não disse nada. Quase havia se esquecido do cheiro maravilhoso do carro. Durante todo o trajeto até o dormitório, ele cantarolou baixinho, em geral falando pouco, exceto para apontar algumas direções. Sua mala ainda estava feita. Ele jogou a escova de dentes, um short novo e alguns livros e voltou para o carro de Miebi. Conseguiu sentir olhares curiosos observando-o das janelas do dormitório.

— Você não devia estar no trabalho? — questionou Obiefuna.

— Tirei o dia de folga — respondeu Miebi, examinando o rosto de Obiefuna de perto. Seus olhos pareciam pálidos. Não falaram mais nada até entrarem em um congestionamento. — Edward vai vir se desculpar.

— Não precisa.

— Precisa, sim. Ele não tinha o direito de falar de você daquele jeito.

Você permitiu, quis dizer Obiefuna. *Não me defendeu apaixonadamente.* Em vez disso, perguntou:

— Por que não me contou sobre Jeffery?

Miebi apertou o volante e tamborilou levemente com os dois polegares. Não olhou para Obiefuna nem disse nada em resposta até chegarem em casa, e ele foi à frente enquanto entravam pelo portão.

— Eu deveria ter te contado. — Ele fez uma pausa, como se estivesse debatendo a próxima frase, e em seguida suspirou. — Mas falar disso me faz me lembrar de como eu era idiota, e não é um sentimento que eu gosto de ter. — Ele tomou a mão esquerda de Obiefuna e a levou até seu queixo direito, forçando uma mudança estranha na postura dos dois. — Além disso, acho que fiquei preocupado que você pudesse achar que eu era um cara que tinha sofrido uma decepção amorosa que precisava ser resgatado. Porque eu não sou, eu acho.

Obiefuna não queria sorrir, não queria dar a impressão de que havia cedido com tanta facilidade, de que era alguém que cedia sem mais nem menos, mas Miebi estava fazendo aquela cara de cachorrinho sem dono de novo, que o deixava ridículo e infantilmente adorável ao mesmo tempo, de modo que era difícil para Obiefuna evitar sorrir e depois rir, seus ombros balançando para a frente e para trás enquanto Miebi o encarava.

— Sério, querido, você não é nada do que ele descreveu, e me desculpe por deixar que ele dissesse aquelas coisas.

Obiefuna acariciou sua bochecha, que tinha um toque felpudo na palma, como grama seca. Do quintal, ouviu as galinhas cacarejando alto, como se o estivessem recebendo em casa. Ele queria viver aquele momento para sempre.

— Edward não precisa vir hoje — disse. — Vamos ficar só nós dois.

No fim de semana seguinte, Edward o levou para um canto.

— Não tive a intenção de causar dano algum com minhas perguntas — começou a falar.

Obiefuna não pôde deixar de notar que não houve nenhuma declaração direta de desculpas, mas ele já havia aprendido e feito as pazes com o fato de que ele e Edward nunca se dariam bem. O relacionamento deles dali para a frente seria de antagonismo tácito. Então, ele disse:

— Tudo bem.

Edward franziu a testa. Talvez esperasse uma recepção mais entusiasmada. Estudou Obiefuna por um tempo antes de prosseguir com cautela:

— Olha, não leve a mal, mas, tipo, qual é a situação aqui?

— Como assim?

— Quer dizer, olhe para você. Você é um garoto legal, inteligente, segundo disse o Miebi, jovem. Nós dois sabemos que Miebi não é o homem mais lindo do mundo, sem mencionar que tem quase o dobro da sua idade. É difícil não suspeitar que a única atração que ele exerce sobre você é o quanto ele tem.

Obiefuna respirou fundo, de um jeito comedido. Não fazia sentido ficar chateado, em princípio porque sentia que era exatamente o que Edward queria, e já havia decidido que Edward existia apenas para irritá-lo. Ele se virou sem dizer uma palavra e voltou para a sala de estar para se juntar aos outros.

Mais tarde, ele disse a Miebi:

— Na verdade, não preciso me explicar para ele. Para ninguém, aliás.

Miebi estalou a língua em sinal de solidariedade. Ficaram encostados no corrimão da sacada muito tempo depois que os outros já tinham ido embora. Foi uma boa noite. Durante todo o tempo, eles acompanharam as notícias internacionais sobre as instruções do presidente Obama à Suprema Corte dos Estados Unidos para derrubar a Lei de Defesa do Casamento, alegando que era discriminatória contra casais gays. Aquilo deixou Miebi de bom humor, bebendo mais que o normal. Agora, parecia afogueado, com olhos marejados e uma expressão de sorriso permanente. Tentou parecer atento, mas Obiefuna percebeu que estava muito longe. A taça balançava entre seus dedos, a ponto de cair.

— Edward está com inveja — comentou Miebi.

Obiefuna ergueu uma sobrancelha.

— Quer dizer, Chinedum é um amor. O melhor. Mas olhe para você! — Ele gesticulou, estendendo ambas as mãos para a frente em um gesto dramático, e a força suave de seus movimentos o fez cambalear um pouco.

Obiefuna fez que não com a cabeça. Se Miebi tomasse outro gole, ele deixaria a taça cair, e em pouco tempo não conseguiria mais aguentar o próprio peso. Ele deu um passo adiante e tirou a taça das mãos de Miebi, sem resistência.

— Vamos entrar.

Havia ainda mais novidades para comemorar no próximo encontro. Juntos, refletiram sobre as atualizações na sala de estar de Miebi, souberam que a decisão da Suprema Corte dos Estados Unidos era esperada para a semana seguinte e que por ora havia motivo para otimismo. Apesar dos protestos das igrejas e de vários grupos de direita, a opinião popular sugeria um possível consenso positivo. Uma pesquisa de opinião pública mostrara que um número impressionante de entrevistados apoiava com firmeza a revogação da lei. Os amigos brindaram a um resultado favorável e depois permaneceram preguiçosamente na sala de estar, bebendo vinho em taças até que a maioria deles ficou meio bêbada e sonolenta, passando de uma conversa sem sentido para outra, rindo aleatoriamente de coisas sem graça.

— Quando foi seu primeiro beijo? — perguntou Patricia a Obiefuna. Estava sentada no braço do sofá mais próximo dele, com o corpo ligeiramente inclinado em sua direção. A voz dela estava bem baixinha, e ainda assim Obiefuna sentiu a sala ficar em silêncio enquanto todos esperavam por sua resposta.

Obiefuna pensou em Aboy. Por algum motivo, foi a imagem de Aboy agachado para demonstrar que queria usar o banheiro que veio à mente de Obiefuna, muito antes de ele conseguir formar as palavras certas em inglês para articular suas necessidades, muito antes de ele se acostumar e se sentir à vontade com a vida na cidade. Já fazia um tempo que não pensava em Aboy, e agora estava impressionado com a falta de ressentimento dentro dele.

— Foi com um dos aprendizes do meu pai, Aboy.

— Aaaah, que picante — comentou Patricia. — Gosto da ideia de ser um aprendiz. Quando foi?

Obiefuna soltou uma risadinha.

— As idades? Não lembro dos detalhes.

— Ai, para com isso — disse Tunde. — Claro que consegue. Desembucha, meu amor.

Obiefuna imaginou o rosto adormecido de Aboy naquela noite, tantos anos antes, os pelos escuros espalhados sobre o lábio superior, a paz serena que irradiava e a curva de seu lábio em um sorriso sempre tão leve. Mas os detalhes, mesmo depois de todos esses anos, pareciam pessoais demais para serem compartilhados.

— Onde ele está agora? — quis saber Patricia.

— Sei lá — respondeu Obiefuna. — Meu pai nos pegou em uma situação constrangedora, o expulsou de casa e me mandou para o seminário.

A sala ficou em silêncio. Todos estavam olhando para Obiefuna. Miebi inclinou-se e tocou suavemente seu joelho. Nem mesmo ele sabia daquilo. Obiefuna ficou surpreso com as emoções que o invadiram naquele momento. Sentiu a cabeça lúcida. E ainda havia alguma coisa a mais. Uma vontade de rir e chorar ao mesmo tempo.

— Então, ninguém tem uma história de amor de infância com final feliz, hein? — insistiu Patricia, tentando descontrair o ambiente.

Tunde levantou a mão.

Patricia revirou os olhos.

— Tunde, pela centésima vez, já sabemos sobre seu encontro repugnante com seu professor de Introtech. O homem deveria estar na cadeia, e você, na terapia!

— Bem, acho que, em geral, histórias de amor como a nossa não costumam ter finais felizes — comentou Chinedum. — É como uma história ambientada em tempos de guerra. Quanta felicidade é possível ter? Até mesmo a aparência de felicidade se contrapõe a uma tristeza maior.

Houve um silêncio momentâneo. E então Kevwe disse:

— Lá vem o Chinedum, com sua grande sabedoria.

Todos riram. Chinedum pegou uma almofada e jogou em Kevwe, errando por completo o alvo.

— Não, mas falando sério — retomou Chinedum assim que as risadas cessaram. — Muitas vezes eu penso no amor que se perde quando as crianças gays crescem. Roubam da gente a chance de vivenciar a inocência do amor precoce da adolescência. Porque a gente passa todo esse tempo cheio de medo, controlando as próprias fantasias.

Patricia interrompeu:

— Chinedum, guarde sua grande análise para mais tarde. Agora, precisamos de uma ideia feliz.

Tunde levantou as mãos de novo.

— Tunde… — alertou Patricia.

— Relaxa, não é sobre meu professor — falou Tunde. Sua voz adquiriu uma timidez incomum. — Conheci uma pessoa.

Edward deu risada.

— O quê? O puto residente finalmente decide que não vai ter mais diversão nas ruas?

— Um homem precisa se aquietar em algum momento — retrucou Tunde, piscando com sarcasmo para Edward.

— Como ele é? — perguntou Chinedum.

— Bem, ainda não nos conhecemos nem oficializamos nada — respondeu Tunde. Ele tomou um gole de sua taça. — Mas, só para vocês saberem, podem esperar mais um convidado nesta casa em breve.

Certa noite de junho, Miebi voltou para casa com uma garrafa de vinho e muita animação.

— Eles declararam a DOMA inconstitucional, meu amor! — anunciou para Obiefuna.

— O que é DOMA? — perguntou Obiefuna.

Mas Miebi estava animado demais para explicar. Ligou na CNN e juntos assistiram aos âncoras do noticiário recitarem as palavras dos juízes da Suprema Corte dos Estados Unidos, afirmando que a Lei de Defesa do Casamento[49] havia sido considerada inconstitucional por discriminar pessoas LGBT nos Estados Unidos.

— Sabe o que isso significa? — questionou Miebi, servindo o vinho em duas taças para si e para Obiefuna. — A nação mais poderosa do mundo acaba de declarar visibilidade para gente como nós.

Obiefuna concordou com a cabeça. Ele não compreendeu o impacto total da lei, mas ficou satisfeito com a alegria de Miebi. Aceitou sua taça e brindou com ele. Naquela noite, os amigos chegaram, uma rara reunião em dia de semana, e assistiram juntos às reportagens. Em uma delas, um homem pediu seu parceiro em casamento abertamente, sob aplausos ao fundo.

— Quando teremos isso? — perguntou Patricia com um olhar de desejo animado nos olhos enquanto observava a tela.

— Um sonho impossível, meu amor — respondeu Tunde com uma risada. — É o pior pesadelo de todo nigeriano.

— Nós somos nigerianos — retrucou Chinedum, com um tom enfático que causou momentaneamente uma pausa geral.

— Certo, nem todo nigeriano — aquiesceu Tunde por fim.

---

49. Em inglês, Defense of Marriage Act (DOMA). (N.E.)

— Mas o argumento de Tunde permanece em pé — comentou Edward. — Não vejo isso virando uma realidade pra gente. Na verdade, posso apostar que o governo nigeriano vai fazer exatamente o oposto.

— Nunca se sabe! — disse Patricia. — Não teve aquele projeto de lei antigay apresentado muitos anos atrás? Foi derrotado!

— Na verdade, faz só seis anos, Tricia, e não foi "derrotado" — explicou Edward. — Digamos que havia muita politicagem acontecendo na época. Eu diria que a perspectiva de sua aprovação era tão popular naquele ano quanto é hoje.

— O que estava acontecendo na época? — perguntou Obiefuna, falando pela primeira vez.

Edward fez uma pausa. Pareceu surpreso que Obiefuna tivesse falado com ele.

— Acredito que foi mais ou menos quando Obasanjo tentou alterar os limites constitucionais e estender seu mandato indefinidamente. Ele feriu muitos sentimentos com isso. O projeto de lei foi uma tentativa de apaziguar a todos. Uma distração inteligente.

— Ainda não entendi o que tínhamos a ver com tudo isso — disse Patricia.

Edward deu risada.

— Querida, em que planeta você vive? Já devia saber que somos, como se diz, ossos atirados a cães furiosos para acalmar os ânimos sempre que esses idiotas erram. Se tem uma coisa que une os nigerianos, é o ódio que sentem por nós. Obasanjo sabia muito bem disso.

— E o Jonathan? — perguntou Obiefuna.

— O que tem ele? — perguntou Edward.

— Ele parece mais esclarecido do que a maioria — respondeu Obiefuna. — Podia ser diferente desta vez.

Edward zombou. Seu sorriso era lento e zombeteiro.

— Ah, o otimismo fácil que vem com a juventude. Quase sinto falta dele.

— Obiefuna tem razão — interveio Miebi. — Além disso, Jonathan deve estar muito ocupado com o Boko Haram[50] lá no Norte. É como

---

50. Grupo extremista islâmico que atua principalmente no norte da Nigéria, responsável por ataques violentos e atentados a bomba desde o fim dos anos 2000. (N.E.)

uma bomba explodindo a cada dois dias da semana. Não vejo como *Oga* Jo conseguiria pensar em nós em meio a tudo isso.

— Mas essa é a questão — argumentou Edward, deslocando-se para a ponta da cadeira. — O homem falhou desastrosamente. A popularidade está na sarjeta. E vamos ter eleições gerais daqui a menos de dois anos. O que você acha que ele poderia fazer agora para deixar todo mundo feliz antes do dia da eleição?

Houve silêncio enquanto ponderavam sobre a pergunta de Edward.

— Nesse caso, eu provavelmente devia me casar com Vincent o mais rápido possível antes que isso se torne ilegal, certo? — perguntou Tunde.

— Quem é Vincent, caramba? — perguntou Edward, sorrindo.

— Ai, meu Deus... O homem de quem eu falei há algumas semanas!

— Espera, era verdade? — perguntou Edward.

Tunde olhou para o grupo com horror fingido, como se tivesse compreendido tudo naquele momento.

— Vocês desistiram de mim mesmo, não é?

— Você não pode dizer que não tentamos, querido — disse Miebi, rindo. — Todas as nossas tentativas de fazer você sossegar o facho não deram certo.

— Vai contar como ele é agora — disse Chinedum — ou prefere continuar escondendo o ouro?

Tunde revirou os olhos.

— Quando foi que eu não contei? Só vou ter mais detalhes quando nos encontrarmos pessoalmente.

— Qual é o problema? — perguntou Miebi.

Tunde tomou um gole de sua taça.

— Cara muito ocupado.

— Ou então não tem nada a ver com as fotos — acrescentou Patricia. — Tenham cuidado por aí, gatinhos.

— Nós conversamos por vídeo — disse Tunde. — Ele é ok.

— Nunca imaginei que você fosse uma garota para encontros virtuais — brincou Chinedum.

— Você recorreria a qualquer coisa no meu lugar — retrucou Tunde. — As opções de longo prazo não são tão boas quando você é soropositivo.

— Ei, pare com isso — disse Miebi, estendendo a mão em direção ao joelho de Tunde. — Você está ótimo. E esse novo cara misterioso tem sorte de ter você.

Pela primeira vez, Obiefuna viu Tunde ficar com os olhos marejados. Ele tentou, sem sucesso, rir daquilo como se nada fosse.

— Bem, você vai ter a chance de contar pra ele em breve, não é?

— Mas que momento apropriado, não? — disse Edward.

— Edward! — alertou Chinedum.

— Você sabe que eu fico sentimental demais — comentou Edward.

— Vamos olhar o lado bom das coisas. Como Obi disse, Jonathan parece iluminado. Não era professor universitário com doutorado antes?

Edward deu risada.

— O homem que apresentou o primeiro projeto de lei em 2007 era um advogado que conseguiu seu mestrado na Escola de Economia de Londres.

— Edward... — alertou novamente Chinedum, mais alto.

— Tudo bem, tudo bem — disse Edward, levantando as mãos em sinal de rendição. — Espero que vocês estejam certos. Por Deus, eu espero mesmo.

24.

Ele pensa em sua mãe como uma estrela. Às vezes ela se manifesta em seus sonhos como um pontinho no céu, a luz solitária que continua acesa mesmo quando as outras se apagam. Ela não fala, até onde ele pode perceber, mas consegue ouvir sua voz, uma cantiga de ninar que cantava para ele quando criança, algo sobre confortar uma criança que teve seus pertences roubados por um mundo ganancioso. As palavras dela ressoam em seus ouvidos, mesmo quando ele emerge da névoa do sono, e permanecem consigo o dia todo. Raramente fala com seu pai. A comunicação deles se restringe a conversas sobre as aulas, as notas e a confirmação de sua mesada. Ele não precisa que o dinheiro seja enviado para sua conta todo mês, mas não há como explicar o "porquê" para seu pai. Recebe cartas pelo correio de Ekene, que está em Gana, distribuídas ao longo de meses. Ekene, Obiefuna soube na carta, finalmente está se familiarizando com o novo país. As cartas são, na maioria, curtas e diretas. Trazem atualizações sobre a nova vida. Ele se acostumou com a comida, mas se preocupa que esteja negligenciando suas habilidades. Está sendo deixado no banco com muita frequência e suspeita que o tratamento injusto é por ser estrangeiro. Deixou crescer uma barba cheia. Está apaixonado por uma linda garota ganesa.

As respostas de Obiefuna são mais longas, impregnadas de um sentimentalismo que ele sabe que Ekene desaprova. Ele não menciona nada sobre Miebi. Envia atualizações sobre o pai deles. Ainda não está aceitando bem a perda. Parece que está perdendo a audição.

Nos últimos tempos, Obiefuna fica repetindo coisas para ele. *Deus, por favor, proteja esse homem para nós; meu coração não vai aguentar a perda do pai*, escreve Ekene de volta no parágrafo final da carta mais recente, e Obiefuna se vê concordando com a cabeça.

Na manhã em que o projeto de lei foi aprovado, vários peixes de Miebi morreram. Ele havia observado, no início da semana, a palidez de suas cores, manchas brancas nas nadadeiras e a lentidão com que nadavam. Não reagiram às soluções salinas repetitivas e, naquela manhã, todos estavam flutuando na água, em seus respectivos lagos, com os olhos inchados. Obiefuna encontrou Miebi curvado sobre um lago, olhando fixamente para dentro da água. Virou-se quando Obiefuna se aproximou. Obiefuna contou doze peixes mortos. Os olhos de Miebi estavam claros, seu rosto, inexpressivo.

— O que será que aconteceu? — perguntou Obiefuna.

— Parece que é algum tipo de surto — respondeu Miebi. — Liguei para o veterinário. Vamos saber mais quando ele chegar.

Mais tarde, depois que o veterinário chegou, administrou o tratamento no lago e conversou longamente com Miebi, Obiefuna e Miebi tomaram café da manhã na sala de jantar e permaneceram sentados, jogando cartas. Na sala de estar, a televisão estava ligada, com o canal sintonizado na CNN. Obiefuna estava ganhando. Miebi parecia distraído, com o rosto concentrado em algo atrás de Obiefuna, e ele teve que ser lembrado mais de uma vez quando era sua vez de baixar uma carta, mas, quando Obiefuna sugeriu que parassem, ele continuou. As palavras da âncora chegaram da sala de estar e, um momento depois, agitado por algo que ouviu, Obiefuna olhou para a televisão. A legenda estava em negrito, espalhada na parte inferior da tela em letras maiúsculas ameaçadoras: A NIGÉRIA CRIMINALIZA OFICIALMENTE UNIÃO ENTRE PESSOAS DO MESMO SEXO.

> *O parlamento nigeriano aprovou ontem, oficialmente, um projeto de lei que criminalizava o casamento e outras formas de relação e parceria sexuais entre pessoas do mesmo sexo. Isso ocorre logo após o reconhecimento sem precedentes*

de união gay em países desenvolvidos, principalmente nos Estados Unidos. O projeto de lei, de acordo com a mídia local, foi um dos mais rápidos a serem sancionados, com um consenso quase unânime entre os legisladores, e previa penas que variavam de dez a catorze anos para gays e seus aliados. O projeto de lei recebeu ampla condenação da comunidade internacional. Em contraste, porém, esse projeto obteve grande apoio da população nigeriana, o que não foge do esperado em se tratando de um país com valores ultraconservadores.

A notícia deu lugar a vídeos curtos de júbilo entre os nigerianos nas ruas de Lagos, segurando cartazes nos quais estavam escritas as palavras: *Chega de gays! Catorze anos de prisão! Jesus vive aqui!* Miebi já havia se levantado, aproximando-se demais da televisão, quase obstruindo a visão de Obiefuna, como se o protegesse da realidade. Sua expressão permaneceu vazia. Apenas seus olhos, piscando muito rápido em poucos segundos, traíam sua descrença.

A locutora continuou:

A Nigéria não é o único país africano a proibir união gay. De fato, mais da metade dos países que compõem o continente tem alguma forma de restrição às relações entre pessoas do mesmo sexo. No entanto, a Nigéria, sendo a nação mais populosa do continente, exerce considerável influência entre outras nações, e especula-se que esse acontecimento talvez tenha possíveis efeitos em espiral na legislação de seus vizinhos...

Miebi desligou a TV e foi para o quarto. Obiefuna ficou ali por um tempo, olhando para a tela desligada. O silêncio que se seguiu foi interrompido pelo barulho do ventilador de teto. A voz da mulher ecoou em seu cérebro: "Com pena de prisão de dez a catorze anos". Ele se sentia calmo, acalorado demais por dentro, embora o quarto estivesse frio devido aos resíduos do harmatã de janeiro, e, conforme se movia, agulhas pareciam espetar sua pele. Nos ouvidos, tinha um gemido longo e contínuo e, quando se sentava no sofá, o gemido absorvia seu peso com um pequeno protesto estridente, como sempre. A sala de estar parecia a mesma: pequena e quadrada, acolhedora em seu calor. Nada parecia ter mudado. Tudo tão limpo e organizado como sempre estivera.

No quarto, Miebi estava sentado na cama, empertigado, jogando em seu iPad. Ergueu o rosto quando Obiefuna entrou, e seus olhos pousaram no rosto do rapaz, como se o estudassem.

— Foi menos de um dia — disse Obiefuna. — Nunca tinham sido tão eficientes.

— São uns desgraçados — falou Miebi. Sua voz era neutra, desprovida de amargura. Ele suspirou e, por fim, sorriu, estendendo a mão para Obiefuna. — Vem aqui, meu querido.

Obiefuna atravessou o quarto até Miebi, pegou sua mão e se deitou sobre ele. Duas semanas antes, haviam brindado ao Ano-Novo, com Miebi liderando uma oração para que 2014 trouxesse apenas o melhor. Agora, cantarolava baixinho uma música, e Obiefuna demorou um momento para reconhecer a canção: "One Love", de Onyeka Onwenu, e, enquanto seguia o ritmo em sua cabeça, Obiefuna imaginou se era uma escolha consciente de Miebi, uma reafirmação simples e desafiadora de seu compromisso um para com o outro, independentemente da ilegalidade.

No dia seguinte, Chinedum, doente, não compareceu à reunião. Os outros permaneceram sentados empertigados em seus assentos, as palavras saindo ao mesmo tempo, as bebidas quase intocadas. Xingavam os comentaristas do noticiário na tela, gritavam uns com os outros e davam socos no ar. Mas até mesmo a raiva deles era temperada pela consternação, seu comportamento estava acuado, sem acreditar no que ouviam.

— Quem imaginaria? — perguntava Patricia sem parar. — Como se não tivesse nada para o parlamento nigeriano fazer?

— É o efeito cascata de tanto reconhecimento dos direitos dos homossexuais em todo o mundo agora — explicou Kevwe. — A Nigéria se sente ameaçada. É a maneira preventiva deles de firmar uma posição.

— Que absurdo — retrucou Patricia. — Para começar, nunca chegamos a exigir direito nenhum. De onde vem a ameaça?

— É a eleição, meu bem — disse Tunde. — *Oga* Jona tinha que se posicionar, e aqueles governos estrangeiros não iriam reelegê-lo no ano que vem, não é? No fim, tudo se resume à política.

— É um desgraçado — disse Edward. Havia permanecido estranhamente silencioso o tempo todo, pensativo, e agora a frieza de sua voz assustou Obiefuna e, ao que parecia, a todos os outros na sala, pois todos se voltaram para ele. — Isso é o melhor que ele pode fazer? Para alguém que parece ter sido um fracasso colossal, ele tem coragem pra caralho!

— Bem, você tem que admitir que foi uma jogada inteligente — comentou Kevwe. — Veja as notícias. As pessoas estão elogiando o cara. E estamos falando de alguém que mal podiam esperar para expulsar de Aso Rock. De repente, ele é a melhor coisa que aconteceu à Nigéria desde a independência.

— Se ele acha que isso vai garantir uma vitória para ele no ano que vem, até ele está precisando voltar ao jardim de infância e aprender o básico de política — disse Edward.

— Ainda assim, nem você pode negar que essa atitude não foi ruim para ele — insistiu Kevwe. — O apoio gigante que está recebendo de grupos religiosos aprovadores não vai fazer mal. Os nigerianos são fáceis demais.

Eles voltaram para as notícias. Mais e mais vídeos curtos mostravam pessoas comemorando a lei. Um bloco de entrevistas de populares transmitido por um canal de notícias independente e com amostras de diferentes grupos demográficos revelou apoio quase unânime à lei. Um idoso berrou para a repórter que lhe perguntou se ele achava a lei justa.

— Claro que é!

— Então, você acha que os gays merecem ser presos?

— Merecem — respondeu o homem.

— Por quê?

O homem afastou-se do microfone para encarar a correspondente, convencido de que ela havia perdido o juízo.

— Porque nós temos valores aqui — retrucou ele por fim. — Não vamos aceitar nada que vá contra nosso estilo de vida.

Muitos outros entrevistados ecoaram os mesmos sentimentos em tons variados, repetidamente, até que Obiefuna ficou sonolento devido à monotonia de tudo aquilo.

— Não é natural — falou alguém.

— Não faz parte da nossa cultura como africanos. Qualquer um que queira fazer isso deveria ir para os Estados Unidos — disse outro.

Um homem alto, de pele escura e traços marcantes como madeira entalhada, quando questionado se acreditava que havia nigerianos que não foram expostos a influências ocidentais e eram gays mesmo assim, disse:

— Talvez. E eu aproveito para dizer a eles que seus dias estão contados. Vamos pegar todos eles e matar um por um.

Patricia engasgou.

— Ele disse isso mesmo na TV ao vivo?

Tunde riu baixinho.

— Ai, ele sabe que não tem nada com que se preocupar. Está totalmente seguro. Os nigerianos estão mais preocupados em capturar criminosos imaginários do que em prender um real.

— E muitos concordam com esse cara — disse Miebi. Ele parecia cansado. — O uso de "vamos" foi muito intencional.

Obiefuna apertou a mão dele, e Miebi apertou de volta antes de se levantar para usar o banheiro. Depois de esperar um pouco, Obiefuna o seguiu. A porta não cedeu. O chuveiro estava ligado lá dentro, e Obiefuna pensou em bater, mas não bateu, ciente de que Miebi precisava daquele momento para si.

Miebi parecia cansado nos dias seguintes, mesmo com sua rotina seguindo o curso normal. Ele saía para correr de manhã, cuidava da fazenda e fazia panquecas para Obiefuna no café, aquelas panquecas fofas mergulhadas em mel que Obiefuna adorava, mas algo em sua energia havia se apagado, sua animação havia diminuído. Ele não assistia mais ao noticiário e passava noites inteiras na cama com seu notebook. Até mesmo a intimidade deles havia mudado, de alguma forma ficando tensa. Quando saíam juntos, instintivamente andavam separados, sentando-se lado a lado nos restaurantes em vez de um de frente para o outro, e nos últimos tempos Patricia saía com eles com mais frequência. Ela havia sofrido pouco tempo antes outra decepção amorosa, e eles conversaram sobre isso em um dos passeios, com Patricia reclamando da quantidade de dinheiro que havia gastado com a garota. Eles riram da rotina dela, provocaram-na por causa do seu novo penteado, sugeriram possíveis encontros, mas o som era superficial, moderado, de alguma forma consciente de sua falsidade.

— Como puderam fazer isso conosco? — perguntou Patricia uma vez, em uma de suas reuniões, e sua pergunta foi recebida com silêncio.

25.

A notícia das primeiras prisões chegou a Obiefuna duas semanas depois. Era uma tarde ensolarada de quinta-feira; no caminho para casa, vindo da universidade, ele notou o grupo de estudantes ao redor da banca de jornal. Alguma coisa em sua postura, seus corpos imóveis em desgosto hipócrita, o fez se aproximar para observar. Foram os olhos que ele notou primeiro, perplexos e brilhando com um medo quase palpável. Antes que Obiefuna lesse a legenda estampada abaixo da imagem, ele soube. Pegou o jornal, pagou-o e enfiou-o na bolsa, pensando durante toda a longa viagem para casa na familiaridade assombrosa daqueles olhos. Pegou a primeira página, que continha apenas as manchetes, quando chegou em casa e a amassou com o punho; e, ainda assim, enquanto folheava a reportagem, juntando as peças da narração estranhamente animada de uma prisão em massa de jovens suspeitos de serem gays, em uma festa em Kano, ele se viu incapaz de desviar daqueles olhos. Era o mesmo sentimento que carregaria consigo nas semanas seguintes, uma nebulosa sensação de ruína, imbuída da consciência desconcertante de que seu acerto de contas estava próximo. Ele tropeçou em pesadelos, sentado na capela enquanto uma voz estrondosa lia o veredito de Pardal. No meio do caminho, Pardal levantou a mão para interromper o veredito e apontou diretamente para Obiefuna. Quando um mar de olhos chocados se voltou para ele, ele acordou sobressaltado, com as roupas úmidas de suor. Ele acompanhava artigos de blog dia após dia, sobre a violência contra gays, as prisões em massa de homens vestidos com roupas "suspeitas" em casas noturnas, a "repressão" a homens de aparência afeminada em bairros de baixa renda, duas jovens abordadas em seus quartos enquanto dormiam nuas nos braços uma da outra e estupradas pelo grupo de homens que as encontrou. Obiefuna leu um artigo de opinião nos jornais em que o escritor defendia o estupro como um mal menor necessário. Ele absorveu os terrores das vítimas enquanto examinava imagens de homens e mulheres jovens e atordoados, com ferimentos ensanguentados e corpos nus, marcados e expostos. Mas foram os comentários que mais chocaram. Ele leu parágrafos sobre indivíduos que elogiavam o tratamento dado às vítimas, alguns deles insatisfeitos com o fato de estas ainda estarem vivas. Cada comentário depositava alguma coisa rígida no estômago de Obiefuna, que às vezes o fazia se sentir fisicamente pesado. Ele imaginou essas pessoas como os garotos do seminário, que tinham sido seus amigos e companheiros, com quem havia compartilhado períodos razoáveis da vida. Pessoas decentes e amigáveis que o acolheram. Mas agora fora atingido pela percepção surpreendente de que qualquer um deles podia facilmente ser as pessoas nos comentários.

Miebi pediu que ele parasse de ler essas notícias.

— Essa paranoia toda não está ajudando ninguém — advertiu.

Obiefuna ainda procurava por mais, cada notícia parecia uma sondagem profunda em uma cicatriz não curada; ele se viu viciado, incapaz de parar, afundando em desespero enquanto lia, parando entre as leituras para encher os pulmões de ar.

Mais artigos foram publicados, e fotos de jovens aterrorizados foram espalhadas pelos sites. Quando os amigos se reuniam em intervalos cada vez mais espaçados, eles conversavam sobre os ataques. Um amigo de Tunde, acusado de ser afeminado, foi forçado a sair de um veículo de transporte público por policiais e submetido a uma revista corporal na frente de todo mundo, sendo finalmente preso quando um lubrificante foi encontrado em sua carteira; outro, amigo de Edward, foi preso por estar de posse de fotos nuas de seu amante. Edward havia esgotado as próprias economias para garantir sua fiança. Mas até ele reconheceu que esse era o melhor cenário possível, com os homens tendo o privilégio de estarem baseados no Sul. Os homens presos na festa de Kano, a maioria muçulmana, não tiveram a mesma sorte.

Com seus julgamentos a meses de distância, segundo a Sharia, a lei islâmica, um veredito de culpa pode resultar em uma série de punições, desde severas chicotadas públicas até morte por apedrejamento.

— Não seria uma forma extrema de BDSM? — brincou Tunde, mas ninguém riu.

— Não há realmente nada que possa ser feito por eles, Eddie? — perguntou Miebi.

Edward suspirou, reclinando-se em seu assento.

— Esgotamos os nossos contatos, cara. A menos que um milagre aconteça, aqueles irmãos já estão perdidos.

Miebi suspirou.

— Mas essas invasões são ilegais. Não se pode simplesmente invadir os espaços privados das pessoas e prendê-las sem provas significativas. Nem mesmo essa lei estúpida dá liberdades assim pra polícia. Com certeza alguém pode apontar isso para eles.

Edward riu baixinho.

— Quem vai dar o primeiro grito, mano? Todos estão muito assustados e envergonhados. É um pesadelo; só querem acabar logo com isso. — Após um momento de silêncio, Edward acrescentou: — Você precisa ter cuidado, Obi. Está um verdadeiro caos lá fora.

Obiefuna encarou-o. Algo na voz preocupada de Edward o comoveu. Ele disse:

— Obrigado, Ed. Vou me cuidar.

E ele era cuidadoso. Ou tentava ser. Na universidade, mantinha a cabeça baixa. Assistia às aulas, lia livros na biblioteca, fazia exercícios práticos no laboratório e pegava um táxi para casa. Flagrou-se olhando para as pessoas por mais tempo, tentando diferenciá-las, para decidir quem provavelmente comentaria naqueles blogs. Como ele poderia fazer Miebi entender que era difícil deixar as notícias para trás sendo que o ódio era como uma rocha gigante bem na sua frente, imóvel? Ele ouvia o projeto de lei sendo discutido nos táxis que pegou para casa, na biblioteca, em aula. Numa manhã de terça-feira, um garoto estava sendo assediado publicamente pelo segurança da faculdade por "andar como uma menina", colocando a maioria dos estudantes contra a pequena minoria que abominava esse tratamento. Obiefuna sentou-se na sala de aula, tentando estudar. Já havia aprendido a ouvir sem falar, usando um fone de ouvido para parecer indisponível. A maior parte da turma estava contra uma garota que se manteve firme na defesa dos motivos pelos quais esse tratamento estava errado. Os outros riram dos argumentos dela, zombaram e insistiram que o garoto merecia um tratamento pior.

— Você não concorda? — alguém perguntou a Obiefuna, apontando-o aleatoriamente da multidão, e o mar repentino de olhos que se voltaram para ele, o silêncio que se instalou enquanto esperavam por sua opinião, o levaram a dizer abruptamente:

— Claro.

Uma palavra simples. Sua resposta provocou murmúrios de aprovação, alguns apertos de mão e respeito renovado nos olhos dos colegas. Na frente dele, a garota o encarou, com os olhos semicerrados, e em seguida suspirou, derrotada. Foi a primeira coisa que Obiefuna contou a Miebi quando chegou em casa.

— Eles perguntaram o que eu achava, e eu concordei. Fui nojento.

Miebi olhou para ele. Estava batendo ovos em uma tigela na bancada da cozinha, com as mãos cobertas de farinha.

— Você estava em uma posição difícil. Teve que falar isso, não tinha jeito.

— Eu poderia não ter dito nada.

— Poderia — concordou Miebi. — Por outro lado, nem deveriam ter perguntado nada para você, para começo de conversa. — Ele deixou a tigela de ovos de lado e suspirou. — Você não é o problema aqui, meu bem.

Obiefuna afastou-se dele. Odiava quando Miebi falava daquele jeito fácil, superficial. Desejou que Miebi não tentasse absolvê-lo da culpa. Precisava fazer algo com essa culpa.

Miebi seguiu-o até a sala de estar e o envolveu em um abraço. A princípio Obiefuna manteve o corpo imóvel, pensando na decepção do olhar da garota, nas batidas suaves do seu coração no peito enquanto esperava que ela dissesse algo obsceno em resposta. Logo se perdeu no ritmo dos batimentos cardíacos de Miebi e sentiu-se relaxar.

— Preciso que você saiba que está em casa, Obi — disse Miebi. — O mundo pode estar ficando louco, como sempre esteve. Mas você está em casa comigo. Bem aqui.

Ele queria que Miebi demonstrasse um pouco de medo. Gostaria de se preocupar um pouco mais com o que seus vizinhos pensavam de um garoto em sua casa, um homem solteiro como era, um garoto que sabiam não ser parente dele. Desejou que ele tivesse alguns daqueles pesadelos que Obiefuna vinha tendo nos últimos tempos, de pessoas entrando pelo portão enquanto dormiam, no quarto, e encontrando-os enlaçados um nos braços do outro. Mas Miebi seguia pelos dias e semanas com seu otimismo característico: a cor havia retornado ao seu rosto, o calor, à sua voz, a animação, aos seus movimentos. Era um desafio silencioso e contundente. Ele tinha o porte de um homem que dançava na sua própria batida, recusando-se a permitir que o mundo ditasse regras para ele, como se sua vida se movesse em um ritmo interno.

Até Tunde ser sequestrado.

Era uma manhã chuvosa de março. Obiefuna acordou com o som da voz de Miebi. A luz estava acesa. Miebi andava de um lado para o outro no quarto com o telefone grudado no ouvido, aparentemente frenético. Ele desligou depois de um momento e ficou olhando para a porta.

Obiefuna perguntou:

— O que foi?

Miebi virou-se e caminhou na direção dele.

— Desculpe por ter acordado você.

— O que aconteceu? — perguntou Obiefuna de novo.

— É Tunde. Ele foi sequestrado — respondeu Miebi.

Obiefuna sentou-se rígido na cama, os últimos vestígios de sono abandonando seus olhos.

— O quê?

Mas Miebi não disse mais nada. Já estava vestindo a calça e saindo correndo pela porta depois de um beijo apressado. Obiefuna levantou-se e foi até a sacada, observando Miebi sair de carro do condomínio. Na aula daquele dia, não conseguiu se concentrar, tentando entender o cenário e imaginar um possível motivo para o sequestro. Uma parte dele queria que fosse um alarme falso, um exagero da parte de Miebi. Imaginou que Miebi também seria sequestrado e ficaria detido por meses. Mas encontrou Miebi quando chegou em casa depois da aula.

Estava sentado no chão da sala de estar, reclinado no sofá, com a cabeça virada para longe da porta. Obiefuna foi até ele, com o coração palpitando forte contra o peito, e o despertou gentilmente. Ele se virou para Obiefuna. Seus olhos estavam vermelhos.

— Ele não recebeu nada para comer durante dois dias — disse Miebi.

Obiefuna acariciou seu rosto. Nunca tinha visto Miebi tão acabado.

— O que aconteceu?

Miebi assoou o nariz em um lenço de papel antes de falar. Tunde finalmente havia saído para um encontro com o amante misterioso, que acabara se revelando uma armação, um bandido na caça a homens gays. Fora atraído para um local secreto e sequestrado. Seus pais, quando contatados e informados do motivo do sequestro, desligaram imediatamente. Havia sido libertado uma hora antes, após o pagamento de um resgate, arrecadado principalmente por Miebi e Edward. Estava abrigado no apartamento de Patricia.

— Foi tratado como um animal — continuou Miebi. Tinha ranho escorrendo do nariz. Alguma coisa na maneira como suas pernas estavam esticadas diante dele, sem contar a cabeça que pendia para um lado, lhe dava um ar humilhante. — Tiraram sua roupa e fizeram vídeos dele confessando ser gay. Bateram tanto nele que ele perdeu a consciência muitas vezes.

Obiefuna abaixou a cabeça. Lembrou-se da cadência suave da voz de Tunde enquanto falava sobre o amante misterioso, do puro otimismo em seu tom enquanto esperava pelo encontro, ansioso. Tentou imaginar o momento exato em que Tunde percebera que havia sido enganado, o horror tomando conta de seu exterior travesso típico, seu rosto bonito grotescamente inchado pela força das pancadas, incerto sobre qual golpe evitar, ciente, mesmo assim, de que alguma coisa havia mudado para sempre. Obiefuna não percebeu que tinha começado a chorar até que Miebi se aproximou e tomou Obiefuna em seus braços, sussurrando:

— Ele é mais forte do que imaginamos. Ele vai sobreviver.

E, de alguma forma, o maravilhoso e nostálgico aroma da colônia de Miebi, e a aparente certeza em seu tom, sugerindo que simplesmente acreditara que as lágrimas de Obiefuna eram de compaixão somente por Tunde, a fé fácil que tinha na bondade de Obiefuna, tudo isso fez Obiefuna chorar ainda mais. Pensou em Festus na escuridão da noite, esparramado, indefeso na grama molhada, recebendo os golpes que choviam sobre ele com a resignação exercida por alguém que os previra. Não sabia por que fizera isso, mas começou a falar de Festus. Os menores e incontestáveis detalhes eram os que permaneceram em sua memória: a maneira estranha de olhar Obiefuna diretamente nos olhos, o brilho do seu sorriso satisfeito ao luar que entrava pela janela, o calor da saliva no rosto de Obiefuna. Ao se abrir agora, confrontando um passado que havia guardado com segurança na parte de sua mente que nunca visitava, sentiu uma pausa no tempo, ciente de um jeito agudo do lento desligamento de Miebi, seu horror desmascarado, até que a distância entre eles ficou do tamanho de um braço, até que Obiefuna sentiu o calor da pele de Miebi dar lugar a um frio formigante.

— Você o marcou para o resto da vida — disse Miebi, com a voz estranhamente calma e carregada de desgosto. — Como pôde fazer uma coisa dessas, Obiefuna?

Foi a primeira vez, nos últimos tempos, que se dirigiu a Obiefuna pelo nome, num tom que Obiefuna nunca o ouvira usar. Por um tempo, ficaram olhando um para o outro sem dizer nada, uma linha invisível desenhada na mente de cada um, com Miebi finalmente vendo Obiefuna como realmente era. E, então, Miebi se levantou do chão e saiu da sala de estar, o firme clique da porta do quarto preenchendo o silêncio em seu rastro. Obiefuna reclinou-se no sofá e olhou para as paredes forradas com a valiosa coleção de arte de Miebi, uma foto dele sorridente em um uniforme militar. Era um homem perfeito, o tipo de pessoa que geralmente tinha tudo planejado desde o início, que aprendeu cedo o princípio de se sentir confortável consigo mesmo e se isolar do mundo. Não teria visto necessidade de atacar os seus semelhantes apenas para provar seu valor a alguém. Não tivera um passado como o de Obiefuna.

Obiefuna acordou com dor de cabeça. Tinha um gosto amargo e úmido na língua, e os membros pareciam soltos. Miebi estendeu um copo de água para ele.

— Todo esse choro deixa a gente desidratado — disse ele. Ele tentou manter uma cara séria, e então abriu um sorriso. Ele se aproximou e tomou Obiefuna nos braços. — Você sabe onde ele está agora? — perguntou Miebi.

Obiefuna fez que não com a cabeça. De alguma forma, curiosamente, em todas as discussões sobre experiências no seminário, nos muitos grupos de bate-papo criados para esse propósito, Festus nunca aparecera, nunca participara. Festus, com sua personalidade vivaz, sua capacidade de encher uma sala.

— Você era um adolescente assustado e ignorante em um seminário — continuou Miebi, com o braço em volta dos ombros de Obiefuna. — Você não tem nada a ver com eles.

Obiefuna concordou com a cabeça. Seus olhos encheram-se de lágrimas, e ele os fechou numa tentativa de contê-las. Mesmo com a tentativa de Miebi de ser gentil, ele não conseguia distinguir a diferença entre ele e os sequestradores de Tunde. Imaginou se havia uma pessoa como ele entre eles, alguém que tivesse visto a si mesmo em Tunde, que tivesse se afastado enquanto as pauladas caíam, indiferente e aterrorizado, mas, no fim das contas, grato pela chance de simplesmente observar de lado, paralisado por um conhecimento íntimo de que podia muito bem ser ele ou ela naquele chão. Aquela noite foi a última vez que tinha ouvido falar de Festus, e agora Obiefuna vasculhava a internet em busca dele. Não foi uma busca difícil. Assim que acertou o sobrenome de memória, lá estava ele. O perfil de Festus no Facebook era aberto apenas para amigos, e Obiefuna analisou as poucas fotos que conseguiu acessar, tentando aproveitar ao máximo as fotos aleatórias e banais de Festus. Ele clicou no botão "Adicionar aos amigos" e pensou por um momento se deveria enviar uma mensagem. Que tom inicial ele deveria adotar: uma conversa descontraída ou um pedido de desculpas direto? No fim, contentou-se com um pouco dos dois. "Oi, Festus, quanto tempo, cara! Você poderia me dar seu telefone? Queria dizer umas coisas para você." E então ele se desconectou e guardou o celular.

Mais tarde naquela noite, ele entrou de novo, com uma ânsia nervosa para ler a resposta de Festus, ouvir aquela voz aguda de novo, mas não conseguiu mais acessar a mensagem, não conseguiu mais encontrar o perfil. Ele digitou grafias alternativas na barra de pesquisa, mas nada deu certo. Miebi sugeriu que tentasse acessar o perfil usando a conta do próprio Miebi e, quando Obiefuna fez isso, lá estava o perfil de Festus, exatamente como ele o tinha visto originalmente. Entre seus quinze amigos em comum estava Tunde.

— Ele me bloqueou — disse Obiefuna após um longo silêncio.

Miebi segurou sua mão e apertou-a.

— Ninguém pode dizer que você não tentou.

No início de abril, Obiefuna começou um estágio. Foi designado para uma pequena clínica oftalmológica a três pontos do apartamento de Miebi, então acordava mais cedo para pegar o ônibus da manhã. Ficou desorientado, a princípio, pela luminosidade das enfermarias, pelo cheiro de desinfetante, pela sensação claustrofóbica dos consultórios apertados onde devia observar o optometrista-chefe atendendo pacientes. A clínica era administrada de forma privada, com uma equipe de quatro pessoas, e Obiefuna era um dos dois estagiários que não desistiram depois do primeiro dia. Raramente via pacientes, passando a maior parte do tempo na sala de espera, estudando ou assistindo a um filme de Nollywood[51] na televisão velha e barulhenta. Foi lá, duas semanas depois, que assistiu ao noticiário sobre o sequestro de mais de duzentas estudantes em Chibok. Era o mais recente de uma série de ataques descarados do Boko Haram, que já havia praticamente tomado conta do Norte. Uma investigação estava em andamento para descobrir o paradeiro das meninas. O governo estava buscando informações valiosas do público para ajudar no que era uma situação desconcertante.

Obiefuna assistiu enquanto vídeos de uma cidade fantasma eram mostrados, com fumaça subindo de alguns dos prédios queimados. Não havia nada que indicasse que seres humanos tivessem morado ali apenas algumas horas antes. Só quando estava na metade do caminho para casa, no ônibus, é que lhe ocorreu que Rachel morava no Norte. Havia se mudado para lá dois anos antes para cursar a universidade. Não conseguia mais se lembrar do estado exato em que ela morava, mas, naquele momento, desconfortavelmente sentado entre duas pessoas no ônibus lotado, só conseguia imaginar o Norte como uma vilazinha, com

51. Apelido bem-humorado da indústria cinematográfica nigeriana. (N.E.)

um único ato de violência se espalhando. Ligou para ela assim que desceu do ônibus, e só depois de perder a conta das tentativas de contato, já tarde da noite, o telefone dela foi atendido, e sua voz chegou aos seus ouvidos. Disse que estava segura e que seu retorno a Porto Harcourt estava previsto para aquele fim de semana. Estava farta do Norte e preparada para abandonar sua tão sonhada entrada na universidade em busca de uma perspectiva mais segura no Sul.

— É segredo por enquanto, Obi — avisou ela no final da ligação. — Desculpe, mas é difícil saber em quem confiar hoje em dia.

Obiefuna assentiu com a cabeça e disse que entendia. Depois que ela desligou, ele ficou um longo tempo lá fora, na sacada. Por causa da insurgência, as operações aéreas haviam sido paralisadas, e o estado não tinha nenhum aeroporto em funcionamento. Ela teria que usar as estradas. O noticiário informava que os militares haviam sido enviados à região para reforçar a segurança. Ainda assim, Obiefuna não conseguia parar de imaginar o pior: seu veículo quebrando no meio da estrada, homens armados o cercando. Seria sua primeira viagem desde que ela tinha ido para a universidade, a primeira vez que viajaria sem intenção de retornar. Mas havia uma força, uma firmeza, na voz de Rachel ao telefone que o fez ter certeza de que ela sobreviveria. Seria uma emoção enorme vê-la novamente, ouvir aquela risada travessa da qual tanto sentia falta.

Obiefuna foi até o quarto, querendo contar a Miebi sobre Rachel, para repetir sua promessa em voz alta. Miebi estava sentado na beira da cama com a cabeça entre as mãos. Obiefuna tocou as costas dele.

— Você está bem?

— Os sequestradores de Tunde divulgaram os vídeos que gravaram nas redes sociais. A polícia apareceu na casa dos pais dele para tentar prendê-lo.

— Tunde sabe disso? — perguntou Obiefuna.

Miebi assentiu com a cabeça.

— Patricia me ligou no trabalho. Ele está ficando louco. — Ele se virou para Obiefuna. — Ele vai se matar, meu bem.

— Xiu! — Obiefuna levou a mão aos lábios dele. Conseguiu sentir o tremor crescendo dentro de Miebi enquanto se aproximava e o tomava nos braços. Abraçou Miebi enquanto ele soluçava, esfregando a palma da mão nas costas dele. — Ele vai ficar bem. Acredite em mim, querido.

26.

A sala estava silenciosa. Obiefuna estava deitado num sofá, com a cabeça no colo de Miebi. Os amigos estavam sentados na sala de estar, mexendo em seus celulares ou olhando para o nada. As longas noites que passaram em conversas banais pareciam uma lembrança distante agora. Mais cedo, assistiram a uma encenação ao vivo de uma surra pública de um prisioneiro gay por um oficial de justiça no Norte e assistiram a vídeos do juiz exaltando sua própria leniência em não aplicar a pena de morte. Foi uma semana depois de eles terem tirado as últimas coisas de Tunde de seu apartamento, duas semanas depois de ele ter sido mandado para fora do país, para Camarões, de onde devia buscar asilo nos Estados Unidos. Estava atualmente detido em uma instalação segura que parecia tudo menos isso, superlotada como estava com pessoas que eram fundamentalmente desconhecidas umas das outras e, ainda assim, unidas pelos horrores da fuga, pela esperança de um futuro novo e incerto pela frente.

— Era o melhor aluno da turma — disse Patricia, quebrando o silêncio. Ela havia falado pouco o dia todo, bebendo obedientemente uma taça de vinho pela metade, uma após a outra, com um olhar distante. — Dedicava tantas horas às crianças com quem trabalhava, se sacrificava.

— O que não entendo é por que eles não podem ser mais cuidadosos — disse Kevwe. — Existe uma lei contra isso agora. Não há necessidade de ser imprudente.

— Espere aí, como assim? — perguntou Edward.

— Eu gosto do Tunde, cara — respondeu Kevwe. — Mas é preciso um certo nível de imprudência para ir a um encontro com um estranho aleatório, especialmente em um momento como este.

— Você vai a encontros às cegas o tempo todo — retrucou Edward.

— Você sabe que não é a mesma coisa. Por mais triste que seja, nossas realidades não são as mesmas.

— Você é um bosta — disse Edward.

Mas Kevwe encarou-o também sem pestanejar.

— Ficar emocionado sem necessidade com uma verdade objetiva não muda o fato.

Houve silêncio, carregado de expectativa. Obiefuna prendeu a respiração, manteve o corpo perfeitamente imóvel, ansioso, mas ainda assim sem saber o que esperar. Ele olhou para Edward, que parecia estar digerindo o momento, encarando-o com naturalidade, e, em seguida e de repente, Edward estendeu a mão em um movimento fluido para pegar uma taça da mesa e jogá-la na direção de Kevwe. Ele errou completamente, e a taça se espatifou em um retrato na parede.

— Caralho, como você tem coragem? — Edward levantou-se e avançou em direção a Kevwe. Miebi saltou instintivamente para se pôr na frente dele, impedindo sua aproximação ao colocar a palma das mãos no peito de Edward. — Que porra você sabe dos riscos que nós corremos?

Edward fumegava por trás da contenção.

Do outro lado da sala, agora de pé, Kevwe falou em um tom inquietantemente comedido.

— Eu não sou o inimigo aqui, Edward. Tunde era meu amigo tanto quanto era seu.

— Seu filho da puta. — Edward avançou de novo, tentando sem sucesso se livrar de Miebi, que segurava seus pulsos.

— Chega, Edward! — berrou Miebi. E, então, para Kevwe: — Cara, por favor. Te ligo mais tarde.

Kevwe não discutiu. Pegou as chaves do carro que estavam na mesa e saiu.

— Eles nunca entendem, não é? — comentou Patricia depois que a calma retornou à sala.

— Que audácia — rosnou Edward.

— Edward, ele não fez por mal — disse Miebi.

— Talvez — defendeu Patricia. — De qualquer forma, não cabe a ele decidir o que é arriscado para nós e o que não é.

Miebi levantou uma sobrancelha confusa.

— Ele é nosso amigo, Pat.

— É. Mas não sai para um encontro e se preocupa em ser sequestrado e torturado especificamente por ser quem ele é. Não precisa fugir para salvar a própria vida só porque tentou transar. — A voz dela estava aumentando.

— Ele nunca mais vai voltar — comentou Obiefuna. Ele não sentia nenhuma afeição especial por Kevwe, e ainda assim sentia um aperto no estômago, um peso que o deixava entorpecido. Tudo parecia tão errado.

Patricia disse:

— Nenhum de nós é mais o mesmo, Obi. — Ela deixou a taça na mesa e juntou as mãos, apertando-as com força, como se cada mão recebesse força da outra. — Nunca mais será o que era antes.

Mais tarde, depois que os convidados foram embora, Obiefuna levou as taças para a cozinha, apenas enxaguando-as na torneira antes de colocá-las de lado. Na sala de estar, Miebi estava estudando a pintura destruída. O vidro tinha apenas um leve amassado, nada irreparável, e ainda assim havia algo na maneira como Miebi olhava para ele, passando levemente o dedo sobre sua superfície. Obiefuna estava preocupado, pois ele podia se cortar e sangrar.

— Patricia estava certa — disse Obiefuna em tom impulsivo.

Miebi suspirou e fez que não com a cabeça.

— Edward vai se casar — disse ele. Sua voz soou abafada, e ele pigarreou antes de continuar, virando-se para olhar diretamente para Obiefuna. — Não era totalmente sobre Tunde.

Miebi foi convidado para uma festa na cidade e chamou Obiefuna para acompanhá-lo. A festa não era o que Obiefuna esperava. Realizada em um pequeno complexo, o evento ocorreu sem tendas ou dança, e apenas com o som baixo de um aparelho de som; pessoas de diversas etnias, vestidas casualmente, bebiam em copos altos e falavam em tom comedido. O complexo ficava em uma área reservada pelo governo, e os participantes transmitiam um ar de bem-estar. Obiefuna levou um momento para perceber que algo no ambiente parecia fora do lugar, e então, de repente, tudo ficou claro: o grupo de homens de mãos dadas com outros homens, as mulheres sentadas nas coxas de outras mulheres, o estilo de vestimenta incomum. Ele olhou para Miebi, que estava olhando para ele, esperando uma reação.

— É...?

— Um encontro *gay-friendly*, sim — confirmou Miebi, com riso nos olhos.

— Entendi.

Ele tinha ouvido falar desse tipo de festa, principalmente nos blogs tradicionais que lia sobre as batidas policiais, nas quais a polícia invadia os locais e levava os participantes. E, embora pudesse sentir o poder que os participantes exalavam na maneira relaxada com que interagiam uns com os outros, não conseguia parar de imaginar uma invasão, suas mãos algemadas, seu rosto estampado em um site de notícias.

— Eu precisava te mostrar isso — disse Miebi, segurando sua mão. — O país pode estar tentando lhe dizer o contrário, mas nós existimos, Obi. E somos muitos.

Um homem estava caminhando na direção deles, seu rosto se iluminando por trás dos óculos ao ver Miebi.

— Você era a última pessoa que eu esperava ver aqui — disse, tentando abraçar Miebi, mas foi recebido com um aperto de mão. — Como vai?

— Não pensei que você estaria aqui — respondeu Miebi.

— Bem, fazemos o que tem que ser feito — disse o homem. Seus olhos se voltaram para Obiefuna. — E este, quem é?

— Obiefuna — respondeu Miebi, apenas.

— Muito bom.

Os olhos do homem pousaram em Obiefuna, demonstrando interesse apenas momentâneo antes de esquecê-lo por completo. Miebi e o homem começaram a conversar, o homem animado, Miebi parecendo entediado. Excluído, Obiefuna parou para observar bem a festa. Ao longe, podia ver corpos balançando ao som de música lenta, com risadas ecoando. De vez em quando olhava para Miebi e para o estranho, incomodado com a necessidade insistente e desnecessária do homem de tocar o braço de Miebi enquanto falava. Por fim, com uma pausa na conversa, Miebi se desculpou e guiou Obiefuna para longe.

— Você merece um prêmio de paciência — brincou Obiefuna.

Miebi perguntou:

— Você não conhece esse homem, conhece?

— Deveria?

Miebi riu baixinho e encaixou o braço no de Obiefuna, como se fossem um casal indo para o altar.

— Bem, só se você estiver remotamente interessado em política. Esse é o Diri. É um legislador. Bastante influente.

No caminho de volta para casa, agradavelmente bêbado com apenas alguns copos, Obiefuna disse:

— Só um senador votou contra o projeto de lei.

Sem olhar para ele, Miebi falou:

— Não foi Diri, se é isso que você está perguntando.

— É difícil acreditar que haja alguém como nós naquele lugar — disse Obiefuna.

— Claro que há. Há pessoas como nós em todo lugar, querido.

— Você está bem? — perguntou Obiefuna.

Miebi diminuiu a velocidade do carro. Estava dirigindo sem óculos e parecia estar pensando duas vezes a cada curva que fazia.

— Como assim?

— Você estava diferente a noite toda — explicou Obiefuna. — Você não queria vir?

Miebi ficou quieto. Inclinou-se levemente para o lado, como se fosse sussurrar no ouvido de Obiefuna, e, em seguida, recuou, parecendo mudar de ideia.

— Estou com uma dor de cabeça estranha — respondeu ele. — Meus olhos estão doendo.

27.

Em um sábado, Obiefuna acordou com vontade de comer laranja. Eram meados de junho, e o solo ainda estava úmido das primeiras chuvas. Enquanto Miebi permaneceu na cama, Obiefuna foi de bicicleta até o vendedor de frutas na rua e comprou algumas laranjas, acrescentando pepinos e melancias para Miebi. Quando voltou, Miebi estava acordado, sentado na cama. Estava folheando uma revista sem ler. Recebeu uma fatia de melancia da mão de Obiefuna, deu uma mordida e colocou-a na mesa de cabeceira, retornando à revista. Obiefuna foi até a cozinha pegar uma bandeja e um canivete e os colocou na mesa ao lado da melancia. Pegou um pedaço com a faca e deu a volta na cama para sentar-se do outro lado. Observou Miebi virar outra página da revista.

— O que foi? — perguntou Obiefuna.

Miebi levantou os olhos da revista. Seus olhos pousaram no rosto de Obiefuna.

— Você está lindo hoje.

Obiefuna riu.

— Estou lindo todos os dias.

— Hum. — O sorriso de Miebi tinha um ar distraído. — É difícil discordar disso.

— Amor, o que houve?

Miebi respirou fundo antes de passar o telefone para Obiefuna. Ele manteve os olhos no rosto de Miebi, tentando avaliar sua expressão, enquanto aceitava o telefone das mãos dele. O celular foi desbloqueado com uma mensagem do WhatsApp e a foto de uma garota preenchendo a tela. Obiefuna estudou seu rosto, um rosto bonito e sorridente, com o cabelo trançado preso em um coque. O contato dizia "Mãe". Ela precisava que Miebi pelo menos aceitasse conhecer a garota pessoalmente e lhe desse uma chance.

Era a última coisa que ela pedia a ele. Se ele gostasse um pouco dela, de sua família, ele lhe concederia esse favor. Demorou uma hora inteira até que Miebi respondesse, com algo que encerrou o assunto: "Tudo bem". Obiefuna segurou o telefone com as duas mãos. Sentia-se um artista esplêndido diante dos olhos avaliadores de Miebi. Queria quebrar o telefone contra a parede. Sua vontade de comer laranja desapareceu.

— Você parecia ser diferente — disse Obiefuna.

Ele não estava fazendo muito sentido, e ainda assim odiava a amargura em seu tom, as lágrimas obstruindo sua voz. Levantou-se da cama e foi até a sala de estar, fechando a porta. Sentado no sofá, tentou acalmar as batidas furiosas do seu coração. A cabeça latejava dolorosamente. Acima dele, o ar-condicionado estava ligado no máximo, e ele logo sentiu frio até os ossos, mas permaneceu imóvel. Depois de alguns minutos, ouviu batidas suaves de Miebi e a voz dele:

— Querido, por favor, abra. Eu não disse sim nem nada. Por favor.

Mas ele iria, Obiefuna percebeu. Sabia que o afastamento dos pais estava afetando Miebi. Sempre mantivera as esperanças na possibilidade de perdão e aceitação por parte deles, não importava o quanto tentasse disfarçar. Ele se lembrou de Chinedum em seu terno bem cortado, sorrindo naquela fotografia atrás de Edward. Ele se lembrou da esposa, de como ela parecia feliz ao lado de Edward, inconscientemente alegre. Quando se levantou do sofá, já era noite. Ele encontrou Miebi na sala de jantar, uma mesa de jantar posta para dois.

— Fiz espaguete.

Obiefuna contornou a mesa e sentou-se ao lado dele. Pratos de frango estavam dispostos ao lado de cada prato de espaguete. As laranjas foram dispostas em um pequeno círculo ao lado das melancias, que já haviam sido habilmente cortadas em cubos. Ele pegou um e o colocou na boca, tentando não erguer o olhar, ciente de que os olhos de Miebi estavam sobre ele.

— Quando é o casamento?

— Querido, por favor. Não precisamos falar disso agora.

Não me chame de querido, Obiefuna quis dizer. *Você não tem mais esse direito.*

— Você vai se casar — disse ele em vez disso, com uma risada rouca. Ele odiava o mau humor que transparecia em sua voz. — Vamos ter que conversar sobre isso em algum momento.

Miebi suspirou.

— Não sei quando vai acontecer. *Se* for acontecer — disse ele e, então, acrescentou: — Meus pais talvez decidam isso.

Obiefuna assentiu com a cabeça, contrariado. Em outras circunstâncias, talvez tivesse se divertido com os procedimentos formais. Pegou outro pedaço de melancia, apreciando o gosto suave dos cubos, que derretiam sem esforço na língua e não deixavam nenhum sabor distinto e persistente. Queria enfiar a melancia inteira na boca de uma vez.

— Você vai embora, não é? — perguntou Miebi.

Obiefuna parou no meio do movimento para pegar outro cubo de melancia e olhou para ele. Era estranho como não havia percebido totalmente a implicação para o relacionamento deles. A perspectiva de uma decisão parecia ilusória para ele. O que sentia agora, ele percebeu, mais do que traição, mais do que mágoa, era desespero: por Chinedum, por Miebi, por todas as pessoas como ele em todo o país, construindo relacionamentos, investindo muito de si ao longo do tempo. Como começar algo bonito com a certeza do seu fim? Você se entregaria ao amor e viveria o resto da vida sabendo que nunca teria chance; tudo de que precisava era uma garota em algum lugar e da pressão da família para acabar com tudo. Ele queria rir. E daí percebeu que o que realmente queria fazer era chorar.

Miebi estendeu a mão sobre a mesa para pegar a dele, mas não alcançou por pouco.

— Por favor, Obi, não vá embora. Sempre conseguimos resolver as coisas.

Lá estava de novo, o lindo brilho de esperança em seus olhos. De certa forma, isso lembrou Obiefuna do motivo pelo qual ele o amava, do motivo pelo qual, não importava o que acontecesse, sempre pensaria em Miebi com carinho. Enquanto Miebi movia as mãos em sua direção, envolvendo a dele, Obiefuna pensou de novo no quanto eram grandes e macias, no quanto sempre estavam quentes. Por um breve momento, permitiu-se uma visão fugaz do relacionamento deles através dos olhos suplicantes de Miebi. Podiam ficar juntos, podiam resistir e se proteger. Ele poderia ser o amigo perfeito ou um primo distante que às vezes o visitava nos fins de semana, especialmente nos fins de semana em que a esposa estivesse fora. E sabia, mesmo assim, que nunca conseguiria aguentar aquela vida para sempre, que não queria fazer parte dela.

Obiefuna estava deitado de costas no tapete de lã de Patricia, com as mãos cruzadas atrás da cabeça para servir de apoio. Observava o ventilador de teto, o turbilhão de suas pás de metal enquanto ele enviava ar frio.

— É um caminho complicado — disse ela. — Sempre tem alguma coisa nele que acaba te pegando. — Ela hesitou. — Por outro lado, Miebi nunca foi Edward. Nem eu poderia ter previsto isso.

Obiefuna levantou-se e foi até a sacada. Teve que admitir que havia algo reconfortante na vista lá de cima, no vislumbre amplo do mundo exterior, na promessa de uma descida misericordiosa do alto se ele simplesmente se soltasse.

— Já pensou em ir embora? — perguntou Patricia.

Obiefuna suspirou.

— Nunca vai ser a mesma coisa com mais ninguém. — Ele ficou impressionado, agora que havia sido dito, com a verdade dessa frase, com a esmagadora impotência que sentia, com a vontade de chorar sem parar.

Patricia caminhou até ele e pousou a mão em seu ombro por trás.

— Não estou falando de deixar Miebi. — Ela fez uma pausa e respirou fundo. — Eu quis dizer ir embora de casa. Do país.

Obiefuna virou-se para olhá-la.

— Falei com Mathew. Lembra da organização que ajudou o Tunde? Ele está disposto a ajudar a facilitar seu pedido de asilo, se precisar.

— Asilo — repetiu Obiefuna. A palavra deixava um gosto amargo na boca, irreal aos seus ouvidos. — Minha vida não está em perigo.

Patricia assentiu.

— Eu só pensei que você precisava saber que existe essa opção.

— Não posso — disse Obiefuna. Ele pensou em Tunde, levado escondido para fora do país sob o manto da noite, desorientado por semanas a fio, deixando para trás tudo o que tinha, tudo o que conhecia. — Tudo o que tenho está aqui. O que Miebi diria?

— Na verdade, foi ideia dele. — Ela deu um passo à frente para abraçar Obiefuna. — Ele só quer que você seja livre, meu bem.

Em meados de agosto, sentado sobre Miebi nos ladrilhos frios da sala de estar, Obiefuna completou vinte e três anos. Miebi virou-se de bruços, bem na hora em que o relógio bateu meia-noite, para sussurrar "Feliz aniversário!" nos ouvidos de Obiefuna, e aquele único gesto, a facilidade dele, o fez querer chorar.

— Meu pai odiava me ver dançar — contou Obiefuna. Expressou isso sem rancor, como se estivesse apenas apresentando um fato simples e objetivo. — Ele me deu um tapa tão forte uma vez que quase perdi a audição deste ouvido.

Mesmo de olhos fechados, conseguia sentir Miebi se apoiando em seu cotovelo; e, quando abriu os olhos, viu os de Miebi fixos nele, com uma expressão terna penetrando Obiefuna, revivendo-o. Miebi levantou-se do chão e estendeu a mão para ajudar Obiefuna a se levantar. Foi até o aparelho de som e encheu o ambiente com "You and I", de Onyeka Onwenu. No início ele dançou sozinho, no meio da sala, valsando de uma ponta a outra. Obiefuna observou-o, atento à melodia de Onyeka Onwenu enquanto ela alternava perfeitamente entre inglês e igbo, celebrando a maravilha perene da companhia fácil e duradoura, advertindo-os a se sentirem menos tristes e buscarem consolo no conhecimento de que Deus estava anotando tudo. A beleza do momento fez lágrimas quentes e doloridas brotarem dos olhos de Obiefuna. Depois de um tempo, Miebi estendeu a mão para ele, e Obiefuna hesitou apenas um pouco antes de pegá-la. Seus primeiros movimentos foram irregulares, sem harmonia; Obiefuna às vezes pisava nos dedos dos pés de Miebi, fazendo os dois tropeçarem algumas vezes, caírem sobre si mesmos e rirem o tempo todo. Mas logo entraram no ritmo, e Obiefuna se viu girando, estimulado pelo aperto firme de Miebi, certo de um pouso seguro no peito do namorado quando, finalmente, ele se cansou. Ficou imóvel no centro da sala de estar, envolto no abraço de Miebi, envolto na luz suave e na melodia que se esvaía enquanto chegava ao fim devagar; e então houve silêncio, e nele Obiefuna encontrou uma doce e triste satisfação.

28.

Lá fora, a chuva caía em gotas inclinadas, atingindo as janelas como se fossem bolas de gude. Já fazia uma semana que ele tinha saído da casa de Miebi. Enquanto tirava as últimas coisas do guarda-roupa, Miebi chamou seu nome, e sua voz arrasada foi o suficiente para fazer Obiefuna chorar várias vezes durante a viagem de volta.

— Acabaria acontecendo, certo? — perguntou a Patricia por telefone mais tarde. — Ainda não entendo por que isso é tão chocante para mim.

Patricia respondeu:

— Você não está sendo irracional por esperar "para sempre" da pessoa que você ama. Não deixe que ninguém faça você pensar o contrário, mesmo nestas circunstâncias.

Agora ele dormia sozinho em seu quarto de infância, na caminha que havia compartilhado com Ekene. Os professores universitários estavam em greve de novo, atrasando seu retorno para o último ano, e ele passava o tempo em casa, alternando entre aulas de informática em um cibercafé na mesma rua e estudos antes da retomada. Ele se preocupou, a princípio, com o constrangimento de dividir o tempo todo o espaço com o pai, mas no fim não precisou se preocupar, pois seu pai, agora com cinquenta e poucos anos e apresentando os primeiros sinais de artrite, se mantinha longe de Obiefuna, contentando-se em se acomodar na sala depois do trabalho, assistindo televisão, com latas vazias de cerveja acumuladas aos seus pés. Sempre que seus caminhos se cruzavam, havia uma expressão no rosto do pai que ele não conseguia identificar, algo como confusão e alívio ao mesmo tempo.

— Como vão as aulas? — perguntou a Obiefuna um dia.

— Estamos em greve, pai — respondeu Obiefuna. Era a terceira vez que lhe contava isso.

— Falta só um ano para você se formar, *okwia*?[52]

— Sim, senhor.

— Hum. — Seu pai assentiu para si mesmo. — Como o tempo voa. Muito em breve vai ser doutor Obiefuna! — exclamou ele, rindo. Ele estendeu a mão para cutucar os ombros de Obiefuna de brincadeira. — Ou seria doutor Aniefuna?

Obiefuna não disse nada. Em vez disso, olhou fixamente para as latas vazias no chão. O médico havia alertado sobre as consequências de beber tanto, mas seu pai parecia ter um desejo mórbido ultimamente. Passava os dias com um ar vago e distraído, como se nada no mundo pudesse incomodá-lo. Obiefuna pensou nos pais de Tunde desligando o telefone quando o pedido de resgate foi feito, e ele se perguntava, às vezes, qual teria sido a reação de seu pai.

Certa vez, seu pai lhe perguntou:

— Quem é ele?

— Quem?

— O garoto que magoou você.

Obiefuna recuou. Era uma conversa estranha de se ter. Conheciam-se tão pouco, tinham tão pouco em comum. Então, ele percebeu que o terror que o pai inspirava, sempre presente como estava, havia sido diluído de alguma forma com o tempo e a distância. Em qualquer outro caso, estaria armado com negações, com o coração palpitando alto a ponto de se ouvir fora do peito. Mas os dias seguintes à sua saída do apartamento de Miebi o deixaram com um cansaço letárgico. Não contestava nada, aceitava tudo como viesse.

Anozie abriu um sorriso irônico. Estava bebendo cerveja em um copo. Seus olhos estavam vermelhos, sonolentos.

---

52. "Certo?" (N.E.)

— Sua mãe achava que fui injusto com você. Acreditava que eu não te amava tanto quanto deveria.

Obiefuna abaixou a cabeça. Como era estranho que, depois de tanto tempo, a simples menção à mãe ainda o enviasse para aquele lugar escuro e sonolento, onde ele se sentia sem ar? Ele desejou que o pai parasse de falar. Desejou ter ido para a casa dos ex-colegas de quarto.

— Tudo o que fiz foi por você — disse Anozie. — Não é normal viver assim. Agora existe até uma lei contra isso. Você pode ir preso por fazer isso.

— A vida toda eu fiquei preso, pai.

— O que as pessoas diriam, Obiefuna?

Obiefuna levantou-se da cadeira. Seria a primeira vez que viraria as costas para o pai. Lembrou-se de uma época em que isso seria impossível, quando Anozie teria pulado imediatamente para agarrá-lo e jogá-lo contra a porta. Mas o tempo havia passado para Anozie, incapacitando seu corpo, de modo que ele só conseguiu reagir ao desrespeito de Obiefuna com um balançar de cabeça. Obiefuna desceu as escadas e saiu para o ar livre. O bairro não se parecia em nada com o de Miebi, com estruturas construídas de forma idêntica, amontoadas sem beleza nenhuma, e suas fachadas antigas revelando um brilho desbotado. Emanava um ar de desordem, com o comércio prosperando nas minilojas, carros lentos trafegando o tempo todo pelas ruas estreitas e os esgotos a céu aberto exalando cheiros horríveis. E, no entanto, havia algo para admirar nessa vida atmosférica: as crianças pequenas que corriam por ali, brincando umas com as outras, e os rostos amigáveis e familiares que acenavam em reconhecimento a Obiefuna quando ele passava. Uma melodia lenta tocava em sua cabeça, e logo ele se flagrou cantarolando junto. Embora o sol do fim da tarde estivesse se pondo no céu, estava quente demais para correr, e ele não estava usando tênis. Mas Obiefuna iniciou uma corrida lenta. A princípio estava ciente dos olhares estranhos que atraía, das crianças que paravam para olhar, do toque ocasional de buzina de um motorista irritado, mas logo teve consciência apenas da suave batida de seu coração. Foi naquela mesma rua que havia sofrido um acidente de bicicleta quando criança. Lembrou-se de tudo naquele momento: uma manhã de escola, ele e Ekene já de uniforme, esperando pela mãe na laje de madeira do lado de fora do quintal. Ainda se lembrava, com detalhes surpreendentemente vívidos, da sonolência do tempo, como se o dia estivesse relutante em começar. A mãe deles estava demorando mais para se arrumar, e Ekene estava ficando agitado. Sem aviso, ele jogou sua lancheira na rua, e Obiefuna, sem pensar, deu um passo à frente para pegá-la. Naquela fração de segundo, só percebeu um borrão de metal brilhante o varrendo do chão, o grito de pânico de sua mãe enchendo seus ouvidos e o estrondo de seu corpo contra a terra dura. Era uma história que sua mãe contaria ao longo dos anos, embelezando os detalhes com um tom que pretendia destacar o heroísmo de Obiefuna, e a mesma luz retornando aos seus olhos. Ela pensava nele apenas como uma coisa alegre, escolhendo vê-lo principalmente como bondade e nada mais. Sua fé nele era simples, seu amor, inquestionável. E isso, ele podia ver, depois de todos esses anos, era a maior bênção de Obiefuna. Foi por isso que, no fim das contas, percebeu que amava Miebi. Pois Miebi sentia, além de muitas coisas, familiaridade, incutindo nele o mesmo sentimento que experimentara com sua mãe: o alívio de finalmente ter chegado a um porto seguro.

Obiefuna também pensou em seu pai. Nem sempre foram amigos, e a lembrança mais marcante que Obiefuna tinha dele era de frieza. Ainda assim, houve momentos aleatórios e fugazes na longa viagem até o seminário, quando seu pai estendera a mão para tocar o ombro de Obiefuna; no funeral de sua mãe, quando seu pai puxara Obiefuna e o segurara quando não sentia nada além de amor, mesmo que de maneira relutante, mesmo que de um jeito tímido. Mas ele nunca tinha ouvido o homem dizer essa palavra, e percebeu agora, decidido a ligar para Patricia mais tarde naquela noite, que nenhum outro lugar no mundo seria um lar para ele se não fosse com a certeza de que o único pai que ele ainda tinha realmente o enxergava.

Atrás, o som repentino de uma buzina de carro fez Obiefuna parar. Ele se inclinou segurando os joelhos para recuperar o fôlego. Quando se endireitou, viu que havia chegado a um cruzamento. Do outro lado da rua ficava o Campo Ojukwu. A maior parte da cerca havia desaparecido; Obiefuna podia ver de onde estava: vários garotos sem camisa brincando no campo, com bolas de futebol de tamanhos diferentes voando pelo ar. Obiefuna ficou ali, observando.

Imaginou se havia algum garoto entre eles que se sentia deslocado, que preferia estar em outro lugar fazendo algo que realmente amasse.

Tirando a cerca quebrada, o campo continuava o mesmo, com a grama baixa e os postes improvisados, um espetáculo comum e nada impressionante. E, no entanto, ele definia sua infância, o construíra e o destruíra. Ele se lembrou das provocações que sofrera ali, das risadas estridentes dos garotos voltando à sua mente naquele momento; ainda conseguia sentir, depois de todos esses anos, o gosto salgado do próprio sangue quando Chikezie o golpeou. Lembrou-se do peso da humilhação daquele dia enquanto voltava para casa, assim como fazia agora, retomando sua corrida. Não parou até se aproximar do portão que levava ao quintal de sua vizinhança, à praça aberta onde ele e Ekene basicamente cresceram. Ele se lembrou de quando praticava com Ekene, a bola se recusando a atender à sua vontade, e a voz de Ekene: "Dance, Obi". Por fim, ele se lembrou de que a sensação de fazer a única coisa de que realmente gostava, que exigia o mínimo de esforço, o enchia de uma felicidade delirante e libertadora.

Obiefuna parou de andar e olhou ao redor do quintal, para observá-lo uma última vez, e em seguida subiu as escadas que levavam à casa deles, onde bateu repetidamente à porta até ouvir a fechadura girar lá de dentro e seu pai emergir, dar um passo para o lado e deixá-lo entrar.

AGRADECIMENTOS

Este livro é produto do que pode ser mais bem descrito como um triângulo milagroso, e sou profundamente grato às duas mulheres indispensáveis que completam esse triângulo.

Minha agente, Emma Leong, por essa crença firme de primeira hora, por esse zelo silencioso nos bastidores e por apresentar apenas as melhores notícias da melhor maneira possível, e Isabel Wall, da Viking, por se envolver de maneira tão comovente, por edições tão extensas e produtivas e por aquele e-mail auspicioso em um dia aleatório que realmente mudou minha vida.

A mesma gratidão a toda a equipe Viking, especialmente a Donna Poppy, por me deixar bonito, a Olivia Mead, Amelia Evans, Alexia Thomaidis, Lou Nyuar e Olatoye Oladinni, por segurarem a barra e espalharem a palavra, a Richard Bravery e Tosin Kalejaye, por darem tanta beleza visual aos meus pensamentos caóticos, e ao pessoal bacana da Janklow & Nesbit, especialmente Mairi Friesen-Escandell, Ellis Hazelgrove, Maimy Suileman e Janet Covindassamy, por tanto trabalho duro.

Agradeço a David Ross, da Viking Canada, Cara Reilly, da Doubleday, Madlen Reimer, da S. Fischer, e Leonel Teti, do Urano Group, por abraçarem este livro com tanto amor e entusiasmo.

Este romance se beneficiou do carinho, das percepções críticas, das verificações de fatos e da generosidade total de amigos que leram os rascunhos com atenção e ofereceram experiências e perspectivas.

Todas as falhas são, claro, minhas, e fico eternamente em dívida com eles: Joshua Chizoma Emeka, David Emeka e Adachioma Ezeano, e aqueles que silenciosamente torceram por mim nas laterais do campo: Franklin Okoro, Munachim Amah, Henry Ikenna Ugwu, Arinze Ifeakandu, Michael Powers, Roy Udeh-Ubaka, Olakunle Ologunro, Uzoma Ihejirika e Klara Kalu. Agradecimentos especiais a Chimamanda Ngozi Adichie, tão cheia de bondade e graça.

Devo muito ao estimulante programa de escrita criativa da Universidade de Washington. A mais sincera gratidão ao corpo docente, especialmente a Kathryn Davis e David Schuman, e a Natasha Muhametzyanova, Timi Alake, Gbenga Adeoba e Stephen Mortland.

Obrigado à minha família, meu "povo": Chimezie e Jacinta Ibeh, Chidera e Chinaza Ibeh, Ngozi Obinna e Obiageli Pamela Amadi, por amarem e por nunca duvidarem.

Acreditamos
nos livros

Este livro foi composto em Utopia Std
e impresso pela Lis Gráfica para a
Editora Planeta do Brasil em setembro de 2025.